LA DERROTA
DE DIOS

José Luis Trueba Lara

LA DERROTA
DE DIOS

SUMA
de letras

La derrota de Dios

© 2010, José Luis Trueba Lara

© De esta edición:
Santillana Ediciones Generales, S. A. de C.V.
Av. Universidad 767, col. del Valle
CP 03100, Teléfono 5420 7530
www.sumadeletras.com.mx

Diseño de cubierta: Victor Ortiz
Formación de interiores: Oscar Levi
Lectura de pruebas: Jorge Betanzos
Cuidado de la edición: Jorge Solís Arenazas

Primera edición: junio de 2010

ISBN: 978-607-11-0563-9

Impreso en México

A Patty y Demián,
mis únicos dioses.

A Óscar de la Borbolla,
porque ambos sabemos
que Sísifo es más grande que su piedra.

Prólogo
La muerte del Macabeo
(1867)

A las once de la noche, Su Majestad, Maximiliano I de México, pensó que Benito Juárez se ensañaría con su cadáver. Al Indio no le había bastado posponer su fusilamiento y hacerlo vivir en varias ocasiones la certeza de su muerte: la carta que escribió con letra firme para disponer el embalsamamiento y el traslado de su cuerpo a Austria no tuvo ningún efecto. Juárez era vengativo. Cuando Mariano Escobedo llegó a visitarlo en su celda, sólo le respondió con evasivas y se conformó con pedirle que le regalara su fotografía. Maximiliano tomó una pluma y garabateó una dedicatoria apresurada para el militar que lo había derrotado: "Al señor general en jefe, Querétaro, 18 de 1867". Al emperador le urgía que Escobedo lo dejara solo y no anotó la fecha completa: el mes de junio nunca figuró en sus últimas líneas.

Mientras Su Majestad acompañaba al general a la puerta de la celda, sólo alcanzó a pensar que la saña que se desataría contra su cadáver no era tan grave: Carlota ya había perdido la razón, von Magnus se quedaría esperando su cuerpo y su alma —junto con la de Miguel Miramón y la de Tomás Mejía— conocería la luz celestial.

Aunque el arzobispo Pelagio lo odiaba por sus coqueteos con el liberalismo, él estaba seguro de que Dios le concedería la gloria eterna: en unas cuantas horas moriría por intentar hacer el bien. Él, como buen Habsburgo, afrontaría la derrota hasta sus últimas consecuencias.

Al llegar a la puerta de la celda, Escobedo intentó abrazarlo, pero se fue sutilmente rechazado y cabizbajo. Maximiliano lo miró mientras se adentraba en el corredor. "Quién iba a pensar que él, siendo tan poquita cosa, terminaría ganando dos guerras. Sin la ayuda de los yanquis, Escobedo y Juárez estarían muertos desde hace años", pensó mientras esperaba que la puerta se cerrara con un voluminoso candado. El hombre que lo cuidaba no apresuró ninguno de sus movimientos. El Habsburgo sólo lo observaba. "Tiene razón, qué prisa corre. No quiero huir y ya nadie está dispuesto a rescatarme: los que no están muertos son prisioneros y los que escaparon de las rejas andan a salto de mata."

Antes de regresar al lecho, intentó conversar con su carcelero:

—Qué lástima que me despertaron, hacía mucho tiempo que no dormía tan bien.

El carcelero no le respondió. Nadie quiere hablar con los que están a punto de morir: ellos pueden ver las desgracias del futuro y sus palabras, pronunciadas desde un lugar muy cercano al más allá, sólo pueden convocar horrores.

⚭

Poco tiempo después de que Escobedo abandonara el lugar, los ruidos despertaron a los sentenciados. Maximiliano, Miramón y Mejía pensaron lo peor: la muerte —por alguna razón siniestra— se había adelantado y no podrían confesarse ni recibir el viático. Los generales no tenían miedo a las balas: los años de guerra les marcaron el cuerpo en varias ocasiones, el único que nunca las había probado era Su Majestad. El pánico tenía otra causa: Juárez no sólo estaba dispuesto a terminar con sus vidas, también anhelaba condenar sus almas para toda la eternidad.

Sin embargo, las celdas se abrieron para que los confesores permanecieran con ellos durante una brevísima hora. El padre Soria estaría con Maxiliano, Figueroa con Mejía y Pedro Ladrón de Guevara con Miguel Miramón, el general que siguió hasta las últimas consecuencias el ejemplo de Matatías Macabeo y se levantó en armas contra el gobierno que pretendía conducir a los mexicanos a la herejía y el paganismo.

Los generales tenían poco que confesar: no había culpa por los muertos en batalla, ellos habían entregado sus vidas para proteger a la patria de los liberales y los yanquis, para mantener viva la única religión verdadera. Los enemigos murieron en una guerra justa y sus almas se helaban en el más profundo círculo del Infierno. Miramón y Mejía sólo hablaron de pecados veniales, el más grave era el de Miguel. No hacía mucho tiempo que él le había prometido a Concha Lombardo, su esposa casi inmaculada, que todo saldría bien. Miramón mintió, con toda intención violó uno de los mandamientos de la ley divina.

Dos cosas sanaban su alma: la lectura de Kempis y las últimas cartas que alcanzó a escribirle a Concha. En los pliegos sucios, el general derrotado le reveló que la muerte estaba a punto de alcanzarlo y le abrió su alma para mostrarle su único pesar: "son las ocho de la noche; todas las puertas están cerradas, menos las del Cielo. Estoy resignado y sólo por ti siento dejar este mundo". En el fondo, él siempre creyó que no podría cumplir la promesa que le hizo tras la derrota del ejército imperial y la caída de Querétaro en manos de los juaristas. Ya nada podría salir bien, el pelotón era el único desenlace posible. Su esposa, a pesar del ánimo fingido, también lo sabía.

Quizás, el único que tenía que decir algo era Maximiliano: en aquellos momentos Dios juzgaba si las correrías en Cuernavaca y sus encuentros con la princesa Salm Salm fueron habladurías o si merecían su perdón. Pero esos, sin duda alguna, eran asuntos del emperador.

∞

A las cinco de la mañana, los reos y sus confesores se reunieron para escuchar la santa misa. Al terminar la ceremonia, los carceleros les preguntaron si querían desayunar: los condenados aceptaron y las viandas llegaron a sus calabozos: un jarro de café, media botella de vino a punto de convertirse en vinagre, un poco de pollo con la grasa cuajada y un trozo de pan. Antes de entrar a su celda, Maximiliano —que durante todo el encierro había vestido una chaqueta de paño claro— le preguntó a Miramón qué ropa se pondría para el fusilamiento.

—No lo sé, es la primera vez que esto me pasa —le respondió el general mientras esperaba a que le abrieran la puerta de su calabozo.

El emperador no contestó y se conformó con la levita que un queretano le prestó para esa ocasión. "No hay razón para morir como un lépero", pensó mientras se quitaba la chaqueta de paño ajada por el cautiverio.

Mientras esto sucedía en la celda de Su Majestad, Miramón sólo pudo recordar una línea de Kempis: "Vanidad es desear una vida larga, y no procurar que sea buena". Cuando la voz de *La imitación de Cristo* dejó de sonar en su cabeza tuvo la tentación de revisar el libro para leer el párrafo completo. Desistió antes de intentarlo. Él sabía que su vida sería breve: antes de cumplir los cuarenta entregaría su alma al Señor de los Cielos. Su existencia, sin asomo de vanidad, casi había sido virtuosa: nunca buscó las riquezas perecederas, las honras no lo sedujeron y en más de una ocasión pudo controlar el apetito de la carne. Concha era bella, pero nunca sucumbió del todo a sus encantos: sólo una vez renunciaron a la sábana santa que separaba a sus cuerpos en la intimidad. Ellos, antes que nada y sobre todas las cosas, eran un matrimonio católico. Es verdad que la amaba, pero Miramón —a pesar de algunas flaquezas— amaba mucho más a Nuestro Señor Jesucristo. Sólo por esto podía explicarse que, desde los primeros días que estuvieron juntos, Miguel siempre le dijo "hijita" a doña Concha Lombardo.

∽

A las seis y media de la mañana llegaron los carros de alquiler y el coronel Palacios recibió a los condenados en la puerta del edificio. Los tres iban acompañados por sus confesores, tenían un crucifijo en la mano y, salvo Maxiliano que se veía muy pálido, los generales estaban enteros, listos para enfrentar su destino. La apostura de Mejía sorprendió a Miramón: los males y las flaquezas que lo marcaron durante el juicio y el encarcelamiento no se mostraban en aquellos momentos: él, indio como Juárez, contenía sus emociones, por orgullo tenía que resistir. El general no podía darle el gusto del llanto o la súplica a sus verdugos.

La puerta del carro de alquiler que llevaría a Su Majestad ante el pelotón se atoró y hubo que forzarla. Pareciera que el coche marcado con el número diez no quisiera llevarse al Habsburgo. Miramón, vestido de negro como su confesor, se paró frente al carro dieciséis, y Mejía, cuando descubrió que el suyo era el trece, sólo pudo mirarlo con desconsuelo: dos números bastaron para que su contensión comenzara a resquebrajarse. Un leve temblor en su lampiña barba fue la primera cuarteadura.

—No se preocupe, mi general, así es la suerte —le dijo Miramón antes de cerrar la puerta.

Mejía, aunque lo deseaba, no pudo contestarle y subió al carro mordido por el miedo: la fe en Dios no era suficiente para derrotar a la posibilidad de la nada, de la oscuridad absoluta que caería sobre él después de que los fusiles se descargaran.

꩜

Los tres coches, escoltados por la infantería y la caballería de los liberales, avanzaron por la calle de las Capuchinas y se enfilaron al cerro de las Campanas. Mientras recorrían el camino que los conduciría al paredón, Miramón no mostró debilidad y sólo rompió su silencio para hacer una pregunta:

—Padre, ¿puedo despedirme de mi esposa?

—No lo sé, no sé si ella estará en el cerro.

—No padre, aquí, delante de usted, si no le incomoda.

—Por favor, adelante.

Miramón sacó un retrato de Concha y le habló por última vez:

—Adiós Concha, hija mía; Dios te bendiga en unión de mis hijos, adiós hasta la eternidad.

—Que así sea —dijo el sacerdote con ánimo de dar consuelo al condenado.

*

En la cuesta del cerro los esperaban las tropas de Escobedo. El general Díaz de León, el jefe del Estado Mayor de los liberales, había formado a cuatro mil soldados para que atestiguaran el fin del imperio. Los civiles brillaban por su ausencia, sólo unos cuantos indios y un puñado de desharrapados se acercaron para mirar el fusilamiento. El único que se miraba distinto era un albino, un hombre cercano al arzobispo Pelagio.

El carro dieciséis se detuvo. Miguel volvió a hablar con su confesor:

—Ya es hora, padre. Le suplico que le entregue este retrato y mi reloj a mi mujer.

Pedro Ladrón recibió los objetos sabiendo que formaban parte de la pequeña herencia del condenado. Antes de bajarse del carro, Miramón tomó el crucifijo para decir su última oración: "Dios mío, te ofrezco mi sangre en expiación de mis pecados y te pido la felicidad de mi patria".

∞

Cuando los condenados se apearon de sus carros, el silencio era el único dueño del lugar. Miramón, durante un instante, miró la ciudad levítica y apresuró el paso para alcanzar a sus compañeros de suerte. Los tres llegaron juntos al lugar donde los esperaba el pelotón que comandaba el capitán Jesús Montemayor. Maximiliano, en un intento por mejorar la puntería de los soldados, repartió entre los hombres de Montemayor las monedas que aún conservaba: cada uno recibió una pieza de oro con el rostro del condenado.

—Vale más darles una propina para que mejoren su puntería —le dijo Su Majestad a Miramón con la certeza de que el tiro de gracia, si es que lo había, no debía sentirse.

Ahí estaban: Maximiliano, Mejía y Miramón. El emperador, con cierta parsimonia, abrazó a sus compañeros de suerte y, tras darse cuenta de que don Tomás estaba a punto de quebrarse, cambió el orden de los condenados.

—Usted va al centro, al lugar de honor que le corresponde, un valiente debe ser admirado por los monarcas —dijo Maximiliano.

Miramón, sin decir una palabra se colocó en el sitio que le correspondía. Ahí, flanqueado por sus compañeros de derrota, esperó firme a que Su Majestad pronunciara sus últimas palabras.

—Los perdono a todos y a todos les pido que me perdonen, quiera Dios que la sangre que se va a derramar sea por bien de este país. ¡Viva México! ¡Viva la Independencia!

Miguel lo escuchó con cuidado y entendió su discurso: su muerte marcaba el fin de la Independencia, el inicio de la dominación de los yanquis. No pudo detenerse en sus cavilaciones, el tiempo se acababa, pero aún podía hablarle a sus verdugos:

—Mexicanos —dijo Miramón como si aún se dirigiera a sus tropas—, en el consejo de guerra mis defensores quisieron salvar mi vida. Pero aquí, pronto a perderla, cuando ya no me pertenece, cuando voy a comparecer ante Dios, protesto contra la traición que han querido imputarme para enlodar mi sacrificio. Muero inocente de este crimen y perdono a los que me juzgaron y a quienes me condenaron. Sólo espero que Dios también me perdone y que mis compatriotas aparten tan fea mancha de mis hijos haciéndome justicia. ¡Viva México!

Ninguno de los presentes respondió el viva de Miramón: algunos, los que ahí estaban por leva y aún mantenían su fe, se quedaron callados por miedo; otros, los liberales que ansiaban ser yanquis, sólo siguieron las órdenes de sus comandantes. No hubo respuesta. El general volvió a su lugar y cruzó sus últimas palabras con Maximiliano.

—Bien, Su Majestad, ahora sólo nos queda por descubrir una cosa: si caeremos con el rostro al cielo.

—Moriremos mirando hacia arriba —le dijo Maximiliano.

Miramón se puso una mano en el pecho y pronunció su última arenga:

—¡Aquí! —le ordenó al pelotón de fusilamiento.

El emperador no se equivocó: tras el tronido de los fusiles, los tres cayeron sobre sus espaldas.

Cuando el humo se disipó, los soldados se acercaron para darles el tiro de gracia y los confesores se aproximaron para bendecir los cuerpos con agua sagrada y hacerles la señal de la Santa Cruz en la frente. Las monedas que repartió el emperador sólo ampararon a Miramón y Mejía; él tardó un poco en morir: los fusiles del tiro de gracia fallaron dos veces.

⚭

El mismo día de su muerte, el cuerpo de Maximiliano fue llevado al templo de Capuchinas. Ahí lo esperaba el doctor Licea para embalsamarlo: las órdenes de Juárez habían sido precisas y él no estaba dispuesto a desobedecerlas. Licea estaba seguro de que sus recientísimas acciones no bastaban para borrar su pasado imperial. El médico no era un hombre bien nacido: en los últimos momentos del sitio de Querétaro traicionó a Miramón, a diferencia de Judas, lo vendió por más de trece monedas.

El templo no era el mejor lugar para preparar el cuerpo: habían demasiados ojos, la luz era gris y el instrumental dejaba mucho que desear: sólo la jeringa Charrière estaba en óptimas condiciones para drenar el cadáver. Licea, antes de comenzar su trabajo, acarició la mesa sobre la que estaba el cuerpo del emperador: las astillas y las rajaduras cubrían su superficie.

Los queretanos, siempre fieles al imperio, se arremolinaban a la entrada de la habitación y más de una mujer le pidió a Licea que manchara sus pañuelo con la sangre de Maximiliano para guardarlo como reliquia. Otros, los más pudientes, le rogaron para que les vendiera la ropa de Su Majestad. Al principio, Licea —amedrentado por la presencia de los doctores Brash y Gasseau, quienes darían fe del embalsamamiento— no aceptó las ofertas y comenzó a trabajar fingiendo una sordera que le dolía en los bolsillos: tenía que drenar el cuerpo, sacarle los dentros y ponerle los ojos de vidrio que le habían arrancado a una estatua de Santa Úrsula.

Así, sin más preparativos e ignorando a los curiosos, Licea comenzó a aplicar la inyección francesa y rajó el pecho de Su Majestad. Sus cortes sólo eran interrumpidos por la letanía del rosario que pronunciaban las mujeres. El suelo que fuera sagrado se manchó con los coágulos y los líquidos que escurrían. El cadáver tenía que durar, Juárez quería verlo, usarlo como su última arma contra los Habsburgo.

⁂

El médico de los generales imperiales no tardó mucho tiempo en vender las reliquias de su soberano: la princesa

Salm Salm —la mujer que en el teatro hubiera destacado por sus encantos de bailarina, que en el circo se hubiera notado por su gracia y que en la corte indignó por sus talentos como cortesana— le dio unos buenos reales por la faja roja manchada de sangre y la máscara mortuoria del emperador. Claro, al final se arrepintió del negocio y fue a hincarse frente a Juárez para pedir justicia. Nada se sabe sobre lo que ocurrió durante ese encuentro, nadie puede afirmar si la Princesa le prodigó sus favores, lo único que sí es un hecho es que Licea pasó poco más de dos años en la cárcel.

∽

El Indio se apersonó frente al cadáver el sábado siguiente. Durante diez minutos miró el cuerpo de su enemigo sin pronunciar palabra. Nunca antes se habían encontrado. Juárez, convertido en esfinge, nada dijo sobre sus pensamientos. Sólo abandonó el lugar, se subió a su carruaje y tomó camino para la capital del país: le urgía organizar la entrada triunfal y poner en orden a su nuevo adversario, el joven general Porfirio Díaz, quien estaba dispuesto a negociar con los franceses y el clero con tal de tomar el poder que, según él, le pertenecía por derecho. Sin embargo, la saña apenas comenzaba: Juárez se adueñaría del cadáver de Su Majestad y sólo lo entregaría a cambio del reconocimiento diplomático que daría legitimidad a su gobierno. El cuerpo bien valía la humillación de los austriacos.

∽

El general Mejía no tuvo mejor suerte: su cadáver fue embalsamado en la Casa de la Zacatecana. Ahí lo vistieron de etiqueta, le pusieron una mano en el pecho y lo sentaron en una silla para fotografiarlo. Cuando se cegó la luz del magnesio, el retratista estuvo seguro de que estaba haciendo un buen negocio: más de un mexicano querría comprar la imagen del general.

Tras la fotografía, el cuerpo de Mejía fue entregado a su esposa sin ninguna ceremonia. La mujer del general, que no fue bendecida con la locura de Carlota ni con la entereza de Concha Lombardo, terminó llevándoselo al Convento de San Antonio para exhibirlo en su santa escalera. Ella, prieta y pobre, sólo podía esperar la caridad de los queretanos para enterrar a su marido. Muy pocos le dieron dinero, la plata escaseaba y el miedo a los liberales sobraba.

Con la miseria a cuestas, la esposa de Mejía se llevó el cuerpo hasta su casa en la Ciudad de México. Nadie, salvo el arriero que conducía un desvencijado carruaje tirado por dos mulas, la acompañó en el camino. Ahí tampoco hubo modo de enterrarlo. Ella no quería que su marido terminara en la fosa común ni que le echaran una paletada de cal como si fuera un perro. Por eso lo mantuvo en su hogar cerca de tres meses, hasta que alguien pagó su sepultura en el panteón de San Fernando.

El día del entierro no hubo ceremonia. Nadie, salvo la mujer condenada a la miseria y el olvido, acompañó al general Mejía a su última morada. Las viejas glorias y los antiguos compañeros de armas fueron devorados por el triunfo de los juaristas.

∽

El cuerpo de Miramón no fue profanado, todas las balas le atinaron en el pecho y Juárez no reclamó su cadáver. Sin embargo, unos soldados muertos de hambre le robaron el único objeto de valor que aún conservaba: la dorada alianza de matrimonio desapareció de su dedo.

Alberto Lombardo, su esposa Naborita y su tío Joaquín Corral recogieron el cuerpo. Tenía la cara sin nuevas marcas: la vieja cicatriz que le dejaron los yanquis en 1847 sólo era una delgadísima línea blanca que nunca más se enrojecería, las marcas de los puntos que le dieron en la pierna ya nunca más le arderían y la herida que Licea no le curó del todo antes de venderlo había sanado durante el cautiverio. A pesar de la derrota, el pelotón lo respetó.

Alberto, Naborita y Joaquín sabían con precisión lo que debían hacer. Concha había ordenado el embalsamamiento de su cuerpo con una sola salvedad: el corazón de Miguel debía ser guardado en un frasco con alcohol alcanforado. Ella quería conservarlo. Así, al cabo de unos días, el cuerpo de Miramón partió rumbo a la capital: su cortejo —a diferencia del de Mejía— fue lujoso: dos guayines tiradas por mulas que fueron acompañadas por un joven oficial que, a pesar de estar del lado de los liberales, tuvo el valor de escoltarlo durante varias horas, sólo así se podría evitar el riesgo de que algunos de sus enemigos intentaran robarlo, cortarle la cabeza para guardarla como trofeo.

∽

Concha, quien en aquellos momentos tenía más orgullo que dinero, aceptó que su cuñado pagara el entierro de su esposo en San Fernando. De la familia de soldados, sólo Bernardo Miramón seguía con vida y, antes de desaparecer para siempre, gastó sus últimos pesos en la tumba de su hermano.

Ese día no hubo grandes ceremonias. Frente a la lápida de cantera sólo estaban sus familiares, algunos de los viejos compañeros de armas y un sacerdote. El guerrero de Dios, el niño héroe cuyo nombre se borró de la lista de honor, el ex presidente de la república, el defensor de la fe no mereció ningún reconocimiento. Los veintiún cañonazos, los crespones en las banderas y los sables desenvainados brillaron por su ausencia: el miedo a Juárez paralizó a la mayoría de sus partidarios. El obispo Pelagio y el padre Miranda, los dos clérigos que lo apoyaron en algunos de los momentos más difíciles, tampoco se presentaron: ellos habían tenido que huir del país para salvarse de la ira y la venganza de los liberales.

Cuando terminó la discreta ceremonia, el general Santiago Blanco —el hombre que le entregó la Ciudad de México a Porfirio Díaz tras la derrota de las fuerzas imperiales en Querétaro— se acercó a la esposa de Miramón y le dijo:

—La muerte del general ha sido una gran pérdida para el partido conservador.

Y Concha Lombardo, con ira contenida, sólo alcanzó a responderle:

—Todos ustedes están enterrados en esta tumba.

*

Concha Lombardo estaba preparada para la desgracia. Las palabras que Miguel le dijo antes de casarse se habían vuelto realidad: él murió como un soldado y ella no tuvo que soportar la deshonrra de que fuera fusilado como un político. "Las balas en el pecho son mejores que en la espalda", pensó mientras colocaba el frasco con el corazón de su esposo en el altar que presidía su casa. En aquellos momentos, de nada había servido que su confesor le pidiera que lo enterrara junto con el pasado. Ella, sin que le importaran la posibilidad del pecado o el riesgo de la condena eterna, tenía que conservar algo de Miguel.

Ahí, frente a la llama votiva, pensó en el día cuando Miramón fue herido por vez primera. La guerra contra los yanquis se apoderó de su memoria.

Primera parte
La guerra contra los yanquis y los tiempos de Santa Anna
(1845-1855)

I

Desde 1845, a los yanquis se les quemaban las habas por declararle la guerra a los mexicanos. Ellos sentían que su territorio les quedaba chico y estaban convencidos de que su dios los eligió para civilizar a los indios y mestizos que vivían al sur de su nación. Al principio, decidieron que las mojoneras de la frontera no estaban en el río Nueces, sino en el Bravo. Y después, con calma, se sentaron a esperar el pretexto para desenfundar las armas. Como si fueran tábanos, durante un año provocaron a las tropas norteñas, hasta que ocurrió una balacera de poca monta en el rancho Carricitos.

Ése fue el pretexto para comenzar la guerra. Así, luego de algunos discursos histéricos de su presidente, los yanquis se lanzaron a la invasión con toda la furia. Ellos, por tierra y mar, llegaron a la frontera y a las costas; y desde ahí, sin que nadie pudiera detenerlos, comenzaron a avanzar hacia la Ciudad de México. La guerra contra los yanquis fue una desgracia. Salvo un puñado de patriotas, ningún mexicano se comportó como era debido: algunos estados, con la excusa del federalismo, se negaron a enviar a sus tropas para defender al país —ellos, decían sus gobernadores, eran libres y soberanos para decidir si eran o no neutrales en la guerra— y ciertos liberales, los que se soñaban estadounidenses, obstaculizaron las acciones militares con tal de que los invasores derrocaran a don Antonio López de Santa Anna, anularan la fuerza de la iglesia y lograran que la frontera se corriera hasta Centroamérica. Para los anexionistas, la guerra era una bendición. Los males nunca llegaron solos: más de una población fronteriza se rindió sin presentar un combate digno, y otras, sin el menor miramiento, se declararon yanquis en el preciso instante en que sus habitantes miraron la bandera enemiga.

A pesar de todos los infortunios, Santa Anna salió a combatir a los yanquis dejando el gobierno en manos de Valentín Gómez Farías, un médico liberal que —al igual que todos los demás— estaba convencido de que todas las tragedias del país eran culpa de la iglesia. En aquellos momentos, como ya era costumbre, las arcas de la nación estaban vacías, y había que conseguir dinero para pertrechar un ejército formado por unos pocos militares de carrera y miles de hombres que fueron obligados a tomar las armas por medio de la leva. Gómez Farías se agarraba una oreja y no se encontraba la otra. Por eso, y sobre todo por su rojo liberalismo, tomó una decisión peligrosa: obligar a la iglesia a pagar la guerra y, ya encarrerado, quiso eliminar todos sus privilegios. Él estaba convencido de que la venta de los bienes del clero era la única solución. Pero los curas no se quedaron con los brazos cruzados: los militares que aún les eran fieles se levantaron en armas y México tuvo que enfrentar dos combates.

Aunque Santa Anna medio venció a los invasores en la batalla de la Angostura, las derrotas no se hicieron esperar. Para mediados de 1847, los yanquis ya estaban muy cerca de la Ciudad de México. El ejército, junto con los hombres que se le sumaron a fuerza de levas o por patriotismo, intentó detenerlos sin éxito en Padierna y Churubusco, dos lugares que apenas distaban unas cuantas leguas de la capital. En la primera batalla, la mala estrategia les dio la victoria a los yanquis; en la segunda, la falta de parque obligó a la rendición.

⊙

Ninguno de los generales fue capaz de detener el avance de los yanquis y, para colmo de males, la tregua y las pláticas de paz fracasaron por completo. En aquellos momentos ya sólo quedaba una opción: intentar la última defensa y pagar con sangre las traiciones, las imposturas y las cobardías. Trist, el representante de los estadounidenses, exigió lo aparentemente inaceptable y el día 6 de septiembre de 1847 todos se levantaron de la mesa con las manos vacías. Ningún acuerdo fue suscrito y el lugar de las plumas lo ocuparon las armas. Trist no consiguió que la frontera quedara delimitada por el río Bravo, tampoco logró que le vendieran Nuevo México y las Californias. Los treinta millones de pesos que ofrecían los yanquis —aunados a la certeza de que no exigirían el pago de los gastos de guerra— fueron rechazados sin miramientos. El orgullo de los representantes mexicanos tendría funestas consecuencias.

La noticia del reinicio de la guerra corrió muy rápido. Aunque la mayoría ya había perdido la fe en la victoria tras las derrotas de Padierna y Churubusco, la ciudad comenzó a prepararse para la batalla: en las garitas que rodeaban a la capital se construyeron parapetos y se instalaron algunas piezas de artillería mal pertrechadas.

Santa Anna iba de un lado a otro dando órdenes, reconociendo los lugares donde supuestamente habría un gran peligro y emprendiendo campañas contra los soldados, los arrieros y los civiles. Ahí estaba, con su sombrero jipijapa y su fuete en la mano, con su paletó color haba y su blaquísimo pantalón de lienzo. A pesar de que la mayoría estaba convencida de la derrota, él despilfarraba actividad, desafiaba, se mostraba temerario, pero no era un buen general ni estaba, como presidente, a la altura de las circunstancias. Don Antonio sólo tenía ansias de fingimiento, de alcanzar la gloria imposible.

En aquellos días, los civiles, para bien o para mal, también tomaron providencias: algunos —luego de sobornar a los soldados de las garitas— huyeron llevándose los objetos de valor que pudieron cargar; otros emparedaron sus riquezas, escondieron a sus hijas y se sentaron a esperar lo peor mientras acariciaban sus escapularios. Ellos no sabían a quién debían tenerle más miedo: si a los yanquis que tomarían la ciudad a sangre y fuego, o a los muertos de hambre que se lanzarían a la rapiña luego de que el gobierno cayera tras el último cañonazo de los invasores. Por supuesto que también hubieron valientes dispuestos a vender caras sus vidas.

Todos hicieron lo que les dictaban sus conciencias y la mayoría también hizo lo posible para llegar bien protegido a la otra vida. A ratos, las hostias y los confesionarios tenían más valor que la pólvora y el plomo. Incluso, los liberales más radicales se acercaron a los templos para poner en orden sus asuntos con Dios.

Independientemente de su posición política y su valor, todos sabían que la suerte de México se definiría en Molino del Rey y el fuerte de Chapultepec. Ahí, bajo el mando de Nicolás Bravo, el héroe de la independencia que ya enfrentaba los primeros achaques, se concentraban cerca de mil hombres y varios cañones.

Las fuerzas de Chapultepec comenzaron a prepararse para la batalla: los cadetes y los soldados curtidos construyeron trincheras, levantaron parapetos y reforzaron el edificio con vigas y tablones. Ellos tenían que partirse el lomo para intentar lo imposible: preparar el fuerte para el bombardeo y derrotar a los yanquis, poco importaba que los hombres recibieran unos fuetazos, que las armas fueran viejas y que el parque amenazara con no durar lo suficiente. Los trabajos tenían que seguir adelante, aunque la moral de las tropas fuera en retirada. Todas las noches algunos desertaban con una sola certeza: valía más conservar la vida que presentar un combate perdido de antemano. "Qué caso tiene jugarse el pellejo por unas tierras desiertas", decían los que abandonaban sus puestos para justificar sus acciones.

Incluso, entre algunos de los que permanecieron en el fuerte, las opciones del motín y la rendición eran mucho más que una simple posibilidad. El demonio de la derrota era imposible de exorcizar.

Nicolás Bravo, aunque nunca lo dio a notar, sólo podía esperar lo peor: Santa Anna, por la envidia que le carcomía el alma, lo dejaría morir solo, nunca perseguiría a los desertores ni castigaría a los alborotadores, y, en el momento definitivo, le negaría la posibilidad de recibir refuerzos. A pesar de sus afanes, don Nicolás y sus hombres estaban seguros de que el blindaje del fuerte no resistiría el fuego de la artillería yanqui; quizá por eso muchos pensaban que valía más entregar la plaza. Sólo unos cuantos —entre los que se contaba Miguel Miramón— estaban convencidos de la necesidad de enfrentar a los invasores.

⌒

Miguel rondaba los quince años. No había pasado mucho tiempo desde su entrada al Colegio Militar; su delgado rostro apenas estaba marcado por un levísimo bigote y su cabellera siempre indomable aún no mostraba entradas. Al igual que muchos de sus compañeros, él parecía estar fuera de lugar: las caras lampiñas —cuando menos en apariencia— nada tienen que ver con la guerra. Sin embargo, el cadete Miramón estaba en el fuerte de Chapultepec por convencimiento y tradición.

A los quince, Miguel no tenía ideas políticas: los enfrentamientos entre liberales, conservadores, santanistas y monárquicos sólo eran dimes y diretes a los que apenas prestaba atención. Él, que durante su infancia había mirado la bandera del Ejército Trigarante que se conservaba en su casa; él, que sólo había jugado a los soldados que derrotaban a los realistas y tejanos, sólo era un muchacho convencido de dos cosas: Dios y la Patria. El primero se lo reveló su madre y la segunda se la entregó su padre.

Miramón tenía perfectamente claro que los juegos se habían terminado de una vez y para siempre: los yanquis se preparaban para atacarlos y él, por primera vez, conocería el fuego y la sangre.

⌒

Los yanquis no apresuraron el ataque: durante los primeros días de septiembre, sus ingenieros y zapadores recorrieron los alrededores de la capital para valorar los caminos y descubrir los mejores lugares para situar a sus tropas. Aunque los tiros de los exploradores y los guardianes de las garitas intentaron ahuyentarlos, ellos continuaron sin enfrentar grandes problemas ni bajas de consideración: las noticias sobre las deserciones, los civiles que abandonaban la ciudad y la certeza de que Santa Anna terminaría huyendo para salvar la vida eran buenas razones para tener confianza.

La mancha azul de las tropas yanquis se movía lentamente y los combates no tardaron mucho en comenzar: la primera batalla fue en Molino del Rey. Al iniciarse la batalla, los mexicanos pensaron que podían detener y derrotar a los yanquis, pero Santa Anna y Juan Álvarez le entregaron la victoria de los invasores: el primero no estuvo a la altura; y el segundo, en uno de sus proverbiales arranques, lanzó a la caballería en las peores condiciones. De nada sirvió el arrojo: los fusiles, las explosiones y la metralla dieron cuenta de los jinetes antes de que pudieran trabar combate. Sólo unos cuantos, los que sobrevivieron a las primeras descargas, se enfrentaron a los yanquis a tajos de sable. Su valor no sirvió de mucho, los filos nada pudieron contra los fusiles de repetición. Así, el 8 de septiembre, a pesar de la resistencia que opusieron sus defensores, los edificios de Molino del Rey cayeron en manos de los yanquis.

Santa Anna, como era de esperarse, abandonó a sus hombres cuando descubrió que todo estaba perdido: se fue mentándoles la madre, culpándolos de la derrota. Álvarez hizo lo mismo: le clavó las espuelas a su mula y se largó sin cargos de conciencia: "los malos soldados siempre causan la derrota", pensó antes de huir con el orgullo henchido.

Álvarez iba con la cola entre las patas, rumiando la venganza que pronto le cobraría a Santa Anna. Ahí iba, en retirada, clavándole las espuelas en los hijares a la mula blanca que contrastaba con el color de su piel. El medio mulato que había pasado de caballerango de Vicente Guerrero a general y que por orgullo cultivaba una ignorancia que sólo competía con el analfabetismo de Guerrero, se fue para el sur. Allá, en las montañas o en Acapulco había mejor clima y estaban muchos de sus seguidores que aún podrían volver por sus fueros.

Miguel, junto con los otros cadetes, miró la batalla desde el cerro de Chapultepec. Cada una de las acciones de las tropas mexicanas contradecía lo que había aprendido en los salones. La derrota no lo sorprendió.

—Perdimos —dijo uno de los cadetes que observaba el combate.

—No —le respondió Miramón—, ellos perdieron, todavía faltamos nosotros.

Ninguno de los jóvenes se atrevió a contradecirlo. Para ellos, lo mejor era callarse y esperar a que llegara la noche para intentar huir del fuerte. Valía más no gastar fuerzas en pleitos, ellas serían indispensables para volver a sus casas.

Durante la noche del 11 de septiembre, los zapadores yanquis trabajaron en silencio: en el camino que iba de Tacubaya a Chapultepec montaron dos baterías; lo mismo hicieron en una de las lomas de Molino del Rey. A diferencia de los defensores del fuerte, a ellos no les faltaban cañones: las piezas de artillería que capturaron en Padierna y Churubusco los hicieron aún más fuertes.

Así, antes de que saliera el sol, los yanquis ya estaban listos para iniciar la batalla decisiva.

II

El día de la batalla, Miramón despertó mucho antes de lo acostumbrado. La corneta aún no rompía el silencio. Se frotó los ojos, se estiró y miró el dormitorio del fuerte: algunos cadetes estaban en las literas y los catres, otros —los menos afortunados— dormían tirados en el piso apenas cubiertos por unos harapos que habían conseguido en quién sabe dónde. Los ruidos de las pesadillas de sus compañeros materializaban el miedo. El cuarto olía a humanidad, a sobaquina, a trabajo y desaliento.

Miguel hurgó en sus ropas hasta encontrar su rosario. Besó el crucifijo y comenzó a pasar las cuentas mientras murmuraba sus rezos. Tenía que estar preparado: la posibilidad de perder la vida era digna de ser considerada. A falta de capellán, sólo tenía las posibilidades de las cuentas y del Yo pecador. Sin embargo, no tenía miedo: las historias de batallas y muertes en combate lo habían acompañado desde siempre: su padre, Bernardo Miramón, fue uno de los generales del Ejército Trigarante, y Bernardo y Joaquín, sus hermanos mayores, eran ya oficiales. Miguel se había curtido antes que la mayoría de sus compañeros, sabía que el verde de la bandera lo protegería de todos los males. Dios no podía abandonarlos a su suerte. Para el cadete, la batalla no sólo era un asunto entre yanquis y mexicanos, sino entre los protestantes y los católicos, una guerra santa donde se jugaba el futuro de la única religión verdadera. Él, en aquellos momentos, sólo se llamaba Miguel, como el arcángel que comanda los ejércitos celestiales.

El ataque comenzó poco tiempo después del primer toque de corneta. La primera descarga de los cañones yanquis no le atinó al fuerte. Las balas cayeron cerca, muy cerca, y sus explosiones, aunque no mataron ni hirieron a nadie, lograron que algunos de los defensores huyeran de sus puestos, vomitaran de miedo o se mearan en los pantalones. Los cadetes —que hasta hace unos cuantos días habían sido muy buenos para desfilar y pavonearse frente a las pollas— ahora se enfrentaban a la guerra, a la posibilidad de morir en combate.

Miramón no tardó en llegar a su puesto: él era uno más de los jovencísimos cadetes que tratarían de contener el avance de los yanquis en el muro que miraba hacia Molino del Rey. Tras las órdenes de los oficiales, llegó el silencio que sólo de cuando en cuando se rompía por los hipos del llanto y los rezos que pedían un milagro: más de uno deseó que Bravo izara la bandera blanca. El milagro no se materializó. La rendición era imposible y a los defensores sólo les quedó una opción: esperar a que los gringos corrigieran el ángulo de sus cañones antes de reiniciar el fuego.

A su lado, uno de los compañeros de Miguel temblaba y no lograba cargar su arma. Aunque el cadete no quería quebrarse, ya se había roto por dentro. Miramón le dio unas palmadas en la espalda, le quitó el fusil, lo cargó y se lo devolvió con tranquilidad.

—Es mejor morir a perder la patria y el valor —le dijo para consolarlo.

—Pero...

—No, aquí no hay peros. Aquí estamos para dar batalla y desear que, si la muerte nos alcanza, nos lleve rápido y que Dios nos perdone por no estar confesados. Persígnate y sanseacabó.

Miramón no había terminado de hablar cuando los yanquis volvieron a disparar: el fuerte recibió los primeros impactos. Las defensas y los blindajes revelaron su fragilidad y los heridos comenzaron a teñir de sangre el piso embaldosado.

Los fusileros no podían abrir fuego; los enemigos estaban muy lejos y sus balas no podían alcanzarlos. Los únicos que algo podían hacer eran los artilleros que atendían las piezas de mayor calibre. Hasta donde les fue posible, los defensores respondieron al fuego con fuego, pero la mala puntería y el mal estado de los cañones nunca les ayudó: sus tiros siempre caían cerca de las baterías enemigas; a lo más, uno de ellos alcanzó a herir a los servidores de un cañón yanqui.

❧

Los gringos, de nueva cuenta, se la tomaron con calma. El bombardeo tenía que ser preciso, debía destruir las defensas del fuerte y la voluntad de sus custodios. Poco a poco, los heridos se multiplicaron. A pesar de la falta de suministros, los matasanos intentaron salvar a los que tenían ciertas posibilidades. El hospital de sangre hizo honor a su nombre: no había tiempo para remiendos cuidadosos, la amputación sin láudano ni morfina era la única opción para los heridos que aún tenían cierta oportunidad de conservar la vida. Los desahuciados y los menos graves fueron abandonados a su fortuna. El médico estaba convencido de que nadie quedaba en trance de muerte por una esquirla clavada en el músculo de la pierna, cuando las fiebres llegaran, ya habría tiempo para combatirlas.

∽

Miguel escuchó el estruendo que siguió al silbido de la bala. Quedó cubierto de polvo, sordo durante unos instantes. Su compañero, sin quererlo ni desearlo, lo salvó de la muerte: un fragmento de bala le había destrozado la cabeza. Miramón no llamó al médico, tampoco pidió que se llevaran el cadáver. Lo acomodó con cuidado y le puso la cruz de su rosario en lo que le quedaba de frente.

—*Vita brevis* —murmuró al enfrentarse a la certeza de que ellos bien podrían morir antes de cumplir los veinte.

Después dijo una rapidísima oración para rogar por el alma de su compañero y volvió a su puesto limpiándose las manchas de los sesos. "Tuvo suerte —pensó Miguel—, la guadaña fue tan rápida que no le dio tiempo de sufrir."

∽

Miramón aguantó casi todo el bombardeo en su puesto. No desperdició ningún tiro de su cartuchera, aunque en varias ocasiones quiso jalar el gatillo de su fusil para intentar ahogar los estallidos de las balas enemigas. Él tenía que contenerse hasta que los yanquis estuvieran cerca, hasta que pudiera apuntarles y disparar con confianza. Antes de esto, ningún tiro tenía sentido.

∽

Durante todo el día, los yanquis dispararon contra el fuerte. Al caer la noche, los sanos y los menos heridos intentaron reparar las defensas con los fusiles colgados al hombro. A la mañana siguiente, con toda seguridad, se reanudaría el ataque y los yanquis intentarían tomar la posición a fuerza de bayonetas y sables.

Conforme se acentuó la noche, el miedo y la oscuridad continuaron mermando las tropas: los desertores se multiplicaron y Bravo, en una nota que le envió a Santa Anna, sólo pudo informarle que ya no tenía suficientes hombres para proteger todas las defensas exteriores. El viejo insurgente no recibió respuesta ni apoyo: el presidente sólo estaba preocupado por organizar su huida de la Ciudad de México.

∽

A las nueve de la mañana del día 13, las columnas yanquis comenzaron a avanzar desde Molino del Rey y el camino de Tacubaya. Al principio, su paso fue seguro: el fuego de artillería y la distancia aún los protegían de los defensores del fuerte. Las trincheras y los parapetos del bosque fueron tomados por los gringos o abandonados por sus defensores. Ellos, los cobardes, no se replegaron al fuerte y buscaron los peores caminos para intentar escapar. Por fortuna, Dios castigó su falta de bravura: muchos cayeron en manos de los negros y los hombres de pelos colorados y narices venosas.

Los yanquis no tardaron mucho en apoderarse de las defensas exteriores y cerrar el círculo en torno al fuerte. La bravura del general Santiago Xicoténcatl y sus hombres tampoco pudo frenarlos: su muerte sólo fue heroica, una bizarría sin sentido. El batallón de San Blas apenas y pudo contenerlos durante un brevísimo lapso.

Cuando se lanzaron al ataque final, su artillería suspendió el fuego con la confianza de que las defensas y los defensores ya no representaban grandes peligros. La falta de auxilios, el repliegue y la deserción sembraron el desaliento entre la mayoría de los cadetes y los soldados: los artilleros que no estaban heridos abandonaron las piezas y el desorden hizo presa de los defensores.

Miramón, a pesar de la derrota innegable, siguió disparando, apuntando con cuidado para no desperdiciar ninguna bala. Así siguió hasta que una bala enemiga lo hirió en el rostro. Cuando cayó, un soldado yanqui se lanzó sobre él para rematarlo con su bayoneta. Pero uno de los oficiales alcanzó a dispararle en la cara a su atacante. Miguel tenía el rostro rajado, los enemigos entraban al fuerte y vencían a sus oponentes.

El oficial que le había salvado la vida lo levantó y trastabillando lo condujo hasta el hospital de sangre: quizá, si los atacantes aún podían comportarse como caballeros y respetaban las normas más elementales de la guerra, no darían cuenta de las vidas de los heridos que estaban en manos de los médicos.

La defensa del fuerte fracasó por completo: Bravo fue tomado como prisionero junto con los sobrevivientes.

III

Miguel, prisionero como estaba en el hospital de sangre, no pudo atestiguar la caída de la capital. Había recibido unas buenas puntadas y las noticias de lo que afuera ocurría sólo le llegaban de cuando en cuando. Gracias a las cartas de su amigo Manuel Ramírez de Arellano, las pláticas con Tomás de Cuéllar y Leandro Valle, y las notas que a veces recibían sus compañeros de encierro y convalecencia, él se enteró de que Santa Anna, junto con lo que quedaba del mermado ejército, abandonó la ciudad poco antes de que los yanquis izaran su bandera en Palacio Nacional. Claro, antes de irse, renunció a la presidencia y el cargo —luego de poco más de diez días en los que José Joaquín Herrera fingió ser el mandamás— terminó quedando en manos de Manuel de la Peña, quien también terminó largándose a Toluca con todo el gobierno.

La ciudad, sin ejército y sin gobierno, quedó a merced de la furia y la demencia de los invasores. Sólo los rojísimos liberales que formaban parte del ayuntamiento impuesto por los yanquis estaban felices por la derrota. Ellos, los mexicanos vergonzantes que ansiaban ser gringos, en una comida que le ofrecieron a los generales invasores en el Desierto de los Leones, fueron capaces de brindar "por el triunfo de las armas norteamericanas y la próxima anexión de México a Estados Unidos". El sueño de algunos liberales, por lo menos en aquellos momentos, estaba a punto de convertirse en realidad: el país podría convertirse en una estrella más de la bandera de los enemigos.

∞

Miramón no pudo ver a los demonios de cabellos encendidos, de caras abotagadas y narices como ascuas. Tampoco pudo observar su avance, idéntico al de una manada que se dirigía hacia el centro de la ciudad. Los soldados yanquis iban corriendo, atropellándose, llevando sus fusiles como se les pegaba la gana. Tras ellos venían sus carretas con techos de lona, las galeras abovedadas llenas de víveres y soldaderas borrachas. La huida ya era casi imposible: la mayoría de los civiles que no se largaron con Santa Anna o con Manuel de la Peña se quedaron atrapados en la ciudad. Ellos estaban obligados a vivir el fin de una época junto con los hombres que aún tenían la bravura necesaria para combatir a los yanquis.

Los capitalinos —a pesar de su doble orfandad— en vano trataron de detener a los invasores: desde los techos les lanzaron piedras y tabiques, los bañaron con aceite hirviendo y más de uno disparó sus armas contra los que pasaban cerca de sus casas. Los civiles intentaron frenar a los invasores, pero la fuerza de los bárbaros terminó por derrotarlos y desatar al diablo de la venganza: tras vencer la resistencia, los negros y los hombres de pelos bermejos, ebrios por la victoria y el trago, se lanzaron como fieras sobre los niños y las mujeres que fueron violadas antes de morir. Quien caía en sus manos era asesinado sin miramientos. A ellos, a las bestias, no les importaba nada, las calles de la ciudad se llenaron de cadáveres y heridos.

Nadie pudo frenarlos. Cuando se apoderaron de la capital su condición demoníaca quedó plenamente demostrada: vagaban como animales de monte, hacían fuego donde querían y tragaban como las bestias: le untaban mantequilla a las sandías, revolvían jitomates, maíz y miel en un perol para hacer un cocido que mascaban como chacales. Por fortuna, en algunos casos, Nuestro Señor Jesucristo los castigó con furia: algunos murieron después de beberse unas botellas de falso coñac y otros, los que se apoderaron del templo de Santa Clara, amanecieron tiesos, ahogados por el humo de la fogata que encendieron con la sillería del lugar.

∞

Cuando los yanquis comenzaron a entrar a la capital, la familia Lombardo huyó de su casa: a don Francisco, el padre de Concha, no le importaba la posibilidad de perder sus bienes. Si tenía suerte, alguien invocaría su nombre y sus cargos en el gobierno para evitar el saqueo. Aunque sus hijas protestaron, él dio por terminada la discusión con una idea que parecía irrebatible. "La gente decente siempre es respetada, o por lo menos tiene amigos que obligan al respeto", les dijo mientras las apuraba para que se subieran a la guayín que las alejaría de los enemigos.

A pesar de sus palabras, don Francisco estaba convencido de que sólo podía confiar en la divina providencia para salvar sus posesiones. Lo único que le importaba era evitar que sus hijas terminaran bajo el cuerpo de un negro que podía preñarlas con su simiente. Él sabía que no tenía la suficiente fuerza para enfrentarse a los soldados yanquis: su orgullo y los pasados duelos de nada servían contra los rifles y las ballonetas. El miedo y el envejecimiento prematuro lo obligaban a huir más allá de Tacubaya.

Ↄ

Hubieron de pasar varios días para que la paz comenzara a asomarse. Su primera irrupción fue el humo: los trabajadores del ayuntamiento liberal y los negros vestidos de azul comenzaron a apilar los cadáveres para prenderles fuego. Los cadáveres eran un peligro. Después siguieron los fusilamientos y los castigos: para la primera ejecución, los yanquis tomaron sus precauciones pero no pudieron llevarla a cabo. Los miserables y los bien nacidos que rodeaban la plaza de la Monterilla amenazaron con un tumulto.

Unos cuantos días más tarde, fijaron en el centro de la plaza tres barras de hierro, con palos atravesados haciendo de cruces. En ellas colocaron a los mexicanos, desnudos de medio cuerpo para arriba. A una señal de sus oficiales, el verdugo comenzó a latigarlos con un chicote de hule prieto. Los condenados aullaban cuando recibían los primeros latigazos; conforme la tortura avanzaba, sus voces se convertían en ronquidos ahogados por las convulsiones.

Al terminar, los mexicanos estaban desmayados, tirados en el piso después de que los habían desanudado de la cruz. Los asistentes sólo guardaron silencio: estaban derrotados, la única justicia que valía era la de los yanquis.

Ↄ

Más temprano que tarde, las noticias de la justicia de los yanquis llegaron al hospital de sangre donde Miramón y los cadetes que sobrevivieron a la batalla estaban prisioneros. Los jóvenes que ya estaban totalmente derrotados se conformaron con saberse seguros y lejanos de los chicotes, los otros —aunque compartían el odio a los invasores— comenzaron a dividirse, a tomar las posiciones que no tenían antes de la batalla.

—No, mi querido Miguel —dijo Leandro Valle—, esto nunca hubiera pasado si, en vez de Santa Anna, Gómez Farías o cualquier otro de los liberales hubiera estado en la presidencia. Ellos habrían conseguido dinero para la guerra y, sin problemas, habríamos pactado la paz.

Miramón lo escuchaba con calma. Tenía que conformarse con los "hubiera" que marcaban a todas las conversaciones: la posibilidad de las armas y la de remendar el pasado estaban más allá de cualquier posibilidad.

—Me parece que estás equivocado, aunque hubiera un gobierno liberal, los yanquis habrían terminado por quedarse con todo. Dime tú, ¿quién les podría poner un hasta aquí si les abrimos las fronteras en son de paz? Nadie, mi hermano, nadie lo habría podido hacer. Nos habría pasado exactamente lo mismo que con Tejas.

—Pero...

—Sí, Leandro —interrumpió Miguel—, nos habría pasado lo mismo: primero llegarían los colonos, después se organizarían y, al final, llamarían a los yanquis para entregarles las tierras.

Miramón dio unos pasos. Los camastros de los heridos le impedían llegar más lejos. Durante unos instantes miró a sus compañeros: muchos de ellos, por más valor que tuvieran, ya nada podrían hacer: la falta de una mano, la ausencia de un pie, el ojo perdido o la simple demencia habían terminado con ellos.

—No, Leandro, el asunto no es entre liberales y ensotanados. El problema es entre los yanquis y nosotros. Nada más y nada menos.

Leandro estuvo tentando a insistir. Sin embargo, la posibilidad de hablar sobre la iglesia estaba cancelada. Miguel, a pesar de la debilidad causada por la herida y los menguadísimos platos, montaría en cólera. "Dios no es negociable", le había dicho la primera vez que intentó tocar el tema.

Lo mejor era esperar a que las cosas se tranquilizaran, a que la vida recuperara su curso y, sobre todo, a que los capitalinos recuperaran el orgullo.

Por la fuerza de las armas y la victoria del hambre, algunos capitalinos aceptaron a los invasores: los léperos y los más pobres corrían tras sus carretas para recoger los granos de maíz que se caían, los pordioseros pronto le tomaron gusto a los *dimes* y Las Margaritas, las putas que así fueron bautizadas por los gringos, comenzaron a prodigarles sus favores.

Los yanquis se juntaban con las suripantas en el café del hotel Bella Unión: ahí, en los salones donde antes había bailado y conversado la gente decente, ahora estaban los hombres desmelenados, con las levitas y los chalecos desabotonados; mientras que las mujeres estaban casi desnudas, ebrias, dispuestas a todo con tal de obtener algún beneficio de los vencedores: unas monedas, un itacate o la posibilidad de satisfacer sus ansias de venganza gracias a las armas de los invasores. Por lo menos una de ellas, la que tenía el rostro rajado por la charrasca de su amante, logró que su hombre fuera condenado a los chicotazos: luego de más de una veintena de azotes, él murió atrapado por la temblorina y las fiebres.

Los mexicanos bien nacidos nunca los aceptaron: las familias decentes —so pena de excomunión— no los recibieron en sus casas y las señoritas nunca cruzaron palabra con ellos. Sólo unos cuantos, movidos por la avaricia y el interés de trepar en los puestos públicos, aceptaron a los comandantes en sus casas; sin embargo, nada tardaron en recibir un justo castigo: sus apellidos fueron proscritos por la iglesia.

IV

Cuando Miguel fue liberado, aunque la herida de su rostro ya había cicatrizado y sólo conservaba de su cautiverio el retrato que Leandro Valle le regaló, la mutilación del país aún sangraba: en febrero de 1848, los mexicanos tuvieron que firmar el Tratado de Guadalupe Hidalgo en el que cedían a los invasores el norte de Tejas, Nuevo México y la Alta California a cambio de quince millones de pesos. Los sueños de los liberales anexionistas no se convirtieron en realidad, pero el país quedó destrozado por la guerra: las minas estaban inundadas o cerradas, los campos —después de las incesantes levas y el paso de los ejércitos que actuaron como langostas— estaban abandonados, la mayoría de los obrajes habían clausurado sus puertas y en los caminos no faltaban salteadores que atacaban las caravanas que salían de Veracruz y Tampico, los únicos puertos que estaban abiertos al comercio extranjero.

En la capital, los estragos también eran notorios: la mayoría de las accesorias permanecían cerradas, los puestos del mercado del Volador apenas ofrecían unas cuantas chácharas y la miseria se mostraba en todas las esquinas. Los demasiados pordioseros y los soldados mutilados competían fieramente por lograr la misericordia de los transeúntes: unos mostraban los muñones apenas cubiertos por trapos sucios y costrudos, otros exhibían sus bubas con impudicia y algunos más se acercaban con manos de garra amenazando con el contagio. El gobierno, en bancarrota y sin autoridad, nada podía hacer por ellos, y la iglesia, a pesar de su fortuna, estaba rebasada. Sólo los peores léperos y las prostitutas tenían la seguridad de llevarse algo a la boca: los primeros robaban y asaltaban, las segundas sólo se recostaban para alzarse las enaguas o atendían a sus clientes recargadas en las paredes de los callejones.

༺ ༻

Miguel regresó a casa de su familia, al lugar donde los soldados vencidos se lamían las heridas: la suerte de sus hermanos Bernardo y Joaquín, en el fondo, no había sido muy distinta de la suya. Los Miramón tenían los cuerpos marcados y el alma herida. Él ya nunca sería el mismo: la seriedad se convirtió en ira contenida y su fe se transformó en devoción absoluta. El joven que rezaba al lado de su cama murió en combate. A los quince años, Miguel conocía la muerte y la guerra, había sufrido la traición de sus compañeros que desertaron y, por si esto no bastara, también padeció el cautiverio de los yanquis, de los herejes pertinaces que se asumían como el nuevo pueblo elegido: ellos confiaban en su dios, pero el Dios verdadero no confiaba en ellos.

Durante varias semanas, Miramón apenas comió y guardó un silencio absoluto que sólo se interrumpía para conversar con sus hermanos o cuando se reunía con Manuel Ramírez de Arellano, su amigo que también quedó marcado por la victoria de los yanquis. A ratos, cuando

la fatiga de la plática se hacía presente, sus dedos recorrían la línea de la cicatriz de su cara mientras rezaba en
voz baja para pedir fuerza y coraje. Sus interlocutores lo
comprendían y abandonaban la habitación sin despedirse: Miguel aún tenía que sanar de las peores heridas, las
que nunca se ven pero marcan el cuerpo.

No se quebró, el único miedo que conservaba era
caer en manos de la ira, el pecado que condenaría su alma
por toda la eternidad. A pesar de sus miedos y deseos, él
nunca logró dominarla por completo: la furia, atregua-
da o desatada, se convirtió en una de sus divisas. Así, en
aquellos momentos, el joven soldado decidió su destino:
su nombre de pila sería su sino y la guerra santa su hado.

Con la primera medalla en el pecho y el uniforme
recién planchado, Miguel volvió a la escuela militar en
cuanto se abrieron sus puertas. Estudiaba, se ejercitaba,
conducía a sus compañeros. Los hombres bajo su mando nunca podrían quebrarse ni desertar. La desgracia de
1847 no podía repetirse, sus armas jamás volverían a ser
humilladas.

༄

En los días francos, Miguel siempre acompañaba a sus
compañeros al Café del Cazador. Ahí, en las cuarenta varas cuadradas que ocupaba el local ubicado en el Portal
de Mercaderes, se reunía un grupo variopinto: payos que
venían a la capital para intentar hacer negocios y recuperar sus fortunas, masones yorkinos que clamaban contra
el clero, empleadillos que trataban de obtener una bebida
gratis, cócoras que apostaban la levita en el dominó, pollos que hacían lo posible por mostrarse como hombres
de mundo, políticos que se desgañitaban defendiendo a

Santa Anna y masones escoceses que intentaban proteger a la iglesia entre el humo de los puros. Aunque el país estaba destruido, cada uno de los parroquianos del Cazador tenía la solución precisa —y supuestamente irrebatible— para todas las desgracias de México.

A diferencia de sus amigos, Miguel nunca pidió un fósforo: el café mediado con aguardiente le sabía a pecado, por eso lo pedía negro, fuerte como las pasiones que ahí se discutían:

—Si los curas hubieran entregado sus riquezas a la patria, los yanquis nunca nos habrían derrotado —afirmó contundente un empleaducho que conservó su trabajo en Palacio Nacional.

—¿Cuáles riquezas? —le preguntó Miramón con rabia contenida.

—¿Pues que no se da cuenta? Sus terrenos, sus miles de varas que valen una fortuna.

—¿Y quién los iba a comprar en medio de cañonazos? O quizás usted me sugiere que los mexicanos nos teníamos que defender a terronazos y pedradas.

—¿Y las limosnas?, ¿y las capellanías?

Miguel se levantó de su silla y caminó hacia el empleadillo. Le acercó la cara y con su dedo índice recorrió la cicatriz que le marcaba el rostro.

—Me la gané en Chapultepec. Ahora mírelo a él —dijo mientras señalaba a Manuel Ramírez de Arellano—; tiene más puntadas que una levita de pobre. Los matasanos que nos atendieron compraron el hilo con los reales de los cepos.

El joven guerrero tomó con fuerza el brazo del empleadillo y lo obligó levantarse.

—Ahora vaya a la calle y pregúntele a los miserables porqué no se han muerto de hambre, luego encamínese para La Canoa y pregúntele a los que cuidan a las locas que nos dejó la guerra quién paga por mantenerlas.

—Usted es un mocho de mierda…

Miramón lo empujó y empuñó su espadín.

Esa tarde, la sangre no llegó al río. Manuel Ramírez de Arellano sacó a su amigo del Cazador.

⬡

Las visitas al Cazador no siempre terminaban en zafarranchos. Las más de las veces, la violencia no se hizo presente, y Miguel y sus compañeros conversaban largo y tendido. Gracias a los fosforitos, algunos le daban vuelo a sus deseos y presumían de las queridas que no tenían, otros se inventaban hazañas en la guerra contra los yanquis y —en algunas ocasiones— cuando llegaban otros cadetes, las anécdotas se transformaban en burlas a los pollos y los petimetres, justo como lo hacía Tomás de Cuéllar, cuya filosa lengua compensaba con creces su mala vista. Ahí también llegaba Leandro Valle, quien a pesar de su roja corbata que anunciaba su liberalismo, aún era capaz de sentarse a conversar con la certeza de que no llegarían a las manos.

Ahí, en El Cazador, Miramón y sus amigos hablaban de sueños y tomaban partido en la política; ahí, de cuando en cuando, se alegraban la pupila mirando una jamona cuyos encantos no podían pagar o se llenaban los ojos mirando a María Ignacia Rodríguez, la Güera que escandalizó a todos por sus amores con Agustín de Iturbide y Vicente Guerrero, y que ahora, ajada por la edad, sólo iba para pavonearse en compañía de sus hijas, las jóvenes vestales a quienes los cadetes atribuían toda la sabiduría de Venus.

Miguel sólo se ruborizaba mientras pensaba en los demonios que lo asaltarían durante la noche, cuando, entre sueños perversos, intentaría meter sus manos bajo las cobijas para buscar lo que no debía encontrar.

V

Esa mañana, con tal de alejarse del desenfreno del carnaval, la señora Velázquez de la Cadena y Concha Lombardo paseaban por la calzada de Chapultepec: la virtud del bosque y el señorío del único castillo contrastaban con las zafias costumbres de los barbajanes que se regodeaban en las calles y plazas de la capital. A pesar de su pasión por las fiestas y el baile, Concha aceptó la invitación que la alejaba del bullicio: era mucho mejor ir de paseo que padecer la enésima escena de celos protagonizada por su novio.

Luego de cinco años, los rastros de la muerte ya habían desparecido por completo: las viejas trincheras eran pequeñísimas lomas y el fuerte, hasta donde los dineros lo permitieron, estaba sano de sus heridas. En aquellos días era necesario buscar con cierto cuidado en sus paredes para encontrar las cuarteaduras de los cañonazos, y lo mismo pasaba con las pequeñas oquedades que dejaron los tiros de los yanquis. Ninguna de ellas pensaba que, en esa mañana abochornada, se definiría el futuro de la hija de Francisco María Lombardo, el hombre cetrino y poco saludable que había sido diputado en el primer congreso, que dictaba cátedra en el Colegio de San Juan de Letrán y que en varias ocasiones fue ministro de Santa Anna.

Cuando llegaron al castillo, la señora Velázquez y Concha Lombardo fueron recibidas por el director del Colegio Militar. Las visitantes, por su condición y apellidos, merecían un trato especial. Juntos recorrieron las instalaciones y miraron la ciudad desde lo alto: a la distancia, la capital mostraba sus maravillas heredadas mientras escondía las desgracias cotidianas. Desde el cerro nadie podría imaginar que el gobierno estaba patas arriba y que la gente tenía las tripas pegadas al espinazo. En aquellos momentos, el carnaval permitía que los capitalinos olvidaran los horrores de todos los días: el hambre y la tragedia se mantendrían en suspenso hasta que los cohetes dejaran de tronar.

෴

Al terminar el paseo, con el único fin de halagarlas, el militar les ofreció una exhibición de las destrezas de los cadetes. Los bolsillos rotos a fuerza de buscar lo que no había, lo obligaban a mostrar su único motivo de orgullo: la marcialidad y la destreza de sus alumnos. Él no había tenido la suerte de la familia Lombardo: sus pocos bienes terminaron en manos de los yanquis que también le robaron la posibilidad de envejecer con cierta tranquilidad.

La corneta llamó a filas, y Miramón —no muy alto, fibroso, con bigote y piocha— se colocó frente a sus hombres. Miró a Concha y, por vez primera en su vida, quedó imantado: no se ruborizó, la señorita Lombardo era distinta de las hijas de la Güera Rodríguez que a ratos le llenaban la cabeza de pecados; no se sintió incómodo como le ocurría cuando sus compañeros se portaban como léperos o cuando hablaban de sus falsas queridas. Concha Lombardo era distinta. A Miguel le bastó con observarla para saber que ella tenía que ser su esposa.

Sin embargo, nada sabía de ella: Miramón no imaginaba que, a pesar de que su familia carecía de títulos, los Lombardo se consideraban de noble origen; que Concha, al igual que sus hermanas, apenas conocía los rudimentos de la lectura y del catecismo, y que, desde hacía muy poco tiempo, su padre la había anotado en la escuela de la viuda del general Múzquiz con tal de subsanar las burradas de las castísimas señoritas con las que antes se había educado.

Las maniobras terminaron en un santiamén, las mujeres se fueron, y Miguel aguantó sin protestar las palabras de Romualdo Fagoaga, su compañero de armas que, en realidad, era un perfecto calavera.

—¡Vaya que te aplaudieron! —le dijo Fagoaga mientras lo abrazaba con cariño y desparpajo.

—Caí redondo —respondió Miramón.

—Yo la conozco, es la hermana de Guadalupe, mi enamorada.

La imagen de los cadetes no tardó mucho tiempo en deslavarse de la memoria de Concha Lombardo. Al cabo de unos días, el rostro de Miramón se había borrado por completo. Ella tenía preocupaciones mucho más importantes que el recuerdo de una mañana en Chapultepec: su noviazgo con Agustín Franco —un poeta casi cojo y bien vestido a fuerza de pedir fiado— no estaba en sus mejores momentos.

A pesar de que Agustín se creía Lord Byron y que gracias al ajenjo fingía una moral relajada, la vergüenza que le provocaba su pierna maltrecha lo obligaba a criticar los bailes del Teatro Principal. Según él, la gente se volvía loca en el preciso instante en que se disfrazaba para entregarse a los valses, las galopas, las polkas, los dengues, los shotises y las mazurcas. Agustín, cuando menos en apariencia, estaba convencido de que la vergüenza desaparecía en todas las mascaradas. En ellas sólo ocurrían impudicias y pecados mortales: se concertaban citas con quien nadie debía reunirse, las vanidades se satisfacían con lúbricos halagos y nunca faltaban los encuentros clandestinos donde se perdía el honor.

La renguez de Agustín no sólo le impedía a Concha el gozo del baile y la fiesta. Él, herido en su orgullo, la celaba y las escenas terribles pronto se convirtieron en un asunto cotidiano: nadie podía mirarla y ella tampoco podía darle la más mínima atención a ningún hombre. Agustín gritó en demasiadas ocasiones, se jaló los cabellos más de la cuenta y la amenazó con el suicidio, hasta que ella comenzó a desear que lo llevara a cabo: un final romántico bien podía cerrar con broche de oro el amorío que no iba a ningún lado.

Los problemas de Concha no se reducían a su noviazgo. Su padre —harto del poeta que sólo causaba lágrimas y enojos— no sólo le exigía que terminara con esa relación, también le pedía que aceptara los amores de Fernando Pontones, el viudo que podía garantizarle morir en santa paz. Pontones podía asegurar la tranquilidad de su hija, la necia que amenazó con mancornar a don Fernando a los cuatro días de casada.

∞

Mientras Concha trataba de resolver sus problemas con Agustín y don Francisco Lombardo, Miramón aguantaba con temple las calaveradas de Fagoaga: él sólo se acariciaba su pequeñísima piocha mientras su amigo se ensañaba por las dos palabras que había pronunciado aquella mañana. El "caí redondo" le estaba saliendo caro, muy caro. Sin embargo, después de muchos entripados y algunas peticiones que parecían súplicas, su resistencia obtuvo recompensa: uno de los días francos, en vez de pasar la tarde en El Cazador, los jóvenes fueron a casa de las Lombardo. A ella llegaron sin aviso y sólo amparados por la cachaza de Fagoaga.

∞

El edificio ubicado en la calle de la Cadena era señorial: catorce criados atendían a la familia Lombardo, cuatro carruajes estaban a su disposición y el ajuar —traído de Europa y comprado luego de los últimos viajes de la nao de China— mostraba una fortuna lejana de la quincalla que el gobierno a veces les pagaba a los jóvenes militares.

Concha, Guadalupe, Miguel y Fagoaga se aposentaron en la sala. La plática fluyó sin problemas. Fagoaga y Guadalupe pensaban que el cortejo de Miramón quizá resolvería los problemas de Concha con el renco. Todo era cosa de tener paciencia, de confiar en las buenas costumbres y la buena presencia de Miguel. Sin embargo, luego de las primeras palabras, Miramón tuvo un arrebato: le pidió matrimonio a la joven que únicamente había mirado en una ocasión.

—No pretendo divertirme, señorita, tengo edad para formalizar mis relaciones —dijo tratando de justificar sus intenciones.

—¿Casarse? Por favor, yo no puedo aceptar un marido que me lleve a la guerra a caballo, con un niño en los brazos y un perico en el hombro.

—Los generales no llevan a su mujer a la guerra, y mucho menos con un perico en el hombro —le respondió Miguel herido en su orgullo.

—Pues venga a verme cuando sea general.

Mientras Guadalupe y Fagoaga se reían de la respuesta de Concha, don Francisco Lombardo entró molesto a la sala. Las buenas costumbres se habían violentado: sus hijas estaban solas con unos hombres, con unos muertos de hambre que se pavoneaban con sus uniformes luidos y brillosos por los planchazos.

—¿En qué puedo servirle? —le dijo a Miramón, quien ya estaba a punto de perder los estribos.

—Pues en nada, salvo que el señor Fagoaga y yo hemos venido…

—De eso ya me he dado cuenta. Es claro que ustedes vinieron por su propia voluntad. ¿Esa espadita que le cuelga de lado es la que usa en los días de fiesta o es la de diario? —le pregunto el viejo casi retándolo a duelo.

Miguel no levantó el guante, sólo bajó la cabeza. Ése día ya había hecho bastantes estupideces y no podía terminar la visita matando al padre de la mujer que pretendía.

—Cuando estén solas no reciban hombres en la casa —ordenó don Francisco dándose la vuelta para subir las escaleras que lo conducirían a la azotea, el lugar donde había construido cinco habitaciones para albergar su biblioteca.

Miramón y Fagoaga se fueron. El bromista festejó lo ocurrido y obligó a Miguel a acompañarlo al café para contar su aventura.

Esa tarde, en el Cazador, Miramón miró con lujuria a las hijas de la Güera Rodríguez y se tomó el primer y único fósforo de su vida. Sin embargo, guardó silencio mientras los cadetes festejaban las ocurrencias de Fagoaga. Su orgullo estaba herido.

∞

Mientras los jóvenes militares se reían en El Cazador, don Francisco Lombardo se sentía tranquilo: había ahuyentado a los jóvenes uniformados y aún le quedaban esperanzas de que su hija aceptara a Fernando Pontones. "Tiene la cabeza revuelta, pero ya se le pasará", se dijo a sí mismo seguro de que los amoríos con Agustín no tenían futuro.

Don Francisco, cuando menos en esto, sí tenía razón: en muy poco tiempo, Concha terminó con Agustín: los disgustos, las terribles escenas y los llantos incesantes la hartaron del escritorcillo.

∞

El fósforo y la mirada a las hijas de la Güera Rodríguez no bastaron para sanar el orgullo de Miguel. A la mañana siguiente estaba arrepentido por las flaquezas de su alma: el dolor lo había llevado al pecado. Él la amaba, pero en las noches se contenía y laceraba su cuerpo para alejar a los demonios que lo atormentaban. Necesitaba volver a la calle de la Cadena, necesitaba volver a verla. Aunque el generalato aún era lejano, regresó al cabo de unos días. Tocó la puerta y le ordenó al criado que le hablara a la señorita Lombardo.

—Váyase, estoy sola.

—Pero, están los criados...

—Ellos no cuentan.

Miguel tuvo que irse. Sólo alcanzó a pensar que ya volvería con el grado requerido y, mientras eso ocurría, él tendría que seguir enfrentando a los demonios de la noche.

VI

A Miramón, rechazado y herido de amores, no le quedó más remedio que dedicarse a lo suyo. El país estaba revuelto y las armas no tardarían mucho tiempo en desenvainarse para intentar definir un rumbo preciso: México navegaba al garete. En los cinco años que siguieron a la derrota, Herrera, De la Peña, Anaya, Arista, Ceballos y Lombardini ocuparon la presidencia sin resultados: los indios de Yucatán, de la Sierra Gorda, de Chiapas, Tehuantepec y la Huasteca se levantaron en armas y mataron a quien les vino en gana; los estados —hartos de las desgracias— inexorablemente amenazaban con romper el pacto que los unía al país; en el norte, además de los apaches, los filibusteros hacían de las suyas y creaban fugaces naciones que sólo desaparecían gracias al coraje de los lugareños y los escasísimos soldados dispuestos a defender lo que aún quedaba de México.

Los quince millones que los yanquis pagaron por la deshonra de los mexicanos se agotaron sin producir el más mínimo asomo de riqueza: tres millones terminaron en manos de los ingleses a cuenta de una deuda que nunca se podía cubrir del todo, y los doce restantes, por órdenes del congreso, se destinaron al pago de los burócratas y a los vanos intentos para meter en cintura a los alzados y los salteadores. A los diputados, lo único que les importaba eran su sueldo y las armas; el país, si ellos se sentían seguros y con la tripa llena, bien podía terminar en el orinal.

Cuando se acabó este dinero, los empleadillos, los generales y el presidente dejaron de cobrar sus haberes y comenzaron a despacharse con lo que aún quedaba de valor y estaba al alcance de sus manos. Todos robaron, todos exigieron prestamos que nunca pagaron. Ninguno tenía prestigio ni decencia. Su autoridad, en el mejor de los casos, se reducía a la ciudad donde vivían y que controlaban de una manera fugaz. Ellos sólo mandaban mientras el congreso, los alzados o alguien más güevudo los mandara a paseo sin el menor miramiento: la danza del quítate tú para que me ponga yo era un asunto cotidiano.

En aquellos días, la muerte también se asomó en las manchas prietas que aparecieron en los cuerpos de los pordioseros que fueron consumidos por la calentura y la temblorina. De nada sirvieron los escapularios o las estampas de la corte celestial: el tifo llegó a la capital y los cadáveres fueron llevados en carretones a los campos cercanos para ser quemados o enterrados. Los pedigüeños, los baldados por la guerra o la enfermedad y los miserables acortaron su número. A ratos, era posible caminar por las calles sin que unas manos sucias te tocaran para exigir unas monedas: lo que el gobierno no pudo hacer, el tifo lo logró con éxito; la pobreza, a fuerza de piojos infectos, disminuyó en la ciudad.

La ciudad olía a muerto, el país a podredumbre.

—Ni los liberales, ni los moderados —dijo Fagoaga entre las volutas del humo de su puro.

—Tienes razón: ninguno ha logrado nada —respaldó uno de los cadetes que estaban reunidos en El Cazador—. El congreso, bravo y culifruncido, según se le presente la ocasión, también está patas arriba.

—¿Quién entonces? —preguntó Fagoaga.

—Alamán —respondió Miramón.

—¿Don Lucas?

—Por supuesto, mira lo que ha hecho en la ciudad: su gobierno es el único que no anda con una mano adelante y la otra por detrás; él es el único que ha hecho algo que vale la pena, sólo el tifo ha frenado sus planes.

—Pero no tiene fuerza, le faltan fusiles —precisó Fagoaga.

—¿Le ofrecerías tu espada?

—No, creo que no. Aunque lo apoyáramos todos los hombres del Colegio Militar, él no podría imponerse en el país. Claro, yo te seguiría si se la ofrecieras, pero también estaría convencido de que la familia Lombardo te quedaría agradecida por apoyar a uno de sus amigos.

—¡No se trata de eso!

Antes de que Miguel perdiera los estribos, Fagoaga levantó las manos en señal de rendición y ordenó con fuerza:

—¡Fósforo para todos!

—No gracias, para mi nada —le dijo Miramón.

—Entiende Miguel, no se trata de amores, lo que dije es una broma, y nada más. Se trata de otra cosa: el país necesita un hombre fuerte, alguien a quien la gente siga y obedezca.

—¿Quién?

—Santa Anna, por supuesto, sólo él podría meter orden, salvarnos de la tragedia.

—No lo sé, yo sólo creo en un salvador y Santa Anna siempre quiere parecer un dios, pero él es un falso mesías, alguien que mediante mentiras, poses y muertes siempre se ofrece para salvar a los mexicanos.

—Pero, aunque no te guste, él puede salvar al país.

Miramón guardó silencio. No podía negar que México estaba desmembrado y no iba a ninguna parte; tampoco era capaz de refutar que el regreso de Santa Anna podría traer cierta paz. Pero Santa Anna era demasiado peligroso y había que ponerle frenos.

—Él solo nunca podría gobernar como Dios manda. Le importan más los gallos y las mulatas que los mexicanos, la única opción que tendría sería aceptar que Alamán y Antonio Haro tomaran las riendas mientras que se dedica a lo único que realmente le interesa.

—Miguel tiene razón —dijo Manuel Ramírez de Arellano para poner punto final a la discusión—. Santa Anna podría ser el hombre, siempre y cuando tuviera las bridas de quienes sí pueden resolver los problemas.

&

Las discusiones y las disputas que los jóvenes soldados tenían no eran únicas ni aisladas: en todas las plazas y los cafés las pláticas eran las mismas, lo único que las diferenciaba era la coloratura de sus protagonistas. Todos ansiaban la llegada de un hombre fuerte, de un presidente con los pantalones bien puestos y con los tamaños suficientes para meter en orden a todos: el asunto era si Santa Anna, el exiliado, era o no el hombre correcto.

En el Café del Progreso —cuyo nombre anunciaba con claridad la tendencia de la mayoría de sus parroquianos— los liberales y los yorkinos criticaban a los mode-

rados, los conservadores, los monárquicos y los ensotanados, mientras se reían de los filosos versos que recitaba
algún poeta improvisado:

Este montón que veis de santanistas
que con toda ansia esperan a Santa Anna,
si un rey les sacia la ambición mañana
han de volverse todos monarquistas.
¿Sabéis qué eran ayer? ¡Federalistas!
Y más serán si al oro le da la gana;
y los que oran hoy a don Antonio
adorarán mañana al Demonio.

Ahí, sólo los integrantes de la mesa del conde de la
Cortina eran el contrapunto de los liberales más radicales. José Gómez de la Cortina, un rico venido a menos
que había gobernado la capital para protagonizar un es-
candalosísimo amorío con Adela Césari —la cantante de
ópera que provocó que las pistolas salieran a relucir en
más de una función—, aún tenía la autoridad necesaria
para llamar a la cordura.

En cambio, en el Café de la Bella Unión dominaban
los conservadores de armas tomar y los de ideas mesura-
das, los hombres que deseaban el regreso de Santa Anna y
la instauración de un gobierno fuerte, centralista, absolutamente entregado a la jerarquía eclesiástica. Santa Anna
los había hechizado: su conversación chispeante, las bromas que acentuaba con su acento jarocho y sus grandes y
penetrantes ojos negros los convencieron de que él era el
salvador de la patria. El caudillo era un seductor a quien
podía perdonársele todo: sus hijos ilegítimos, sus cuatro
amantes, sus gallos que merecían desvelos y cuidados —
al igual que sus apuestas en los garitos de San Agustín de

las Cuevas— eran poca cosa si se les comparaba con el deslumbramiento que provocaba la esperanza del orden. Los parroquianos del Bella Unión también le disculparon que Dolores, su segunda esposa que no usaba una pitillera de oro con broche de diamantes, no lo acompañara al exilio y se mudara a la calle de Vergara, donde los jolgorios eran incesantes. Para ellos, Santa Anna era la única solución para los males del país.

ↂ

Aunque la nación navegaba sin rumbo, Miguel mantenía su norte: era lejano de los liberales y los anexionistas, nada tenía en común con los comecuras que convertían a la herejía en virtud. Tampoco se sentía atraído por los moderados: ellos —con sus anhelos de quedar bien con Dios y con el Diablo— no iban a ninguna parte. Miguel, desde la derrota de Chapultepec, no podía aceptar las medias tintas. El momento reclamaba decisiones y él sólo reafirmó la suya: sólo habría de desenvainar su espada por Dios y la Patria.

VII

El miedo se apoderó de los fugaces presidentes y de los diputados que sólo se desgañitaban para defender su dieta y las ideas de sus mandamases. Los hombres de armas ya no podían mantenerse con la rapiña, los préstamos forzados cada vez eran más difíciles de obtener. Nadie podía sacar agua de las piedras, ninguno podía obtener un real de los bolsillos sin fondo. Los soldados decentes tampoco la pasaban bien, el hambre les arañaba las tripas: de nada les servía una lista de haberes no cobrados, de deudas que sólo Dios sabe cuándo les pagarían. Los militares podían transformarse en buitres, podían darles un cuartelazo y pasarlos por las armas para instaurar un nuevo régimen sin que nadie metiera las manos para defender a los presidentes y los legisladores: los civiles estaban hartos y la iglesia —dependiendo del bando de quienes estuvieran en el candelero— tampoco confiaba en los políticos: la posibilidad de que el gobierno siguiera los pasos de Gómez Farías para intentar pagar lo que debía era una amenaza que debía ser combatida a hierro y fuego por el clero.

Los presidentes y los diputados tenían que destruir a sus enemigos: al principio obligaron a los oficiales a abandonar sus tropas para encerrarlos en un despacho con el ánimo de que olvidaran el olor de la pólvora; poco tiempo después, con el pretexto de hacer ahorros en un presupuesto que nunca alcanzaba para nada, comenzaron a dar de baja a los generales, jefes y oficiales que les resultaban más peligrosos. Había que quitarles los hombres y las armas, era necesario despojarlos de la autoridad que les quedaba y, si acaso era posible, había que mandarlos lejos de los lugares donde tenían fuerza: para eso sobraban tierras incultas o ciudades donde no les quedaría más remedio que estarse sosiegos. Incluso, con el fin de evitar que los militares se hicieran de hombres, con un falso sentido de la justicia y un nacionalismo impostado, los diputados prohibieron la leva y la creación de milicias extranjeras. Sólo debía existir un ejército: el que le fuera leal al congreso y al mandamás en turno.

Los políticos tenían que salvarse a toda costa, aunque, al final, sus intentos sólo provocaron la caída de lo que aún quedaba del gobierno.

∞

A finales de octubre de 1852 estalló la asonada. En Guadalajara, las tropas del general José López Uraga mandaron al carajo al gobierno. La noticia no tardó mucho en llegar a la mesa del Cazador donde se reunían los cadetes.

—Mira —le dijo Fagoaga a Miramón mientras le extendía un pliego arrugado—, ya se armó la tremolina.

Miguel tomó el papel y lo leyó con calma: sus labios se movieron al ritmo de las palabras. Al terminar, durante

unos cuantos instantes, sus dedos recorrieron la vieja cicatriz que apenas se miraba. La guerra, de nueva cuenta,
había comenzado.

—Quieren que vuelva.

—¿Quién? —preguntó Ramírez de Arellano.

—Santa Anna —respondió Miramón.

—¿Seguro?

—Aquí lo dice con todas sus letras: "en atención a
que los eminentes servicios que el señor general don Antonio López de Santa Anna ha prestado al país en todas
épocas, es digno de la gratitud nacional, pues en los grandes conflictos de la República siempre ha sido el primero
que se ha prestado a salvarla; por esta razón, luego que
se haya organizado el gobierno, el Ejecutivo provisional
invitará al general para que vuelva a la República cuando
lo estime conveniente".

—¿Y nosotros? —preguntó Fagoaga con miedo.

—Nada, nosotros no haremos nada —le respondió
Miramón.

—Pero Santa Anna podría meter a todos en cintura.
Incluso, tú sabes que la iglesia lo apoya.

Miguel estaba cierto de que Fagoaga tenía razón,
pero ellos —con sus armas viejas y sin un peso partido
por la mitad— tenían que disciplinarse: habían jurado
lealtad al gobierno, y la jerarquía eclesiástica, a pesar de
su marcadísimo santanismo, aún no se pronunciaba de
manera abierta.

—Es más, ya sabes lo que dicen: cuando él manda,
sólo él roba —dijo Ramírez de Arellano.

—Eso no es consuelo: mandar al diablo a los muchos rateros para quedarse con un solo ladrón tampoco
es ganancia.

—Pero...

—Nada, nada de peros —interrumpió Miramón a Fagoaga—. Mejor paga y vámonos a donde sí tenemos que estar.

∞

Los jóvenes soldados no alquilaron un carro para volver a Chapultepec. Aunque Fagoaga se ofreció a pagarlo, Miguel se negó rotundamente. Necesitaba tiempo para pensar, tenía que caminar en silencio, con la mano en el bolsillo para acariciar las cuentas del rosario.

La tentación de apoyar a los santanistas era grande. Aunque fuera un pecador irredento que se revolcaba con las mulatas y apostaba al país en los gallos, el caudillo quizá podía garantizar la paz, el orden y proteger a la fe verdadera de sus rojos enemigos. "Pero el mal —pensaba Miramón— nunca deviene en bien. Los mexicanos y los liberales siempre anhelan desacralizar a la iglesia para sacralizar a sus falsos salvadores, a los becerros de oro que sólo han traído muerte y desgracia."

Miguel no podía decidirse, la disyuntiva entre Santa Anna y el caos no era clara. Quizá, la única opción posible era la obediencia. Él y los suyos se disciplinarían hasta que Dios, con su infinita sabiduría, les mostrara el camino.

∞

Los preparativos para salir al combate comenzaron de inmediato: Miramón, Fagoaga y Ramírez de Arellano quedaron al mando del general José Vicente Miñón, y partieron rumbo a Guadalajara luego de alistarse con los mermados pertrechos que aún quedaban. A pesar de sus ruegos, Dios no le mandó ninguna señal. A Miguel sólo le quedó la opción de la obediencia. "La guerra, quizá, sólo es un castigo por los pecados de los rojos", pensó Miramón dándose razones para acatar las órdenes de sus superiores.

Cuando apenas habían dado los primeros pasos que los llevarían a Jalisco, Fagoaga rompió el silencio que se inició desde el preciso instante que salieron del Cazador.

—¿Vas a matar mexicanos?

—No, voy a matar a los alzados que quieren traer a Santa Anna —le respondió Miramón.

∞

La campaña contra los alzados apenas y sirvió para cumplir con el expediente: Miramón y sus hombres sólo entraron una vez en combate. Miguel se ganó el grado de capitán pero no obtuvo ninguna medalla: trece estados de la federación y la mayoría de los generales —siempre dispuestos a conservar los privilegios que estaban en riesgo de perderse a causa de la miseria del erario— se sumaron a los levantiscos. Justo por esto, los honores se pospusieron indefinidamente para muchos soldados: los que combatieron en el bando equivocado nunca recibieron un brillo para colgarse en el pecho.

La guerra fue breve. Bastaron unos cuantos tiros para que el presidente Lombardini firmara los convenios de Arroyo Zarco en los que se comprometía a abandonar el cargo y aceptar que una junta de notables —en la que debían estar representados el clero, los militares, los magistrados y los propietarios— eligiera un presidente interino que haría uso del poder sin restricciones: los vencedores ansiaban al salvador que parecía más grande que los problemas de la patria.

Lombardini sólo pudo tragarse su orgullo. Así, antes de entregarle el palacio a Santa Anna, restituyó a los generales que había retirado, con la mano temblorosa firmó los ascensos de los jefes de los alzados y resucitó las doradas insignias que repartió entre los militares que apoyaron a los jaliscienses. A partir de ese momento, ya sólo le quedaba una sola cosa por hacer: esperar a que llegara la nave de Turbaco con Santa Anna, el hombre fuerte que según los alzados salvaría al país.

Los liberales, los yorkinos y los moderados nada pudieron hacer para evitar la victoria de los alzados y el regreso de don Antonio: la demasiada corrupción y el mucho desprestigio los dejaron solos. Sus enemigos no eran mejores que ellos, pero tuvieron el tino de apostar a la carta correcta.

ගෙ

En marzo de 1853 llegaron a Veracruz los hijos de don Antonio acompañados por su capellán. Tenían una misión precisa: preparar la llegada de su padre a la capital del país. Aunque los dineros escaseaban, se levantaron arcos triunfales en las ciudades y los pueblos por donde pasaría Santa Anna. Los que ya se soñaban mandamases no quisieron quedarse atrás y ordenaron a los poetas de todas las calañas que escribieran sentidísimos versos en honor al caudillo, mientras que los otros hombres ansiosos de cargos salieron de sus madrigueras para llenar los oídos de miel de quien, en muy poco tiempo, se convertiría en Su Alteza Serenísima.

VIII

El tiempo le dio la razón a Miramón: el mal nunca devino en bien. Santa Anna, luego de su recorrido triunfal de Veracruz a la Ciudad de México, asumió el poder y comenzó a ser adorado por los lamebotas, los pecadores y los hombres ansiosos de honores y riquezas. Sus queridas sólo le lamían otra cosa. Al principio, el pata de palo fue contenido por Alamán y Haro. Algo de decencia le quedaba al país. Sin embargo, Nuestro Señor Jesucristo pronto llamó a los buenos ante su luminosa presencia: don Lucas murió en junio de 1853, y en septiembre del mismo año de gracia, José María Tornel entregó su alma después de recibir el viático. Antonio Haro y Tamariz se quedó solo frente al caudillo y terminó de patitas en la calle: su encomienda terminó cuando le exigió a Santa Anna que pospusiera los gallos para atender al país. El caudillo, ya libre de bridas, empezó a gobernar sólo guiado por los dictados de su alma negra.

Los policías embozados comenzaron a recorrer las ciudades para enterarse de las conversaciones, apoderarse de los impresos y apresar a quienes osaban criticar a Santa Anna: algunos salieron de la cárcel luego de unas rápidas averiguaciones y el pago de abultadas multas; otros se murieron sin confesar sus delitos y unos más —como el indio Juárez y algunos de los liberales más radicales— se largaron del país para irse a vivir con los yanquis. Los liberales, por lo menos en aquellos momentos, prefirieron dejar la víbora chillando a enfrentarse a Santa Anna. En esos días, los periódicos también perdieron la libertad para publicar lo que se les viniera en gana: cada uno de sus dueños tuvo que entregar al Monte de Piedad una fianza para garantizar el pago de los delitos que aún no cometían, pero que les cobraban por adelantado.

Santa Anna, ya convertido en Su Alteza Serenísima, transformó al gobierno en una corte cipaya donde los ministros y sus queridas sólo hablaban de fiestas y procesiones; de bailes, tertulias y ceremonias de cuidadísima etiqueta. Ellos, en vez de salvar al país de la miseria, discurrían largamente sobre los colores de las libreas o del lugar que debían ocupar sus coches y los de sus suripantas en los paseos públicos; sobre los asientos que se les asignarían en el solemnísimo tedeum o la butaca que ocuparían en el teatro, donde escupirían al suelo antes de lanzarse a la persecución de las actrices. La miseria no le importó a ninguno de ellos: todavía quedaba país por vender. Con las manos tapándose sus erectas vergüenzas, ellos —con Santa Anna por delante— entregaron el territorio de La Mesilla a cambio de diez millones que muy poco les duraron: los sacos de monedas fueron más que suficientes para venderle esas tierras a los yanquis.

Cuando el dinero de los yanquis se acabó, Su Alteza Serenísima publicó bandos con encabezados rimbombantes: "Antonio López de Santa Anna, Benemérito de la Patria, General de División, Gran Maestre de la Nacional y Distinguida Orden de Guadalupe, Caballero Gran

Cruz de la Real y Distinguida Orden española de Carlos III y Presidente de la República mexicana". Con esos papeles, encolados y pegados en las esquinas más visibles, él ordenó que los capitalinos pagaran por todo: un peso por cada puerta de pulquería; tres por cada café, fonda u hotel; medio real por cada puesto callejero; cinco pesos por cada una de las carretelas, coches o carruajes que tuvieran las familias; un peso mensual por cada perro y cuatro reales por cada ventana o puerta de las casas.

A pesar de todo esto, la gente no se hartaba: a los miserables y los lamebotas —al igual que a los prelados y los generales— Santa Anna les parecía el salvador de la patria, el hombre predestinado para conducir el país. A muy pocos les importaba que él mostrara su condición demoniaca: los mexicanos querían un hombre fuerte y lo habían conseguido con muy poco esfuerzo. Los bandidos y los salteadores que colgaban del pescuezo les resultaban más que suficientes para imaginar que el país avanzaba en el rumbo correcto.

La noche en que se llevó a cabo la lotería para sostener la Academia de Bellas Artes, todos los importantes —y algunos que no lo eran— se reunieron para intentar llevarse los cincuenta mil pesos que se ofrecían como único premio. Ahí, en uno de los salones de palacio, estaba la corte de Su Alteza Serenísima, los notables, los generales y unos cuantos oficiales de bajo rango que esperaban salir con las bolsas llenas. Los léperos y los pobretones que compraron un número nunca pudieron entrar: "ofenden la vista de Su Alteza", afirmó uno de los muchísimos achichincles de Santa Anna.

Fagoaga, aguantándose las ganas de muchos fósforos y sólo bebiendo a cuenta de los menguadísimos haberes de sus subalternos, se compró dos números. Esa noche se puso el traje de gala y obligó a Miguel a acompañarlo por el premio que —por lo menos según su fragilísimo punto de vista— estaban a punto de entregarle. Por más que lo intentó, Fagoaga no logró que Miramón comprara un billete.

—Ni modo, qué le vamos a hacer. No te quedará de otra más que tener un amigo rico —le dijo Fagoaga a Miguel mientras buscaban un lugar dónde sentarse.

—Yo no apuesto, es pecado.

—Pues no sería pecado si ganaras, la señorita Lombardo, con cincuenta mil en la bolsa, quizá te perdonaría que no seas un general lleno de medallas.

—Ya párale a tu carro.

Fagoaga hizo la acostumbrada seña de rendición y se sentaron junto al conde de la Cortina, el viejo moderado que había perdido la mayor parte de su fortuna pero que aún conservaba su apellido y sabiduría.

Santa Anna, con varios billetes en la mano derecha, pronunció un rapidísimo discurso y el sorteo se llevó a cabo: Su Alteza —contra lo que muchos pensaban— no se llevó el premio: el número agraciado estaba junto a Fagoaga y Miramón. El conde de la Cortina había ganado. El viejo se levantó entre aplausos envidiosos, caminó hacia el estrado y le entregaron el dinero. La orquesta comenzó a tocar y las pláticas, poco a poco, llenaron el salón.

—Felicidades —le dijo Fagoaga al conde con cierto desconsuelo.

—Gracias, gracias. Espero que no haya envidia.

—Ninguna, señor, bien merecido lo tiene —le dijo Miramón antes de que Fagoaga dijera una de sus bromas.

JOSÉ LUIS TRUEBA LARA

Su Alteza Serenísima se acercó al conde de la Cortina.

—Usted sí tiene buena suerte, querido amigo —dijo Santa Anna.

—Sólo la necesaria —respondió De la Cortina.

—Tiene razón y por eso, por su pura buena suerte, usted tiene la oportunidad de prestarme treinta mil.

De la Cortina sabía que no podía negarse: treinta mil en ese momento o todo cuando saliera del salón. Le estaban cobrando las palabras que en más de una ocasión había pronunciado en el Café de la Bella Unión: los anda ve corre y dile de Su Alteza le habían contado de sus moderadas ideas.

—Por favor, Su Alteza, ordene a uno de sus hombres que tome lo que necesita.

—Gracias —respondió Santa Anna y se dio la media vuelta mientras uno de los suyos hurgaba en la bolsa recién ganada. El matasiete, con el dinero bien guardado, se fue siguiendo a su amo.

—Y, ¿ahora? —le preguntó Fagoaga.

—Nada, pues a cumplir los compromisos: quince mil para una mujer caída en desgracia y cinco mil para mí. Valen más cinco mil con vida a treinta y cinco mil en la tumba.

—Ya sabe lo que dicen: cuando Santa Anna manda...

—Sólo él roba —le completó De la Cortina a Fagoaga.

—Tienen razón, pero el asunto es mucho más grave de lo que parece. El conde acaba de ser robado y los galleros de San Agustín de la Cueva, como siempre, serán los únicos que ganen —les dijo Miramón.

—Usted parece decente.

LA DERROTA DE DIOS

—Lo soy y me presento: Miguel Miramón para servir a Dios y a su merced.

—Lo conozco de nombre, su padre fue casi mi amigo.

—¿Casi?

—Sí, nunca tuvimos tiempo de tratarnos como Dios manda, pero eso ya no importa. Usted tiene que conocer a alguien.

Juntos atravesaron el salón hasta encontrar a quien estaban buscando:

—Don Pelagio Antonio de Labastida y Dávalos, le presento a Miguel Miramón.

El clérigo y el soldado se encontraron. La Divina Providencia se manifestaba de manera sutil.

IX

En marzo de 1854, los liberales se levantaron en armas contra Su Alteza Serenísima. Juan Álvarez e Ignacio Comonfort se alzaron por los rumbos de Acapulco y Ayutla, y pronto se les sumaron los radicales y los masones que se habían largado para el otro lado con tal de conservar la vida y participar en conciliábulos. Aunque nunca quedó del todo claro lo que el indio Juárez y sus seguidores pactaron con los yanquis, ellos les fiaron los fusiles y los tiros necesarios para enfrentarse a Santa Anna. Con los pertrechos seguros y la posibilidad de hacerse de mulas en las batallas, los liberales alebrestaron a la indiada de piel manchada, a los enfermos de mal de pinto que andaban con ganas de darle gusto al machete y la rapiña. Así, sin grandes problemas y con manga ancha para sus hombres, los liberales se lanzaron a la guerra contra el gobierno. La falta de reales para pagar los haberes de sus tropas no era problema: los pintos se los cobrarían luego de las batallas.

Cuando se inició la azonada, Santa Anna ya no estaba en su mejor momento. Los excesos le habían salido caros y en muchos lugares la gente hablaba pestes de su persona o se burlaban de él con versos anónimos:

> Santa Anna no es mujer,
> es santa sin ser mujer,
> es rey, sin cetro real,
> es hombre, mas no cabal,
> y sultán, al parecer.

A esas alturas, Su Alteza Serenísima tenía muy poca gente en quien confiar: algunos generales estaban con él, un puñado de políticos lo apoyaban y la jerarquía eclesiástica —que si bien se horrorizaba por sus pecados— aún le ponía el hombro pensando que los liberales serían peores. Los soldados, muchos oficiales y los curas de los pueblos y los barrios —aunque no comulgaban con los radicales— tenían la tentación de sacarlo de palacio.

*

La guerra se prolongaba, lejos estaba de ser tan benigna como la que emprendieron los alzados de Guadalajara para traer a Santa Anna. Las noticias que llegaban del frente eran confusas: los periódicos hablaban de grandes victorias, mientras que en los cafés sólo se comentaban terribles derrotas. Sólo unos cuantos sabían la verdad, y los que la conocían se la tragaban completa: la censura y los encarcelamientos de los opositores y los lenguas sueltas continuaban sin que nadie pudiera frenarlos.

El panorama era oscuro y más lo era para Concha Lombardo: su padre, el hombre que le heredó el lunar que adornaba uno de sus muslos, había muerto sin resolver su futuro. Fernando Pontones terminó por hartarse de los descolones y Agustín Franco despareció sin dejar más rastro que algunos poemas que no tardaron mucho en desvanecerse de la memoria de sus lectores. La desgracia de la soltería pendía sobre ella.

Tras el entierro y los novenarios, Concha, Guadalupe y Mercedes tuvieron que decidir sus destino sin que les importaran los tiros en el sur del país. Cuando se abrió el testamento de don Francisco María, las desgracias fueron inmisericordes: el comprobante del dinero depositado en el Banco de Londres no se encontró a pesar de que un carpintero desarmó su escritorio para buscar las gavetas secretas que no existían; y la abuela, al enterarse de que no fue considerada en la última voluntad de don Francisco, abandonó para siempre a las Lombardo después de reclamarles los muchos pesares y esfuerzos que había tenido y hecho por ellas.

La orfandad fue absoluta y la estrechez indudable: en el mejor de los casos, el dinero que obtuvieran de la venta de las propiedades de don Francisco y de las alhajas de su madre —aunados a los reales que aún conservaban— les permitirían pagar las deudas de la familia y mantener una posición apenas digna. Su hermano y su cuñada Naborita apenas y podían ayudarlas: ellos, por desgracia, no estaban en la mejor de las situaciones.

Como muchas otras señoritas de buen apellido caídas en desgracia, ellas podían simular que su vida no había cambiado —aunque tuvieran que ayunar durante toda la semana con tal de pagar la tertulia de los sábados—, o tenían la posibilidad de asumir una vida modesta, lejana de la que les ofreció don Francisco. La disyuntiva no era fácil de resolver: la impostura abría la posibilidad de tener buenos pretendientes; mientras que la verdad, en el fondo, sólo les aseguraba una existencia apenas tranquila, pero incapaz de frenar las lenguas de los amigos que perderían después de la mudanza.

—Entiendan —le dijo Concha a sus hermanas—, o vendemos lo que tenemos para mantenernos con cierto decoro, o nos morimos de hambre mientras fingimos ser lo que no somos.

—La que tiene que entender eres tú: los amigos nos van a ningunear cuando se enteren de que somos unas pobretonas.

—Claro, lo que tú quieres es mantener a unos chupasangre que sólo vienen a la casa a festejar y que únicamente nos invitan de cuando en cuando.

—No son unos chupasangre, son gente decente, decentísima, y nosotras nos debemos casar con sus hijos.

—Yo prefiero vestir santos y comer todos los días a que me cuenten las costillas en la noche de bodas.

—Pues yo no.

—Eres una estúpida.

—Y tú una perdida que andas enamorándote de cualquier muerto de hambre.

Los pleitos duraron varios días, pero, al final, Concha se impuso a sus hermanas y tomó la decisión definitiva: las Lombardo traspasaron la casona de la Cadena y las otras propiedades de don Francisco María, vendieron casi todos los carruajes, remataron la biblioteca y la mayor parte de los muebles.

Gracias al capital que rescataron, se fueron a vivir a la calle de Chiconautla, a una casa que estaba en un barrio poco menos que espantable y lejana del centro. Los criados, con todo el dolor del corazón de las Lombardo, también disminuyeron: una docena fue liquidada y sólo conservaron una pareja. Ellos, con toda seguridad, no eran los mejores ni los más eficientes; sin embargo, eran los que más fuerte le aplaudieron a la niña Concha cuando montaba sus obras de teatro trepada en un cajón de vino de Burdeos. También conservaron el piano y siguieron pagando los servicios del profesor de música, algo de dignidad habría de quedarles.

A pesar de las desgracias, la felicidad no tardó mucho en volver a la casa de Chiconautla: Concha conoció a Edward Perry, un banquero inglés de buena posición que posiblemente le permitiría llegar al altar. Al fuereño le bastaba con su belleza y su apellido, la dote podía olvidarse para siempre. Quizá los únicos inconvenientes de Perry eran su fe (él, como todos los de su nación, era protestante y difícilmente aceptaría que su esposa conservara su religión) y lo otro no tardaría no tardaría mucho tiempo en solucionarse, según Concha: aunque la visitaba a diario, aún no se le declaraba como Dios manda.

Las habladurías sobre los posibles amoríos de Concha con el inglés no se hicieron esperar: al protestante —sabiendo que las señoritas estaban solas en su casa— no le parecía incorrecto visitarlas diariamente sin mayor vigilancia ni recato; y, para colmo del descaro, en más de una ocasión las invitó al teatro; ellas —aunque por regla general se negaban— asistieron a más de una función sin chaperones. Las Lombardo, según muchos, habían enterrado la moral junto con el ataúd de su padre.

La relación con Perry, desde el primer momento en que comenzaron a tratarse, fue motivo de disgustos y escándalos. Naborita, la cuñada de Concha, no sólo tenía erizados los cabellos por el trato fácil y las visitas constantes; ella —como buena chismosa que era— sabía que el inglesito tenía malas costumbres. Según Naborita, los amoríos que Perry sostenía con una tal Margarita eran conocidos por todos y, aunque llevaba varios meses enredado con esa muchacha, era perfectamente claro que él no daba color: la cortejaba de lo lindo, pero nunca formalizaba su relación.

En más de una ocasión Naborita le quiso abrir los ojos a Concha, pero ella era terca como una mula: "No pasa nada, sólo somos amigos y nada más", decía para tranquilizar a su cuñada, aunque en el fondo ya estaba enamorada de Perry.

Así transcurrieron varias semanas, hasta que Concepción por fin se convenció de las malas mañas del inglés. Esa tarde, cuando Perry llegó a su casa, Concha le puso un hasta aquí: durante un buen rato, el enamorado que aún no se había declarado sólo escuchó monosílabos y sufrió desplantes.

—¿Qué tiene usted? —le preguntó a Concha con ansias de paz.

—¿Qué tengo? Nada, pero quiero que no vuelva a poner un pie en mi casa. La gente dice que tengo amores con usted, pero sé muy bien que está comprometido con una tal Margarita.

Perry abandonó la casa de las Lombardo. Su ánimo era más oscuro que su sombra. Sin embargo, al día siguiente, le envió una sentidísima carta a Concha para declararle sus amores y formalizar la relación. La tal Margarita se eclipsó de la vida de Edward y los novios, a pesar de las certezas, siguieron dando motivos para que la gente decente no mantuviera la lengua quieta.

෴

Miramón, gracias a las cartas que recibía de su casa y los chismes que traían de la capital los jóvenes oficiales recién llegados al frente, apenas pudo enterarse de la suerte de don Francisco María y las decisiones de Concha: aunque la muerte del padre era indudable, el destino de las Lombardo era nebuloso. Ninguna noticia tuvo de Fernando Pontones y de Agustín Franco apenas escuchó algunos rumores; por supuesto que tampoco se enteró de la presencia y los amoríos de Concha con Edward Perry. El deslenguado profesor de música de las Lombardo —que también impartía lecciones a la familia Miramón— no había soltado todas las prendas, aunque algo había dicho y algunas de sus palabras se filtraban en las cartas que recibía Miguel.

A pesar de la gracejada que don Francisco hizo sobre su espada en su primera vista a la casa de la Cadena, Miguel rezó por la salvación de su alma y, sobre todo, por el futuro de las Lombardo. Durante las noches, se enfrentó contra sí mismo para mantener las manos fuera de las cobijas: más de una mañana amaneció con la cruz del rosario marcada en la palma derecha.

X

Cuando los pintos comenzaron a avanzar después de que Comonfort desembarcó en Zihuatanejo las armas que le fiaron los yanquis, a Miguel le ordenaron abandonar sus clases en el Colegio Militar: nunca más volvería a tener un salón para discurrir sobre la estrategia y la infantería. A partir de ese momento, sólo le quedó la opción de la batalla. Santa Anna, urgido de hombres, creó el Batallón de California y se lo entregó al joven catedrático para que lo acompañara a la campaña de tierra caliente.

Ninguno de los hombres del Batallón de California era soldado de veras: algunos habían salido de los calabozos para incorporarse al ejército sin pagar ni arrepentirse de sus crímenes. El argumento para excarcelarlos fue terminante: "si ya mataron antes, ahora bien podrán hacerlo por Su Alteza Serenísima". Otros eran unos sin calzones que los santanistas sacaron de las pulquerías para sumarlos a la tropa a pesar de su notoria borrachera y, unos más, obviamente, eran unos miserables que recibieron fusiles y aprendieron a disparar sin atinarle al blanco.

A Miguel le tocaron las heces y las recibió sin chistar, si Nuestro Señor Jesucristo le entregaba a esos hombres para batir a los liberales, él —junto con Fagoaga y Ramírez de Arellano— los convertiría en verdaderos soldados mientras marchaban rumbo al frente. Sus armas no podían ser deshonradas de nueva cuenta, la lección de 1847 seguía fresca en la memoria del capitán Miramón.

Durante todo el camino, la disciplina fue implacable. "Quiero que me tengan más miedo a mí que a los colorados; valen más cinco chicotazos en este momento que una deserción a media batalla", le dijo Miramón a Fagoaga mientras ordenaba el castigo para el gracioso que se tiró un sonorísimo pedo cuando escuchaba las órdenes de Ramírez de Arellano. Los chistes siempre les salieron caros a los californios. Miguel sólo toleraba las bromas de Fagoaga, pues él, en los momentos definitivos, siempre le jaló la brida a sus ocurrencias.

A lo largo de un mes, los californios no tuvieron descanso. Cuando los soldados profesionales se detenían para reponerse de la marcha: Miramón, Fagoaga y Ramírez de Arellano entrenaban a su batallón. A fuerza de fuetazos y mentadas de madre, ellos aprendieron a guardar la línea, atacar a bayoneta calada, gritar como endemoniados para espantar su miedo y asustar a sus enemigos, disparar y, sobre todo, a atinar al blanco. Sólo después de que sus oficiales quedaban satisfechos, los californios podían servirse el rancho y largarse a dormir sin quitarse los huaraches. Ellos debían estar listos para presentar combate en cualquier momento.

❦

—Vamos bien, ¿no te parece? —le preguntó Ramírez de Arellano.

—Sí, vamos bien, pero la verdad la sabremos en la batalla —le respondió Miramón mientras se preparaban para dormir.

—¿Y Concha?

—Nada, casi nada. Apenas unas cuantas palabras: ya sabes, los chismes de Fagoaga, las cartas que cuentan las verdades a medias que anda diciendo el profesorcito de canto. Pero nada más: pura oscuridad, nada de luz.

—¿La buscarás cuando regresemos?

—Sí, voy a ir a su casa. Claro, si volvemos. A lo mejor ni siquiera amanecemos: más de uno de ellos estaría dispuesto a rajarme el cuello.

—No, Miguel, te respetan.

—Ya lo veremos en la batalla.

∞

En los primeros combates, el Batallón de California no desempeñó un mal papel. Aunque no se lucieron ni destacaron en la Huerta, Tejupilco, Tracuachinapa y el Zapote, tampoco dejaron mal parados a sus oficiales. Dispararon cuando debían hacerlo y aguantaron los tiros cuando tocaba poner el pecho; sin embargo, nunca fueron los primeros en lanzarse a la carga. El pasado de los californios era una buena razón para no concederles este honor: a los generales les sobraba desconfianza.

Miguel estaba satisfecho de sus hombres. Estaba seguro de que ellos ya estaban curtidos y que no se rajarían a la hora de la hora. Por esta causa, Miramón le pidió a sus superiores que lo dejaran mostrar lo que había logrado con sus hombres. Sus peticiones no fueron atendidas, pero Fagoaga engatusó a los generales. Así, luego de los fortísimos tragos de aguardiente aderezado con pólvora y una buena tanda de ocurrencias que habrían sonrojado a más de un lépero, Fagoaga entró a la tienda de Miramón y le dijo:

—En la próxima nos toca poner el pecho antes que los otros.

—¿Qué hiciste para lograrlo?

—Lo que tú nunca harías.

Fagoaga no llegó muy lejos. Se sentó junto al catre de Miguel y se quedó dormido, la mona no le permitió levantarse.

Llegaron a Temapalco. Ahí los estaban esperando los liberales y los pintos. Miguel situó a los californios en el centro de la línea de combate. Después miró a sus adversarios y les adivinó al rostro: estaban alineándose, cargando sus fusiles con poca maestría, acomodándose para salvarse de las primeras descargas. Ramírez de Arellano se puso a su derecha y le preguntó:

—¿Aguantamos o atacamos?

Miguel sólo le dio una palmada, desenvainó su sable y ordenó el ataque con un grito:

—¡Por Dios y por la Patria!

Él, al frente de sus hombres, se lanzó a la carga. Los primeros disparos de los liberales cobraron su cuota de sangre y vidas: más de un californio cayó con el pecho abierto o con una pierna que a cada latido lanzaba un chisguete de sangre. Pero ellos siguieron corriendo y gritando madres con las bayonetas al frente.

Antes de chocar con los enemigos hicieron su única descarga: Fagoaga la ordenó en el momento preciso y una buena parte de los tiros dieron en el blanco. Después de esto, todo fue un asunto de hombre a hombre. Los californios le clavaron las bayonetas en el vientre a los pintos, giraron el fusil y sacaron los filos con las tripas enredadas. A algunos liberales les tronaron la cabeza a culatazos y a otros los corretearon hasta que los ensartaron en la riñonada. La línea de los enemigos no resistió el ataque de los californios.

Miramón, con sable y pistola, repartió tajos y tiros. Al primer golpe de sable, la sangre de su enemigo le salpicó la cara. No tuvo tiempo de limpiarse: un pinto, cegado por el miedo, intentó atravesarlo con una pica, pero la bala de su Colt fue más rápida que su carrera. Tras el impacto, el indio cayó de espaldas. Miguel estaba en el centro del combate: tenía el uniforme tinto y el rostro manchado. Sólo el sudor impedía que la sangre de sus enemigos se coagulara.

Los liberales huían y Miguel tuvo que frenar a sus hombres. No era bueno correr tras los derrotados: los animales perseguidos podían recuperar su fiereza.

El guerrero de Dios había triunfado.

∞

Tras la batalla de Temapalco, Miramón se ganó el ascenso a teniente coronel. La campaña contra los liberales, si bien no les dio la victoria absoluta a los santanistas, no había resultado del todo mala. Así, durante unos días, Miguel, Fagoaga, Ramírez de Arellano y los californios regresaron a la capital: había que reponerse y pertrecharse para regresar a la batalla, pero, antes de eso, Miramón tenía que calmar sus ardores, los cuales eran mucho más fuertes que los que había padecido en tierra caliente.

∞

—¿Sabes? Hay veces que uno quiere decir algo pero las palabras como que se atoran —dijo Fagoaga mientras cabalgaba junto a Miramón. La certeza de que regresaban sanos y salvos lo obligaba a revelar lo que había ocultado durante varias semanas.

—Por favor, no te hagas el tonto, tú puedes decirme lo que se te pegue la gana. Vamos, lo has hecho durante mucho tiempo y todavía eres mi amigo, mi hermano.

—Pero esto es diferente. Quizá si te lo hubiera dicho antes, te habrías dejado matar.

—¿Qué pasa con Concha? —preguntó Miguel tratando de conservar la calma.

—A lo mejor no tiene caso que vayas a verla.

—¿Ya anda con otro?

—Pues eso dicen…

—¿Dicen o sabes?

—Las dos cosas.

—¿Con quién?

—Dicen que con un inglés…

—¡Carajo! ¿Dicen o sabes?

—Con un tal Edward Perry que anda de prestamista.

Durante un rato, Miramón estuvo callado. Tenía el rostro cenizo y de cuando en cuando acariciaba el mango de su sable. Fagoaga ya esperaba lo peor.

—¿Habrá duelo? —preguntó con ganas de no enterarse.

—No, para qué lo mato. Lo único que conseguiría es alejar a Concha y terminar de hundir la relación que todavía no empieza.

—¿Y entonces?

—Primero Concha, después la venganza.

XI

A Miguel no le costó trabajo encontrar la casa de Chiconautla: las indiscresiones del profesor de música, las certezas de Ramírez de Arellano y los chismes que se contaban en todas las reuniones eran mucho mejores que un mapa preciso. Así, sin anunciarse y sin permiso alguno, el teniente coronel llegó a caballo a casa de las Lombardo. A su orgullo herido por la falta de rango, se había sumado la furia por los amores de Concha con Perry.

Tocó la puerta. Cuando el criado se asomó, Miramón —con marcada rudeza— le dijo:

—Vengo a ver a la señorita Concepción Lombardo.

—No sé si pueda recibirlo, pues...

El criado no pudo terminar sus palabras.

Miguel abrió la puerta, entró a la casa con calma y sólo volteó a mirarlo para hacerle una pregunta:

—¿Dónde está?

—Allá, en la sala —le respondió el sirviente seguro de que más le valía no contradecir al militar que venía dispuesto a todo.

Miguel se encaminó a la habitación. Concha, sentada en un sillón cuyas mejores épocas habían pasado, revisaba con cuidado las páginas de uno de los pocos libros que no vendieron tras la muerte de don Francisco. A pesar de la certeza de la miseria inminente y de las infructuosas gestiones de Perry, ella seguía buscando el billete del Banco de Londres.

Miguel la miró, la furia contenida se desvaneció por completo.

—Señorita, supe de la desgracia y vengo a darle el pésame.

—Váyase, ¿no ve que estoy sola?

—¿Y qué importa? Es mejor que no haya nadie, porque así le puedo decir que la amo.

—Déjeme en paz. No estoy para bromas, ya le dije que se largue.

—No me iré si antes no me da un beso.

—¡Le digo que se largue! —gritó Concha mientras Miramón bloqueaba la puerta con el sable en la mano.

—Si no me da un beso, ¡la mato!

Concha puso lo brazos en cruz y le dijo:

—¡Pues máteme usted!

Miguel envainó el sable, se rio y se fue contento.

Concha, después de asomarse por la ventana para asegurarse de que Miramón se había largado, sólo pudo contarle la aventura a sus hermanas. Sin embargo, no había odio en sus palabras. Ella, por primera vez, encontró a Miguel emblanquecido, con los ojos más brillantes y una percha que compensaba su delgadez. Incluso, cuando terminó de narrar su historia, le preguntó a sus hermanas si no les parecía que Miramón era demasiado joven para tener un rango tan alto: la exigencia del generalato comenzaba a perderse.

Miguel no tuvo tiempo de repetir la visita: la campaña contra los liberales y los pintos se reanudó y él tuvo que marchar al combate sin darle una explicación a la señorita Lombardo. Así, aunque a ratos quería volver a Chiconautla para pedirle perdón, él sospechaba que los brazos en cruz sólo habían sido una farsa tan mal montada como su actuación con el sable. Ese día —pensaba Miramón— la mirada de Concepción había sido distinta y su voz, aunque lo corría, quizá lo retaba a que se quedara con ella. En realidad lo único que le incomodaba era Perry, el inglesito que ponía en riesgo sus amores.

∞

A principios de agosto de 1855, la guerra contra los alzados aún no se definía: las batallas, los combates y las escaramuzas no permitían la victoria definitiva de ninguno de los bandos. El empate —a pesar de los muertos en el campo y los colgados a los lados del camino— era indudable.

En esos días cruciales, Santa Anna se hartó de las responsabilidades y los esfuerzos: Su Alteza Serenísima, por andar sirviendo a la patria que según él nada le agradecía, no tenía tiempo para dedicarse a lo que verdaderamente le importaba: los gallos y los amores. Por eso dejó el país y abandonó a sus soldados a la buena de Dios. El día 13 se trepó a un barco, se despidió sentidamente y le entregó la presidencia a Martín Carrera, un buen hombre que apenas duró unos cuantos días en el cargo, pues la guarnición de la capital se sumó a los liberales y lo obligó a renunciar.

La huida de Santa Anna definió la guerra sin necesidad de presentar la última batalla: los liberales y los pintos avanzaron sin tropiezos hacia el centro del país. Sólo se detuvieron en Cuernavaca para instalar una Junta Nacional que nombró como presidente provisional a Juan Álvarez, quien aceptó sin chistar un gabinete formado por los liberales más radicales: el indio Juárez, Guillermo Prieto, Melchor Ocampo e Ignacio Comonfort llegaron al poder sin que nada ni nadie pudiera evitarlo.

∽

Miramón y sus hombres, al igual que el resto de las fuerzas santanistas, se quedaron atrapados a mitad de la nada: ellos tenían soldados y pertrechos para seguir adelante, pero el rumbo se había perdido por completo.

Algunos de ellos, los más cobardes, optaron por el camino fácil: renegaron de sus ideas y se convirtieron en liberales después de escupir el Sagrado Corazón de Nuestro Señor Jesucristo. Otros prefirieron largarse del país con la cola entre las piernas. Ya nada podían hacer: si se atrevían a volver a sus casas, la venganza de los radicales sería implacable. Sólo unos cuantos decidieron esperar a que los mexicanos bien nacidos comenzaran a luchar contra los liberales. Ellos estaban seguros de que los católicos no tolerarían las leyes en contra de Dios, que los generales decentes se levantarían en armas y que la guerra pronto se reiniciaría con el apoyo de la mayoría de los mexicanos.

∽

Sin encontrar gran resistencia, los liberales y los pintos entraron a la Ciudad de México el 15 de octubre. La gente decente huyó a sus casas de campo en San Ángel y Tacubaya, sólo los radicales y los anexionistas que brindaron con los generales yanquis los recibieron con gusto después de los tiroteos de rigor. Ese día, aunque los templos se mantuvieron cerrados, los saqueos no se hicieron esperar: la indiada de pieles manchadas tiró las puertas y se cobró sus haberes con los objetos sagrados.

A los liberales más radicales les urgía cambiar el país, querían convertir a México en una nación idéntica a Estados Unidos, por eso convocaron al Congreso Constituyente y suprimieron los fueros de la iglesia y del ejército. Ellos querían que todos fueran iguales: las diferencias, tan sólo por su marcadísima envidia a quienes no nacieron con una mancha en la rabadilla, les parecían insoportables. Las nuevas leyes, ateas en cada uno de sus artículos, se publicaron sin que a ninguno de los liberales les preocupara lo que pensaban y querían los mexicanos.

Por fortuna, ni al mulato Álvarez ni a los pintos les sentó el clima de la capital. Debido a los fríos, él y los suyos extrañaron los calores del sur y se largaron a la costa después de nombrar un presidente sustituto: Ignacio Comonfort. El nuevo mandamás, que a diferencia de su antecesor sí había ido a la escuela, no tenía una carrera del todo limpia: había combatido a los yanquis y después se convirtió en un ferviente santanista que, luego de acostumbrarse a las ganancias que dejaba la aduana de Acapulco, no dudó en traicionar a su viejo amigo.

Segunda parte
Los primeros macabeos
(1856-1857)

I

Las nuevas leyes, heréticas y ateas, rompieron el sello que impedía el apocalipsis. Aunque las firmas de los diputados aún no se secaban en los decretos, los curas de los pueblos y los clérigos de las ciudades comenzaron a anunciar el fin del mundo: las siete plagas de Egipto serían poca cosa comparadas con lo que estaba a punto de ocurrir. Los liberales habían provocado la ira de Dios y los castigos no tardarían en comenzar. El Dios de la venganza por fin se haría presente: llovería fuego, los primogénitos morirían al momento de nacer, las aguas se secarían, el sol quemaría las cosechas, las vacas parirían terneros con dos cabezas y los diablos irrumpirían en las casas para violar a las mujeres que darían a luz íncubos y súcubos.

Los curas no eran los únicos que auguraban el apocalipsis: en las calles de la capital aparecieron hombres con sotanas desgarradas, puercas y apenas capaces de cubrirles las vergüenzas: ellos tañían sus campanas mientras se santiguaban y le suplicaban a Dios que se apiadara de su alma; aunque quisieran parecerlo, ellos no eran sacerdotes, sólo estaban enloquecidos por el miedo. La gente decente y los caídos en desgracia, al igual que los muertos de hambre y los miserables, también comenzaron a prepararse para el fin del mundo: muchos indios abandonaron sus tierras y tomaron camino para los templos. Cuando llegaban a los atrios, se latigaban para pedirle clemencia al Dios que los abandonó a pesar de sus torsos desnudos y las espaldas sangrantes. Tampoco faltaron los que prefirieron quitarse la vida junto con sus familias: un vaso de ácido prúsico les ofrecía la posibilidad de no atestiguar el fin de los tiempos. Los suicidas, aunque estaban ciertos de que condenaban su alma, tomaron la hostia con sus hijos y, al llegar a sus casas, bebieron el veneno mientras rezaban el padre nuestro y el yo pecador. Ellos sólo podían confiar en la misericordia divina. Su cobardía les impedía convertirse en mártires.

A pesar de todo esto, hubieron algunos que decidieron que las plegarias, los latigazos y el suicidio no eran las únicas salidas: ellos tenían que seguir los pasos de los macabeos, de los hombres que se levantaron en armas en contra de los tiranos que querían obligarlos a abjurar de su fe. Gracias a los fusiles y los machetes, ellos salvarían sus almas, protegerían su libertad y conservarían sus pequeñísimas propiedades. Las nuevas leyes también los despojarían de sus tierras: los indios y los campesinos ya sólo podrían ser peones que en un abrir y cerrar de ojos se transformarían en esclavos. Ninguno de los patrones que los recibirían en las haciendas les pagaría lo suficiente para que silenciaran los ruidos de sus tripas, aunque siempre estarían dispuestos a fiarles lo que necesitaran: un saco de maíz, algunas panelas, unas varas de percal. Al fin y al cabo, si ellos no podían pagar las deudas, sus hijos las recibirían como herencia para agregar un nuevo eslabón a la cadena que los unía con los nuevos terratenientes que iniciarían su señorío después de comprar las tierras de las comunidades y de la iglesia.

Aquí y allá surgieron grupos dispuestos a hacerse justicia por mano propia: en más de un pueblo, los indios mataron a machetazos a los liberales y a quienes intentaron apoderarse de sus tierras enseñándoles los papeles que anulaban los antiguos títulos pintados en pieles y amates; en varias ciudades los creyentes colgaron de los árboles más altos a los que se atrevieron a aplicar las nuevas leyes con tal de conservar sus trabajos en el gobierno, y en otros lugares quemaron vivos a los que tomaron el poder tras la caída de Santa Anna. Si los liberales tenían tratos con el Maligno, no estaba por demás que comenzaran a aclimatarse al Infierno. Es cierto, cuando los curas dijeron "nada de sangre", ellos entendieron que las llamas eran la única condena posible.

Los militares bien nacidos también se levantaron en armas para defender a la iglesia: Tomás Mejía, el soldado indio que se enfrentó a los yanquis y que en más de una ocasión derrotó a los pintos de Juan Álvarez, se alzó en Tolimán al grito de "¡Viva Cristo Rey!"; y López Uraga, el general que tomó las armas para exigir el regreso de Santa Anna, empezó la gresca en Guanajuato con tal de conservar el mundo que se estaba destruyendo a fuerza de impiedades. En aquellos días de oscuridad y muerte comenzó a destacar un joven oficial: Luis Gonzaga Osollo, el guerrero de Dios que hacía suspirar a las mujeres, mientras que sus enemigos sólo temblaban ante su presencia. Poco a poco, las tropas de los hombres de fe comenzaron a engrosarse para combatir al anticristo encarnado en los liberales. Sólo hacía falta que alguien los unificara para enfrentar a sus enemigos.

Los liberales no pusieron la otra mejilla: más de un sacerdote amaneció muerto, emasculado y con la verga en la boca; más de una santa mujer fue encerrada en un calabozo después de que los radicales la raparon y la violaron; más de un indio fue muerto a palos con tal de convertirlo en lo que no era: un yanqui, un ateo, un alma que pasaría toda la eternidad sin poder mirar el rostro de Cristo. Los enemigos de la fe no se conformaron con esto: la avaricia y la soberbia los llevaron a cerrar los monasterios, a lanzar a la calle a los hombres y las mujeres que consagraron sus vidas al servicio de Dios, a robar y vender las propiedades y los objetos sagrados de la iglesia y los templos. Incluso, con el pretexto de una de sus muchas leyes, aprehendieron al arzobispo y a los canónigos de la capital. Por fortuna, en esa ocasión sí hubo alguien capaz de denunciar el atropello, Ignacio Aguilar y Marocho publicó un epigrama en el que pintaba con gran perfección la justicia de los liberales:

Con soberana estulticia
y en marco sobredorado
hay un letrero que dice
Palacio de Justicia,
y el edificio es robado.

Los liberales devolvieron cada golpe con uno más fuerte: la venganza, la muerte y la rapiña marcaron cada una de sus acciones.

La iglesia, no se quedó cruzada de brazos: Pelagio Antonio de Labastida y Dávalos, el sacerdote que conoció a Miramón el día que Su Alteza Serenísima le robó el premio de la lotería al conde de la Cortina, recién había sido nombrado obispo de Puebla y pronto comenzó a combatir a los liberales con los cánones y las armas: primero hizo pública la excomunión a quienes se atrevieran a jurar y aplicar las leyes impías; después, junto con el padre Francisco Javier Miranda, comenzó a preparar el levantamiento en armas que estallaría en Zacapoaxtla.

La guerra estaba a punto de reiniciarse.

∽

—¿Y ahora? —le preguntó Fagoaga a Miramón mientras caminaban entre los californios que aún permanecían con ellos.

Desde el preciso instante en que Santa Anna huyó del país, ellos, al igual que muchos de los enemigos de los liberales, sólo esperaban una señal para unirse y enfrentar a sus enemigos bajo el amparo de la Cruz. El llamado no llegó del Cielo, sino de la sierra de Puebla: las palabras del obispo Pelagio y del padre Miranda habían corrido sin freno. Miramón, tras escuchar a Fagoaga, únicamente podía dar una respuesta:

—A la guerra.

—¿En qué bando?

—¿Eres o te haces? —lo inquirió Ramírez de Arellano, a quien las campañas y la huida de Santa Anna terminaron por agriarle el carácter.

—Vale más preguntar que equivocarse. No vaya siendo que nos lancemos a la carga gritando "religión y fueros" en el bando equivocado.

Miramón sonrió levemente, negó un par de veces la cabeza y le dio palmada en la espalda a Fagoaga.

—Queridísimo, el horno no está para bollos. Mejor prepara a los hombres para la marcha.

—¿A Zacapoaxtla?

—No, a casa de tu puta madre —le respondió Ramírez de Arellano antes de ir por su caballo.

Fagoaga no respondió el insulto, sólo levantó los hombros y, casi con cordialidad, comenzó a arrear a los hombres. Los californios, que lejos estaban de formar un batallón completo, no tardaron en estar listos: las filas mermadas por la muerte y las capturas eran marciales a pesar de su apariencia. Ninguno tenía el uniforme completo, sólo unos cuantos traían zapatos y la mayoría estaban vestidos con las ropas que le quitaron a los muertos.

El camino era largo y tendrían que recorrerlo en poco tiempo.

∞

Mientras avanzaban a marchas casi forzadas, las noticias de los sucesos de Zacapoaxtla los alcanzaron: Comonfort envió en contra de los rebeldes al general Del Castillo, el soldado trigarante que nunca les presentó batalla y terminó sumándose a las tropas que proclamaban "religión y fueros"; lo mismo sucedió con la brigada que comandaba Ignacio de la Llave: sus hombres lo abandonaron a mitad del camino para alistarse en el ejército de Dios.

—Cuando lleguemos las tropas serán miles —dijo Fagoaga.

—Dios te oiga —le respondió Miramón.

∞

Al llegar a la zona de combate, Miramón y los suyos descubrieron que los soldados de Cristo apenas sumaban tres mil, mientras que las tropas enemigas tenían más de dieciséis mil hombres. Los pertrechos tampoco eran parejos: los católicos sólo disponían del parque que podían cargar y de algunas piezas de artillería cuyos mejores tiempos habían terminado hace dos guerras; los liberales tenían balas y cañones de sobra. Dios no había escuchado a Fagoaga.

Mientras Ramírez de Arellano y Fagoaga hacían lo posible por conseguir pertrechos para los californios, Miguel se presentó ante los oficiales. No hubo tiempo para las grandes bienvenidas ni para las cuidadosas discusiones de estrategia: la batalla estaba a punto de comenzar y Miramón, después de recibir sus órdenes, se sumó al ataque.

Ahí, frente a ellos, estaban los liberales. Los californios ya tenían listas las ballonetas para lanzarse a la carga.

—Más de cinco contra uno —dijo Ramírez de Arellano mientras se alistaba para la batalla.

—¿Y cuál es el problema? —respondió Miramón—. Dios no está con sus tropas.

Ramírez de Arellano estuvo tentado a decirle que el Señor no los escuchaba y que en más de una ocasión se había negado a protegerlos. A ratos, él pensaba que Dios sólo quería mártires y que su lucha estaba condenada a la derrota. Pero nada le dijo a Miramón: la vieja amistad, los vestigios de fe, las sombras de justicia y el deseo de conservar lo que aún no se había perdido lo mantenían en su puesto.

∞

Los ejércitos se enfrentaron en Ocotlán. Aunque los soldados de Cristo lucharon con furia, los herejes se defendieron como endemoniados. Luego de varias horas de sangre y muerte, ninguno de los bandos obtuvo la victoria definitiva: a pesar de que los católicos mataron a muchos y se apoderaron de las principales posesiones de los liberales, y de que los hombres de Luis Gonzaga Osollo capturaron cinco piezas de artillería, una importante cantidad de parque y aprehendieron a varios oficiales y un batallón completo; los enemigos les hicieron cuantiosísimas bajas. De los pocos californios sólo sobrevivieron unos cuantos. Así, cuando algunos miles de soldados despanzurrados ya habían entregado su alma, los dirigentes de ambos bandos no tuvieron más remedio que sentarse a negociar.

Antes de que el sol llamara a los zopilotes y se levantara la pestilencia de los cadáveres inflados por el calor, Ignacio Comonfort se reunió con Antonio Haro y Tamariz, el hombre que intentó frenar la locura de Santa Anna y sólo consiguió ser despedido de Palacio Nacional. Él, junto con el obispo Pelagio y el padre Miranda, había logrado unir a los dispersos para darle sentido a la lucha.

—El asunto es fácil de resolver —dijo don Antonio—: nosotros depondremos las armas si usted deroga las leyes heréticas y respeta la condición de nuestros oficiales. De las tropas ni hablar: los hombres sólo nos obedecieron, su única culpa es defender lo poco que tienen, unas cuantas varas de tierra y su religión. Que quede bien claro: nosotros no hemos cometido ningún delito: sólo ejercimos el derecho a la guerra justa en contra de un gobierno injusto.

—Imposible, ustedes juraron lealtad a la patria y la traicionaron —le respondió Comonfort.

—Por favor, no me venga con esa historia que a nadie engaña: la patria somos todos y la mayoría somos católicos; es más, piense en nuestra historia, en *su* historia: los

traidores de ayer son los patriotas de hoy, y los patriotas
de hoy se convertirán en los traidores de mañana. Mientras tengamos que definir el futuro con las armas o se lo
entreguemos a los políticos malamadre, nunca quedará
clara la línea que separa a los patriotas de los traidores.

—Por desgracia no estoy de acuerdo: la línea que
nos separa es clarísima, de un lado están las leyes y del
otro las sotanas. Por esta razón no puedo complacer sus
deseos, por buenos y justos que le parezcan.

Don Antonio no levantó el guante. Durante unos
instantes estuvo tentado a recordarle cómo él y los suyos
acordaron con los yanquis la venta de las tierras de los
indios y de la iglesia a cambio de los fusiles que usaron
contra Santa Anna. Tenía ganas de restregarle su pasado,
sus fraudes en la aduana de Acapulco, su traición a Santa
Anna, su miedo a perder la presidencia que lo hacía pasar
como el caballero que nunca sería. Pero no lo hizo, se
contuvo con todas sus fuerzas. Éste no era el momento
de la confrontación, era el tiempo de lograr un trato sin
perder la dignidad.

—Entienda don Ignacio, ustedes y nosotros estamos
de acuerdo en muchas cosas: los dos bandos queremos el
progreso y la paz, lo único que nos distancia es su prisa,
su urgencia por cambiar lo que sólo puede transformarse
poco a poco. Los países no cambian por las discusiones en
el congreso ni a fuerza de leyes, el verdadero cambio pasa
por otros caminos. Por favor, dése cuenta de que también
estamos de acuerdo en formar un gobierno donde todos
tengan cabida y en la separación de poderes, lo que nos
enfrenta es que nosotros queremos conservar para construir y ustedes sólo quieren destruir para después edificar
sobre las ruinas. Aunque también, y eso sólo ustedes los
saben, existe la posibilidad de que estemos distanciados

por los intereses de otros: todo el tiempo nos dicen que la iglesia está de nuestra parte, pero habría que preguntarse si ustedes reciben ayuda de algún lugar que está más allá de la frontera.

Don Antonio nunca pronunció la palabra yanquis, la velada mención bastaba y sobraba para dejar en claro las posiciones e invitar a Comonfort al acuerdo.

—Es posible, pero no puedo aceptar sus pretensiones. El pueblo…

—No señor —lo interrumpió don Antonio al darse cuenta de que sus palabras tomaban un rumbo que a nadie convenía—, su pueblo es una invención. Ustedes no sólo quieren que mande y sea mandado, lo cual es ilógico, pues también suponen que ese pueblo, al que nadie conoce, les ha otorgado supremos poderes.

—Por supuesto que nos los ha dado.

—Don Ignacio, usted está equivocado de cabo a rabo: no confunda los fusiles con los votos que nunca tuvieron. El pueblo, se lo digo con el corazón en la mano, sólo quiere conservar lo que tiene: sus tierras, su religión, la certeza de que serán mandados por alguien justo y respetuoso. El verdadero pueblo, señor mío, es tan conservador como nosotros.

Comonfort, aunque deseaba la paz y reconocía que las distancias que los separaban de los católicos no eran tan grandes, no podía aceptar sus exigencias: los liberales que lo llevaron a la presidencia le retirarían su apoyo en el preciso instante en que suscribiera un acuerdo que cediera ante los sublevados. Juárez, Prieto y sus correligionarios estaban dispuestos a todo con tal de obtener la victoria absoluta. Sus deseos de moderación no tenían ningún valor: cada una de sus palabras y sus acciones dependían de la fiereza de los radicales.

Luego de varias horas de estira y afloja, Comonfort y don Antonio acordaron que los soldados de Dios se retirarían a Puebla y se iniciaría una tregua con duración indefinida: un solo disparo bastaría para que los bandos reiniciaran las hostilidades. Aunque la paz quedó herida de muerte, ambos ejércitos obtuvieron algunas ganancias: los liberales tendrían tiempo para reorganizarse y recibir refuerzos; mientras que los católicos ocuparían una plaza importante y ganarían un poco de tiempo antes de presentar un nuevo combate.

II

Miramón, al frente de la vanguardia de los soldados de Cristo, llegó al puente que marcaba la entrada a Puebla. Los liberales no cumplieron su palabra: el lugar estaba ocupado por unos cuantos hombres que se negaron a abandonar sus puestos. El combate fue rápido, brevísimo: apenas se necesitaron unos cuantos disparos y un par de sablazos para vencerlos. Sin embargo, la infinitesimal victoria de los guerreros de Dios sólo favoreció a los hombres que mantenían a Comonfort en la presidencia: ellos necesitaban sacrificar algunas vidas con tal de tener un pretexto para romper la tregua y avanzar en contra de la ciudad de los ángeles.

No hubo tiempo para desfiles triunfales ni para el solemnísimo tedeum que bien se habían ganado. Los liberales se aproximaban: los refuerzos y los pertrechos les llegaron en unos cuantos días. El país podía perderse, pero ellos, los liberales, tenían que derrotar a sus enemigos sin importar las consecuencias. Sin perder un solo instante, los guerreros de Dios comenzaron a prepararse para la batalla: fortificaron la penitenciaría y los conventos de la Merced, Santa Inés y del Carmen, en lugares estratégicos levantaron trincheras y distribuyeron sus piezas de artillería con ánimo de vencer a los atacantes. Las mujeres decentes y los médicos bien nacidos también hicieron lo que les correspondía: aquí y allá se levantaron pequeños hospitales de sangre para atender a los soldados que fueran heridos en los combates. En muy poco tiempo, Puebla quedó lista para la batalla.

Los liberales se negaron a presentar combate a campo traviesa: ellos anhelaban vencer a los alzados y castigar a los poblanos por conservar su devoción. Los civiles debían pagar con sangre y deshonra por no sumarse a la desenfrenada carrera en pos del supuesto progreso, debían sufrir lo indecible por negarse a destruir lo poco que tenían para sólo construir una entelequia. Las balas, la peste, la sed y el hambre los obligarían a rendirse sin condiciones.

Durante varios días, los liberales bombardearon la ciudad y atacaron las posiciones de los cristianos. Al principio, los sitiados casi se sentían seguros. Pero, al cabo de un par de semanas, las horrores los atenazaron: los acueductos que abastecían la ciudad fueron destruidos, los pozos cercanos fueron envenenados con los cadáveres de los soldados muertos y sacos de arsénico, los alimentos dejaron de llegar y el hambre se transformó en un nuevo enemigo que, a diferencia de los liberales, no mataba con balas ni metralla: poco a poco se comía los cuerpos de los poblanos y los soldados de Cristo.

La falta de agua y alimentos sacaron lo peor de los hombres: los viejos amigos ya no eran recibidos en las casas con tal de no compartir el pan, los que algo escondían para llevarse a la boca fueron robados por los que nada tenían. Primero desparecieron los perros que se convirtieron en un dudosísimo estofado, luego siguieron los gatos y, al final, las ratas fueron cazadas por los miserables que rondaban las calles con un palo en la mano.

La peste no tardó mucho tiempo en cobrar sus primeras víctimas: el tifo y el cólera llegaron junto con la falta de agua y el exceso de hambre. Sin embargo, las peores consecuencias de la peste no fueron los hombres que se murieron a causa de las fiebres y las diarreas, el mal también envenenó el alma de muchos poblanos y las de muchos soldados: algunos, con tal de conseguir algo qué llevarse a la boca, entregaron a sus hijas a cambio de unos panes mohosos; otros las exhibían como vírgenes a las que se les podía tocar el himen con el dedo a cambio de un trozo de carne, y unos más optaron por el pecado mortal: más de un recién nacido despareció para terminar siendo zurrado por los hambrientos que dejaron de pedir limosna en nombre de Dios. La locura por el apocalipsis se transformó en la demencia que sólo anhelaba conservar la vida.

El sitio se estrechaba más y más: los soldados de Cristo ya miraban el brillo de las bayonetas que remataban los fusiles de los herejes. Así, al cabo de varias semanas de combates y peste, los liberales entraron a la ciudad y comenzaron a luchar palmo a palmo. Cada plaza y cada edificio fueron defendidos hasta que se terminaron las balas y se cegaron las vidas.

∞

Miramón, aunque ya sólo podía esperar lo peor, mantuvo su posición en el convento de Santa Inés. Los atacantes tomaron el atrio y comenzaron a avanzar hacia el templo: ahí estaban los soldados de Dios que aún les oponían resistencia. La puerta se convirtió en astillas al primer cañonazo y los herejes atacaron a bayoneta calada: los primeros cayeron después de que Miguel ordenó la primera descarga. Pero ya no quedaba tiempo para volver a cargar: sólo existía la opción de luchar cuerpo a cuerpo.

Los enemigos avanzaban y Miramón se replegó a la escalera del coro: cada peldaño significaba un tajo de sable, un ataque con bayoneta o un tiro de pistola de quienes aún permanecían a su lado.

Al llegar al coro, Miguel y los suyos se parapetaron.

—Señores —le dijo Miramón a sus hombres—, ya nos queda poco por hacer.

—¡Rindámonos! —suplicó uno de sus soldados.

Miguel, con impostada tranquilidad, se acercó al hombre que le pedía entregar las armas. Tenía la mirada fija, sus pupilas estaban ennegrecidas. Un levísimo temblor lo obligaba a fruncir un poco los labios. Cuando llegó a su lado, con la palma de la mano le acarició la cabeza y, cuando el soldado se sintió confortado, le rompió el hocico de un bofetón.

—¡Aquí nadie se rinde! ¡Dios está con nosotros! Y nosotros le entregaremos nuestras vidas si es necesario.

Después del grito, siguió el silencio.

Los liberales no atacaron el coro. Los estallidos se fueron acallando hasta que las campanas de la catedral se escucharon con claridad. No había ocurrido un milagro: los católicos se rindieron y sus jefes, luego de pactar la tregua, comenzaron a negociar con Ignacio Comonfort la entrega de la ciudad. El ejército de Cristo había sido derrotado.

Don Antonio Haro —junto con algunos de los jefes del ejército de Dios— abandonó Puebla después de entregar las armas. Ellos partieron con rumbo desconocido seguidos por los pocos soldados que sobrevivieron al sitio. Los liberales, a pesar de que se comprometieron a respetar a los civiles, apenas hicieron algo para contener el saqueo. Para las tropas, acostumbradas a no cobrar los haberes, la única manera de obtener un beneficio era el robo: esa tarde, las soldaderas borrachas se quedaron dormidas en los templos después de profanar los altares. Sus ropas ya no eran las de siempre: los sucios harapos fueron sustituidos con los terciopelos y las sedas que cubrían a las vírgenes y los santos. Las casas de los conservadores más notorios —al igual que las de las familias que aún creían en Dios— también fueron saqueadas sin miramientos. Sólo las exigencias del cabildo y del obispo Pelagio lograron frenar la rapiña.

∞

Miguel no abandonó Puebla. Cuando terminó el combate, él —junto con Fagoaga y uno de sus soldados de nombre Leonides del Campo— salieron del convento de Santa Inés para buscar un refugio: el resto de los hombres se quedaron en el coro para cumplir una orden que nunca se llevó a cabo: defender el lugar sagrado del saqueo de los liberales. Ramírez de Arellano, aunque los acompañó durante los primeros momentos, terminó extraviándose después de una balacera a la que no pudieron responder por falta de parque. Miramón sólo deseó que Dios lo salvara y que sus heridas no le impidieran llegar al lugar donde estaba don Antonio.

Por más que lo intentaron, Miramón y sus hombres no pudieron acercarse al sitio donde se llevaban a cabo las conversaciones de paz: las calles habían sido tomadas por los liberales que, a pesar de la tregua, disparaban a la menor provocación. Un sable y tres pistolas sin tiros de nada servían para enfrentarse a los impíos.

Tocaron muchas puertas, pero los dueños de esas casas se habían contagiado de la peste que enfermaba las almas. Así siguieron hasta que, por fin, alguien los dejó entrar a su hogar: un edificio cuarteado por las balas que aún conservaba algo de su antigua dignidad.

Con un trapo apenas humedecido y un hilo de cáñamo, las mujeres que les dieron asilo limpiaron y zurcieron los cuerpos de los tres soldados. Ninguno tenía heridas de consideración, aunque sus almas casi estaban rotas.

—El destino nos jugó una mala pasada —le dijo Miramón a los hombres que aún permanecían a su lado en el ático de la casa. Él estaba sentado en el suelo, recargado en la pared.

—No te preocupes, todavía podemos salvarnos, volver a la guerra —le dijo Fagoaga tratando de mantener el optimismo con muy poco brío.

—Claro, todavía podemos —reforzó Leonides.

—Mírense, mírenme. Ya casi no somos nada: yo, mi querido Leonides, soy un oficial de un ejército que a lo mejor ya no existe, y las armas que tenemos ya no sirven para volver al combate. Estamos jodidos, total y absolutamente jodidos.

—¿Y quién te dice que ésta no es una prueba que nos pone Nuestro Señor? —le preguntó Fagoaga.

Miguel no respondió. Sólo se levantó para mirar la ciudad desde la pequeña ventana: todos los edificios estaban grises, ahumados. Ningún vivo caminaba en la calle. Allá, a unas cuantas calles de su refugio, un muerto estaba tirado en el piso. Parecía un títere al que le cortaron los hilos. Miramón lo observó con calma: ese desconocido, ese don nadie, ya no tenía ningún problema: la fe, el deseo de victoria y el amor nunca logrado carecían de sentido.

∞

El demonio de la derrota amenazaba con apoderarse del cuerpo y el alma de Miramón. A ratos, parecía que estaba a punto de claudicar y entregarse a los enemigos. Los únicos consuelos que aún le quedaban eran su rosario y el recuerdo de Concha. La lejanísima mujer que quizá lo había olvidado para entregarse a un inglés de dudosas costumbres y terrible religión. Concha, a ratos, sólo era la imagen del momento en que Miguel le exigió un beso con sable en mano.

—¿Todavía piensas en ella? —le preguntó Fagoaga.

—Siempre estoy pensando en ella.

—Por lo menos eso es un consuelo.

—No creas, ¿de qué me sirve pensar en Concha si ella nunca podrá enterarse de lo que siento? Vamos, ni siquiera puedo escribirle: conseguir un pliego y tinta es imposible. Y si los tuviera, díme tú, ¿cómo le haría llegar mis palabras?

—No se las mandes, mejor díselas en persona.

Miramón, al escuchar las palabras de Fagoaga, sólo pudo sonreír con tristeza y pensar en el muerto que estaba a unas cuantas calles.

∞

Con escasas comidas y largos descansos, ellos recobraron la fortaleza y se lamieron el alma herida. Sus cuerpos cicatrizaron casi por completo y la devoción volvió a sus espíritus.

Era claro que no podían seguirse escondiendo. No podían pasarse el resto de sus días planeando combates que nunca llevarían a cabo: únicamente tenían la posibilidad de emprender una acción temeraria: un sable, dos pistolas sin balas y dos cuchillos de cocina tenían que ser suficientes para volver a la guerra.

III

La noche del 24 de octubre de 1856, Miramón —acompañado de Leonides y Fagoaga— abandonó su refugio con un plan que confiaba más en la suerte que en sus posibilidades de éxito. Al amparo de la oscuridad recorrieron las calles de Puebla hasta que llegaron a la comandancia de la plaza. El oficial de guardia, al descubrir que se aproximaban tres hombres embozados dio el grito de rigor:

—¿Quién vive?

Los hombres siguieron avanzando hasta que llegaron frente a él. Entonces le respondieron al unísono:

—Miramón.

El guardia quiso dar la voz de alarma, pero ya era muy tarde: Leonides le rebanó el gaznate con un cuchillo mientras le tapaba la boca para ahogar su grito. El soldado no se quería morir: a pesar del tajo, se retorcía y manoteaba. No hubo de otra, Leonides lo apuñaló tres veces más hasta que por fin se estuvo quieto.

Ya nadie podía detenerlos. Se adentraron en el cuartel y llegaron al dormitorio de la tropa. De una patada abrieron la puerta. Los soldados intentaron tomar sus armas, pero Miguel alcanzó a detenerlos:

—¡Quietos! —les ordenó—. ¡Soy el teniente coronel Miguel Miramón! ¡Soy el guerrero de Dios!

Ninguno de los hombres se atrevió a moverse. La furia encarnada fue suficiente para contenerlos. Durante unos instantes sólo hubo un denso silencio. Miramón envainó su sable y comenzó a caminar por el estrecho pasillo que formaban las dos filas de literas. Avanzaba y miraba a los hombres: la mayoría eran indios que a fuerza de levas y amenazas terminaron en el cuartel, sólo unos cuantos —los menos prietos— eran soldados profesionales.

Al llegar al final del dormitorio, Miguel dio media vuelta y le palmeó la espalda al indio que estaba a su derccha. Entonces, sólo entonces, volvió a hablarles; sus aceradas palabras no admitían dudas: "Dios habló por mi boca", le diría más tarde a Fagoaga.

—¿Por qué pelean ustedes?, ¿se lo han preguntado alguna vez? Pues yo se los digo para que nunca se les olvide: ustedes matan y los matan por seguir las órdenes de los que no tienen Dios, por los que les han robado todo y terminarán por condenar a sus almas. Mírenlo a él —dijo Miramón mientras señalaba a un soldado con marcadísimos rasgos indígenas— mata para defender a los hombres que le quitarán sus tierras por ser un indio, asesina para proteger a los canallas que roban a la iglesia.

Ninguno objetó sus palabras.

—¡Abandonen a sus amos!, ¡súmense a nosotros! —dijo Miguel con la certeza de haber triunfado.

Los soldados aún estaban indecisos: el miedo a sus superiores no era fácil de vencer.

—¿Y ustedes sí nos pagarán? —murmuró el hombre que había sido tocado por Miramón.

—Sólo con dos cosas: la gloria eterna que Nuestro Señor les dará a quienes luchen por él y los haberes que los alejarán del pecado.

Lentamente, los soldados se vistieron y tomaron sus armas. Sus uniformes variopintos y remendados no eran muy distintos a los que usaban los californios. Uno de ellos se hincó ante Miguel y le pidió que impusiera la cruz.

—Que Dios nos bendiga a todos —dijo Miramón mientras le ponía su rosario en la frente—. Toma, guárdamelo hasta que la ciudad sea nuestra.

Miramón se puso al frente de los soldados. Sin disparar un tiro se adentró en el dormitorio de los oficiales y los tomó prisioneros: tres se sumaron a sus fuerzas y los otros, sin que mediara juicio, fueron entregados a la soldadesca. Luego mandó colocar los cañones del cuartel en las principales bocacalles: la posibilidad de que fueran atacados por las fuerzas liberales que estaban en el fuerte de Loreto no eran remotas.

Cuando estuvieron listos para el combate, Miguel dio nuevas órdenes:

—Leonides, a la catedral; Fagoaga, toma algunos hombres y apodérate de Loreto.

Los dos tomaron camino. Leonides tocó la puerta de la casa del sacerdote, le contó lo que ocurría, y juntos se prepararon para tocar la campana mayor en el momento indicado. Un par de horas más tarde, en el fuerte de Loreto se hizo un solo disparo de cañón: los católicos triunfaron y así se lo avisaban a quienes esperaban la señal de la victoria en el templo mayor: gracias al santo y seña que le revelaron sus acompañantes, Fagoaga entró sin problemas al cuartel y —con palabras muy parecidas a las de Miramón— convenció a la tropa para que se sumara al ejército de Cristo.

Leonides tocó a rebato las campanas del templo: la ciudad había sido tomada por los católicos sin necesidad de sangre.

Tras saberse la noticia, algunos soldados y oficiales que se habían escondido se sumaron a las tropas de Miramón. Uno de los últimos en llegar fue el general Orihuela, a quien Miguel le entregó el mando: el guerrero de Dios aún era un teniente coronel y estaba obligado a respetar las jerarquías.

Cuando Miramón ya estaba seguro de que todas sus tropas se habían reunido, sintió una mano que le tomaba el hombro. Se dio vuelta y ahí, frente a él, estaba Ramírez de Arellano.

—¡Hermano! —le dijo mientras lo abrazaba.

Ramírez de Arellano correspondió al abrazo, aunque luego de unos instantes se separó. Tenía los ojos acuosos.

—Dudé, Miguel, dudé —musitó mientras bajaba la cabeza.

—Todos hemos dudado.

—Pero...

—Eso no importa —lo interrumpió Miramón—, lo único que sí importa es que estás aquí, que estás dispuesto a seguir.

Ramírez de Arellano volvió a abrazarlo y sólo le dijo al oído:

—Por Dios y por la Patria.

॰

Al día siguiente, los poblanos aclamaron a Miramón y, por vez primera, le dieron el nombre que le correspondía: El Macabeo.

Miguel marchó al frente de las tropas. A su lado, en el centro de la columna, estaba el general Orihuela. La gente los bendecía, les entregaba flores y les dedicaba versos sencillos que trataban de mostrar la certeza de su fe al tiempo que pedían las cabezas de los liberales más radicales:

Viva, viva el valiente Orihuela,
viva su segundo, Miguel Miramón.
Mueran, mueran los "puros" malditos.
Y que viva nuestra religión.

Cuando llegaron a la catedral, los soldados detuvieron su marcha. Miramón y Orihuela desmontaron y atravesaron el atrio para encontrarse con el obispo Pelagio. Se arrodillaron ante él y le besaron la mano. El sacerdote los bendijo. Se levantaron y sólo entonces fueron abrazados por el canónigo.

—Ha pasado mucho tiempo desde el día que el conde de la Cortina nos presentó —le dijo el Obispo a Miramón.

—No crea que tanto, los días difíciles parecen más largos de lo que en realidad son.

—Probablemente, pero lo que sí es un hecho es que usted tenía razón: Santa Anna no era confiable.

—El error nos costó caro: el falso salvador sólo provocó muertes y martirios.

—Cierto, pero todavía tenemos que padecer algunos. El camino que lleva a Dios está cubierto de espinas.

Pelagio, con una seña, invitó a las señoritas de buena cuna y las monjas de Santa Clara para que se acercaran y les entregaran a los soldados de Cristo los regalos que habían bordado durante la noche: dos banderas negras con una cruz encarnada en el centro, bajo la cual se leía "Religión o Muerte".

Orihuela y Miramón las recibieron y, antes de que las ondearan, las esposas de Cristo les pusieron unos petos blancos con la misma cruz encarnada para proteger sus corazones. El obispo Pelagio bendijo los lienzos y con sus dedos índice y medio trazó el símbolo sagrado sobre el pecho de los guerreros.

Al terminar la ceremonia, la gente comenzó a vitorearlos hasta que, poco a poco, el silencio comenzó a adueñarse de la plaza para dar paso a un padre nuestro que fue rezado por los poblanos que rogaban a Dios por la victoria de los macabeos.

Los oficiales volvieron a sus caballos y, antes de que Miramón montara, se le acercó un soldado:

—Se lo devuelvo —dijo mientras le entregaba el rosario.

—No, ahora es tuyo —le respondió Miramón después de darle un abrazo.

IV

La noticia de la caída de Puebla provocó la ira de los liberales: Comonfort envió a sus mejores tropas para que recuperaran la ciudad a sangre y fuego. No habría clemencia, la capitulación sólo sería posible después de que cayera el último hombre. De nueva cuenta, la ciudad comenzó a prepararse para el sitio: el agua sería cortada, los alimentos se agotarían al cabo de unos días y las enfermedades volverían para reclamar nuevos muertos. Sin embargo, en esta ocasión, el obispo Pelagio, el general Orihuela y Miramón tomaron las providencias que estuvieron a su alcance: los saqueadores serían pasados por las armas y lo mismo le ocurriría a quienes ocultaran los alimentos, que debían ser repartidos con la mayor justicia posible.

⊙

El primer ataque ocurrió en las trincheras que defendía Miramón. Los cañones de los liberales vomitaron bombas y metralla. Las explosiones y los trozos de metal mataron a muchos. Otros, los menos afortunados, se queda-

128

ron tirados, retorciéndose de dolor mientras trataban de meterse las tripas en las heridas. Las descargas de fusilería eran incesantes y los defensores se protegían del plomo tras sus frágiles parapetos y los montones de tierra.

El asta que sostenía a la bandera negra con la cruz encarnada se rompió con las primeras explosiones. El pendón cayó en el lodo y podía ser tomado como trofeo por los impíos que profanarían el símbolo de Dios

—¡Vayan por ella!, ¡levántenla!, ¡pónganla en su sitio! —ordenó Miramón.

Los soldados no se atrevieron a abandonar sus frágiles protecciones. Los escasos pasos que los separaban de su enseña eran una distancia infinita a causa del fuego enemigo: aunque Dios los premiara con la Gloria Eterna, ninguno estaba dispuesto a dejarse matar por un trapo. El miedo absoluto y espeso los había paralizado.

Miramón, al darse cuenta de la falta de coraje de sus hombres, abandonó la trinchera, con calma avanzó hasta el lugar donde había caído la bandera. La levantó, entre tiros subió al lugar más alto de su línea de fuego y la clavó en el suelo sin ser herido.

—¡Un milagro! —gritó uno de los soldados de Cristo.

Miguel desenvainó su sable, miró a sus hombres y gritó:

—Por Dios y por la Patria.

Los católicos se lanzaron a la carga. Los liberales huyeron luego del primer ataque.

☙

La fugaz victoria del Macabeo no significó que el triunfo les correspondiera a los soldados de Cristo. Casi todos los días, los enemigos recibían refuerzos y pertrechos.

Los cinco contra uno de la primera batalla se transformaron en legión y la ciudad —a pesar de las medidas que tomaron el obispo, Orihuela y Miramón— ya no tenía manera de frenar el avance de los liberales. La derrota era inevitable. Frente a los macabeos sólo existía una alternativa: rendición o muerte.

∽

—Entienda Miguel, si firmamos la rendición nos podremos retirar con los hombres que quedan y luego podremos volver a la guerra —dijo el general Orihuela—. Por favor, entienda: el parque está a punto de agotarse y los alimentos tampoco alcanzarán para muchos días.

Orihuela no quería más sacrificios. Sin embargo, después de la toma de la ciudad y la recuperación de la bandera, Miramón era mucho más que un teniente coronel: la gente y los soldados lo seguían y estaban dispuestos a acompañarlo hasta la muerte. Él, a pesar del rango inferior, tenía más poder que un general.

—No mi general —le respondió Miguel—, no puedo aceptar, me niego a pactar con los liberales. Así como usted me pide que lo entienda, yo también le solicito que me comprenda: prefiero morir a rendirme.

—¿Y de qué servirían nuestras muertes?

—Eso, mi general, sólo Dios lo sabe. A nosotros nos toca luchar y morir por él y, si acaso tenemos derecho a algo, podemos desear que nos socorra con su santa voluntad.

—No estoy seguro de lo que usted me dice, ¿qué tal que ésta es la oportunidad que Dios nos da para salvar nuestras vidas?

—Mi general, perdón que se lo diga, pero Dios nunca premia la cobardía. Señor obispo, ¿verdad que tengo razón?

—En estos momentos no lo sé, quizá valdría más rendirse a provocar más muertes —dijo Pelagio con ánimo de poner un alto a la carnicería.

Después de la intervención del obispo, la discusión no llegó muy lejos: los macabeos entregarían la plaza si los liberales se negaban al saqueo y respetaban las vidas de sus enemigos. Miramón, Orihuela y la mayoría de los oficiales se esconderían para huir en cuanto les fuera posible. Sólo así podrían salvarse del pelotón o las rejas. Sólo así podrían continuar la lucha.

Miramón, Fagoaga, Ramírez de Arellano y Orihuela tuvieron que esconderse. En esta ocasión, gracias a los buenos oficios del obispo Pelagio, la familia Reyes —cuya casa se encontraba en el número cuatro de la calle de Infantes— les dio la oportunidad de ocultarse.

Lo peor terminó por alcanzarlos: apenas habían transcurrido un par de días cuando la casa de la familia Reyes fue rodeada por las tropas que comandaba Leandro Valle, el viejo compañero de Miguel en el Colegio Militar.

El soldado liberal tocó la puerta y la señora Reyes le abrió atajándole el paso.

—Señora, quiero ver a Miguel Miramón.

—Aquí no hay ningún Miramón, namás estamos nosotros.

—Señora, se lo suplico, no me obligue a entrar a la fuerza. Dígale al teniente coronel que Leandro Valle lo busca, él entenderá y saldrá sin problemas.

Cuando la señora Reyes estaba a punto de dar un portazo para sentarse a esperar la muerte, Miramón —escoltado por Fagoaga y Ramírez de Arellano— se apersonó en la habitación.

—Por favor, señora mía, déjelo pasar.

Leandro Valle se adentró en la casa. Afuera quedaron sus tropas. Miramón, con un movimiento de su brazo, invitó a su enemigo a sentarse.

—Mientras marchábamos para acá —comenzó diciendo Valle— sólo quería preguntarte por qué. Pero esa pregunta sólo la merecen las putas y las monjas.

—Tienes razón: tú y yo sabemos bien el porqué de mis acciones —respondió Miguel con una sonrisa cansada—. Pero no discutamos, en este momento ya no tiene caso que le demos gusto a las palabras, los tiempos del Cazador y del castillo ya están muy lejos: sólo haz lo que tienes que hacer.

—¿Estás seguro?

—¿Importa si pienso lo contrario? Si aún queda algo de estima entre nosotros, sólo quisiera pedirte que nos mataras, ir a la cárcel como delincuentes o ser fusilados de espaldas no está en nuestros planes. Nosotros, lo sabes bien, no somos traidores. Vamos, te lo pido por lo que pasamos juntos, mátanos y sanseacabó.

Valle se levantó del sillón. Los soldados de Cristo hicieron lo mismo.

—Mañana regresaré y entonces haré lo que me han mandado. ¿Estamos de acuerdo?

—Por supuesto —le respondió Miramón—. ¿Y si ya no estamos?

—Sabré que ya nada le debo a los soldados con los que combatí en una batalla perdida de antemano.

—Pero nosotros te deberemos la vida.

—No, Miguel, lo mejor es pensar que desde este momento ya nada nos debemos.

—Ve con Dios, mi querido enemigo.

Leandro Valle salió de la casa y le gritó a sus hombres que ahí no estaban los conservadores que estaban buscando.

∞

Miramón, Fagoaga, Ramírez de Arellano y Orihuela abandonaron Puebla durante la noche: los caballos enflaquecidos que les regalaron los Reyes, el parque escaso y los exiguos alimentos eran los únicos medios con los que contaban para seguir adelante.

Ellos, forzosamente, debían ir a los llanos de Apan. Ahí —según se había pactado antes de entregar la ciudad a los liberales— se reunirían los macabeos para continuar la lucha: la distancia no era muy grande, en tres o cuatro días quizá podrían llegar a su destino.

Esto, que parecía fácil, no podía conseguirse sin afrontar la posibilidad de la muerte: no sólo debían escapar de las tropas liberales que controlaban la ciudad, sino que también estaban obligados a no encontrarse ni ser sorprendidos por los destacamentos enemigos que abundaban en la zona. Cuatro hombres apenas armados y con bestias lentas no podrían hacer mucho contra un pelotón bien pertrechado.

V

Cuando Miramón y los suyos llegaron a San Andrés no tuvieron más remedio que presentar combate: los soldados liberales los emboscaron a mitad del pueblo. Los tiros, aunque alcanzaron para quitarle la vida a unos cuantos enemigos, no fueron suficientes para vencerlos, los caballos tampoco les permitieron huir: dos cayeron por las balas, uno más fue destripado por un hombre con bayoneta y el último no logró la suficiente velocidad para romper la línea de soldados armados con picas y fusiles. Se paró en sus patas traseras y Orihuela cayó al suelo.

La defensa ya no tenía sentido, cayeron en manos de los enemigos. Así, a empujones y golpes de culata, los liberales los llevaron ante sus oficiales.

—¡Identifíquense! —les ordenó el capitancillo.

—Miramón, soy Miguel Miramón, y ellos son el general Orihuela y mis oficiales —le espetó el guerrero de Dios.

El capitán supo que tenía en sus manos a los enemigos más buscados por sus superiores. No quiso matarlos y contuvo a sus hombres para que no los golpearan más, lo mejor —según pensaba— era llevarlos ante sus oficiales para ganarse unos buenos reales. Sus cabezas bien podían valer un saco lleno de monedas.

Les amarraron las manos y los llevaron al pueblo de Piedras Negras. Ahí, Orihuela fue fusilado de espaldas y sin miramientos. No hubo juicio, no tuvo oportunidad de defenderse. Sin embargo, los liberales pensaron que Miramón, Fagoaga y Ramírez de Arellano podían tener un peor destino: los juzgarían en público y los condenarían a muerte para terminar de una vez y para siempre con la resistencia de los conservadores. Los soldados de Cristo no merecían justicia, las leyes de los liberales bastaban y sobraban para acabar con sus vidas y dar una lección a quienes se atrevieran a seguir sus pasos. Miguel y los suyos terminaron encarcelados en el templo del pueblo.

—Vamos, ¿de qué se preocupan? —dijo Fagoaga mientras se estiraba.

—¿Te parece poca cosa la muerte? —respondió Ramírez de Arellano.

—Sí, me parece poca cosa; y Miguel, con toda seguridad, está de acuerdo conmigo.

Cuando Miramón estaba a punto de contestarle, se abrió la puerta del templo y entraron cinco hombres.

—Por lo menos no nos juzgarán con la tripa vacía —dijo Fagoaga al tiempo que se levantaba para ir por los alimentos.

Los hombres, apenas entraron a la iglesia, dejaron los platos en el piso y se acercaron a Miramón.

—Listos, señor —le dijeron mientras le entregaban algunas armas.

Miguel los miró extrañado.

—Por favor, mi teniente coronel, no nos diga que nos ha olvidado. Usted nos enseñó a ofrecerle el pecho a las balas.

—¿Californios? —les preguntó Miramón.

—A toda honra —le respondió uno de ellos.

—Y, ¿qué hacen aquí?

—Ya sabe, cosas que pasan sin que uno lo quiera. Perdimos una batalla y amanecimos en el bando contrario, pero ahora podemos rectificar el rumbo.

Esa misma noche, Miguel, Fagoaga, Ramírez de Arellano y los cinco californios huyeron de Piedras Negras en los caballos que les robaron a los enemigos.

∞

—¿A dónde? —preguntó Ramírez de Arellano.

—A Toluca —ordenó Miramón confiado en que pronto tendrían la fuerza suficiente para enfrentarse a los herejes.

En aquellos momentos era poco más que una locura dirigirse hacia los llanos de Apan, los enemigos, con toda seguridad pensarían que ellos tratarían de encontrarse con el resto de los soldados de Cristo. En cambio, el avance hacia Toluca les abría la posibilidad de atacar donde menos se les esperaba. El Macabeo sólo podía confiar en la sorpresa.

La buena ventura los acompañó en su camino: entre Piedras Negras y Toluca se les sumaron casi ochenta hombres a caballo. Las armas no eran las mejores y el parque tampoco sobraba; sin embargo todos tenían con que defenderse y aguantar por un rato.

Llegaron a Toluca, sin problemas averiguaron el lugar donde se encontraba el improvisado cuartel de los liberales: entraron y los soldados se sumaron a las tropas del Macabeo. Para ellos era mucho mejor formar parte del ejército de un hombre casi milagroso que mantenerse en las filas de quienes terminarían en el Infierno. El comandante de la plaza y algunos de sus oficiales sólo alcanzaron a huir en ropa de cama para alertar a las tropas que estaban en las cercanías de la ciudad.

—No hay más remedio —le dijo Miramón a Fagoaga—, tenemos que ir tras ellos.

—¡A La Gavia! —ordenó Fagoaga a los hombres que ya estaban listos para el combate.

El comandante liberal no resistió el ataque. La batalla fue breve y los vencedores decidieron avanzar hacia Sultepec: ahí estaba el destacamento enemigo que ponía en riesgo sus movimientos.

Los soldados de Dios pensaron que los liberales abandonaron el pueblo. Sultepec estaba tranquilo, demasiado tranquilo. Ni siquiera los perros ladraban. Todos habían sido sacrificados con tal de conseguir el silencio absoluto. Las órdenes que recibieron los fusileros liberales fueron precisas y la menor desobediencia sería castigada con la muerte: ningún ruido, ningún movimiento, ningún disparo hasta que recibieran la orden de atacar.

Frente a ellos, casi con confianza, avanzaban los hombres de Miramón.

—Nos están esperando —le dijo Miguel a Ramírez de Arellano al darse cuenta de su error.

—¿Nos retiramos?

El Macabeo no alcanzó a ordenar el repliegue: los liberales abrieron fuego. La mayoría de sus hombres murieron y él recibió un tiro en el muslo. Cuando estaba a punto de caer, Ramírez de Arellano lo ayudó a mantenerse en su montura. Huyeron. Un par de horas más tarde, trataba de contener la hemorragia: primero intentó ponerse un torniquete, pero la sangre continuó manando a cada latido. La muerte ya lo miraba de reojo: por eso se rasgó la camisa y se metió un trozo de tela en el orificio que le hizo la bala. Cuando introdujo su dedo en la herida se desmayó.

Ramírez de Arellano y Fagoaga esperaron en vano a que recuperara la conciencia: las fiebres se adueñaron de su cuerpo.

—¿Y ahora? —preguntó Ramírez de Arellano.

—No hay mucho de dónde escoger: nos entregamos, buscamos ayuda o lo ayudamos a bien morir.

—¡Cómo te atreves!

—Me atrevo a eso y más. No seas ingenuo, sabes bien que él estaría de acuerdo conmigo.

—Pero yo no estoy de acuerdo.

Ramírez de Arellano cargó a Miramón. Con el mayor cuidado que le era posible, lo depositó en su caballo y tomándole las bridas montó en el suyo.

—Vámonos —le dijo a Fagoaga.

El soldado montó y siguió a los dos caballos. El optimismo se le había terminado.

VI

Llegaron a Santiago Tianguistengo: ahí, en una casa a las afueras de la población, un par de viudas de condición casi acomodada les dieron auxilio. Las noticias del combate y la fama del Macabeo permitieron que su puerta se abriera para ofrecerles resguardo.

Ellas, sin dudas ni miedos, los dejaron entrar a su casa. Fagoaga y Ramírez de Arellano cargaron a Miramón y lo acostaron sobre la mesa del comedor: el mantel impoluto se manchó con sangre prieta y lodo del camino. El guerrero de Dios estaba ceroso, sudaba frío, era incapaz de controlar sus temblores.

—¡Está muy mal!, se nos muere —les dijo Ramírez de Arellano mientras se restregaba el rostro tratando de contenerse—. ¡Ayúdenos a salvarlo!, se los pido por nuestra santa madre.

Las mujeres, enlutadas por las batallas, sabían con absoluta precisión lo que tenían que hacer: fueron por agua, jabón, unos trapos, una aguja y un carrete de cáñamo. Tenían que limpiar al Macabeo para que la rajadura no anidara otros males. Ellas debían actuar antes de que las fiebres se llevaran su alma.

—¿Los californios? —preguntó Miguel mientras trataba de erguirse para mirarse la herida.

—Ya están con Dios —le dijo Fagoaga.

El Macabeo no alcanzó a responderle: el dolor le robó el habla. Sólo la tensión de las venas de su cuello contenía sus ganas de gritar.

Con el mayor cuidado posible, una de las mujeres le rasgó el pantalón para intentar hacer algo con la herida: el muslo ya se estaba hinchando y los bordes del agujero amenazaban con su tono azuloso. La posibilidad de la infección o la gangrena era tan cercana como la muerte del Macabeo. La bala estaba muy adentro, lejos del alcance de las mujeres.

—Señora, se lo pido por Dios, consígale un doctor —imploró Ramírez de Arellano, sabiendo que la pudrición terminaría con la vida de Miramón.

La mujer no le respondió: sólo tomó su rebozo y salió de la casa.

—No se preocupen, el padre nos ayudará —le dijo la viuda que se quedó con ellos.

Fagoaga y Ramírez de Arellano se sentaron en las sillas que rodeaban la mesa. El tiempo casi se detuvo: las manecillas del reloj de la sala se movían con lentitud exasperante. La campana no sonaba. La media hora parecía lejana, inalcanzable.

Antes de que sonaran las campanadas, se abrió la puerta y entraron tres personas: el párroco, un médico amigo de la causa y la viuda. El doctor ni siquiera se presentó. Sólo empezó a dar órdenes mientras acomodaba sus instrumentos en el trinchador. Los filos y las tenazas quedaron expuestos sobre la gamuza que los contenía.

—Traigan más agua caliente —dijo después de mirar los materiales que ya lo esperaban en la mesa.

Las mujeres se apresuraron a cumplir su petición. Fagoaga y Ramírez de Arellano se replegaron hacia una de las paredes: el eterno calavera sólo se persignó y Ramírez de Arellano se arrancó del cuello su escapulario con la imagen de la guadalupana. Quería ponérselo en el pecho al Macabeo, ansiaba que las fuerzas del Cielo lo protegieran.

—Ustedes, apúrenle, vengan para acá. Ayúdenme a amarrarlo —les ordenó el médico.

El escapulario quedó olvidado junto a los filos y las tenazas.

—¿Se la va a cortar? —preguntó Fagoaga, temiendo lo que casi siempre ocurría en estos casos.

—No lo sé, ya veremos.

Fueron por una sábana, la rasgaron y con los trozos de tela amarraron los pies y las manos de Miramón a las patas de la mesa. El herido no opuso resistencia; a pesar de su estado, estaba consciente de lo que estaba a punto de ocurrirle.

—¿Le damos algo de beber? —preguntó Fagoaga.

—No estaría mal, quizá hasta le ayude —respondió el doctor.

Miramón los escuchó y negó con la cabeza.

—No, no me den nada… el alcohol es pecado.

El médico comenzó a restregarle la herida con una esponja enjabonada. Miramón aulló como animal herido.

—Tápenle la boca —ordenó el párroco—. Si lo oyen, los enemigos no tardarán en llegar.

Ramírez de Arellano lo miró.

—Ándale —lo apuró el sacerdote.

—¿Saben que estamos aquí?

—Todavía no, pero ya andan revisando las casas y haciendo preguntas.

El Macabeo fue amordazado y el médico, con una navaja de un solo filo, abrió aún más la herida. A cada corte, Miramón estrellaba la cabeza contra la mesa. Fagoaga se la sujetó con fuerza.

—Aguanta, por Dios, aguanta.

El médico, casi con calma, tomó unas pinzas largas y aceradas. Lentamente las introdujo en la herida y comenzó a hurgar para encontrar la bala. Los ojos del Macabeo estaban blancos, el rostro se le enrojeció y, después de unos instantes, se relajó por completo.

—Está mejor así, desmayado ya no siente nada —dijo el doctor mientras seguía hurgando en el muslo del herido.

Las mujeres comenzaron a rezar. Los soldados, ni siquiera lo intentaron.

—Ya está —dijo mostrándoles la pequeña esfera de plomo.

Con la seguridad que sólo da la victoria, el médico dejó la bala sobre la mesa. El plomo ensangrentado rodó sobre ella para trazar una línea roja en el mantel. Con pequeños cortes, el doctor debridó la herida al Macabeo, lo lavó, lo enjuagó de nueva cuenta y comenzó a zurcirlo, mientras tarareaba.

Fagoaga quería que el matasanos se callara, pero temía más que los abandonara a causa de sus impertinencias.

—¿Se va a salvar? —le preguntó con ganas de tener buenas noticias.

—Parece que sí. Ahora, sólo nos queda esperar: si las fiebres regresan es probable que entregue su alma.

☯

Miramón abrió los ojos tras la salida del sol. Sus amigos, las viudas, el médico y el párroco se acercaron a él con ganas de adivinar el futuro. La operación había causado estragos: las negras ojeras, el cansancio y las palmas heridas por sus uñas mostraban el agotamiento. Su condición era mala, mucho más terrible que la que padeció el día que los yanquis le rajaron la cara. El doctor le puso la mano en la frente y después le colocó el índice en los párpados.

—Nuestro Señor escuchó sus ruegos. No hay fiebre.

A pesar de su mermada condición, El Macabeo intentó erguirse, pero sus ataduras aún seguían firmes.

—¿A dónde quiere ir? —le preguntó el médico con benevolencia.

—Afuera.

—No señor, usted sólo dejará la mesa si llegan los enemigos.

Todos, salvo El Macabeo, estaban enterados de que los liberales habían tomado Tianguistengo para buscar a los sobrevivientes. Había que prepararse para la muerte: los soldados se repartieron las balas con justicia y tomaron las armas de Miramón.

—¿Quién guarda dos balas? —preguntó Fagoaga.

—Yo —le respondió Ramírez de Arellano.

—¿Ahora sí estás dispuesto a todo?

—Sí, ahora sí.

—Perfecto —dijo Fagoaga—. Padre, ¿nos da la bendición?

El párroco no podía complacerlos: si llegaban los liberales y empezaba la balacera, seguro que habrían más de tres muertos y él no podía permitir que se derramara sangre inocente. Además, no estaba seguro de si debía o no trazar la Santa Cruz sobre los dos hombres que estaban dispuestos a quitarse la vida después de ayudarle a morir a Miramón.

—Padre, ¿me escucha? —reiteró Fagoaga.

El sacerdote tomó a Fagoaga del brazo y lo llevó hasta la ventana desde la cual se miraba la parte posterior de la casa. El jardín tenía buen tamaño, había que dar más de cien pasos para llegar al lugar donde las viudas guardaban su carro y sus caballos.

—¿Y si los entierro? —dijo el párroco.

—¿Y si mejor nos esperamos a que la muerte nos alcance?

—Por supuesto que no.

El sacerdote los convenció sin grandes esfuerzos: la suya era la única opción que tenían para intentar salvar sus vidas. En la parte trasera de la casa, los cuatro cavaron una fosa poco profunda. Cuando llegaran los liberales, Fagoaga, Ramírez de Arellano y Miramón se meterían en ella y el clérigo los cubriría con paja.

Contra todo pronóstico, el plan dio resultado. En dos ocasiones, los herejes revisaron la casa sin encontrar al Macabeo y sus hombres.

Los enemigos abandonaron Tianguistengo con las jaulas llenas y las manos casi vacías: los soldados que se habían salvado de la emboscada fueron capturados. Nadie comprendía la causa de su aprehensión y su traslado.

—¿Para qué los juzgan si de todas maneras los van a fusilar? —se preguntaba el párroco.

—Fácil, para obligarlos a decir dónde estamos —le respondió Ramírez de Arellano.

—Pero no saben nada.

—Y eso a quién le importa. Ellos, por las buenas o por las malas, tendrán que inventar lo que no saben.

La salida de los liberales no marcó el fin del peligro: los herejes podrían volver y la suerte podía darles la espalda. El Macabeo y sus hombres comenzaron a prepararse para dejar el lugar. El clérigo consiguió que los recibieran en un sitio seguro: ellos irían a la hacienda de Atenco. Ahí, el conde de Santiago los protegería mientras terminaban de recuperarse de la herida y los infortunios.

—Mi amigo, usted se salvó de puritito milagro —le dijo a Miramón el médico del conde de Santiago mientras se enjuagaba las manos en una palangana.

—Sí, mi señor, Dios no me ha olvidado.

—Pero no abuse. Vale más que se esté sosiego un par de meses, la herida se le puede abrir y usted se ahorraría unos reales en zapatos.

—Vale más, no vaya siendo que me digan el teniente coronel quince uñas.

—O que le dé la locura y empiece a exigir que lo nombren Alteza Serenísima.

—Dios me libre —respondió Miramón casi en broma.

—Mejor que nos libre a todos.

VII

En Atenco la vida casi era plácida: dormían hasta bien entrada la mañana, comían hasta hartarse y, en las tardes, jugaban tresillo. La baraja, en realidad, era un pretexto para discutir las noticias que les llegaban desde la capital gracias a los ires y venires del conde de Santiago.

—Al final, ellos se salieron con la suya —dijo Fagoaga antes de tomar un sorbo de su café.

—Pero la nueva constitución no puede llegar muy lejos —respondió Miramón—. La Iglesia y el Estado no se pueden separar con tres renglones: sin fe, sin fuerza y sin leyes justas, los hombres sólo pueden mostrar lo peor de sí mismos. La gente necesita riendas, y para eso están la cruz, la espada y la ley.

—Quién sabe —intervino Ramírez de Arellano—, pero lo que sí es un hecho es que nadie parece estar dispuesto a tomar las armas para exigir justicia.

—Ésa es una palabra prohibida —dijo Fagoaga—, los liberales dicen que son sus únicos dueños.

—Sí hay justicia y no falta mucho para que alguien se levante en armas —dijo Miramón—. Comonfort, aunque a ratos presume de radical, nada tiene en común con el Indio y sus secuaces. En el fondo…

—Pero muy en el fondo —interrumpió Fagoaga.

—Sí, muy en el fondo, él está convencido de que la prisa y la federación son dos errores que tienen que enmendarse. No falta mucho para que el mecate que lo une con los radicales se rompa por lo más delgado. Piénselo: la locura de la federación ya nos salió muy cara: no se les olvide que algunos estados, con el pretexto de declararse neutrales, no mandaron a sus tropas a combatir a los yanquis y terminamos perdiendo la guerra; tampoco se les olvide que los únicos que defienden el federalismo son los nietos y los tataranietos de los que le compraron los puestos públicos a los reyes de España. Ellos no quieren país, sólo les interesa conservar el poder que tienen desde hace mucho. Díganme si estoy equivocado: Jalisco es de unos cuantos; Zacatecas es propiedad de un puñado de encopetados; y los demás estados tienen cinco o seis familias que lo controlan todo. A ellos, México les importa un bledo: las partes, *sus* partes, les importan más que el todo.

—Hermano, por favor, no se te olvide que el centralismo está mal visto, hasta pareces santanista —le dijo Fagoaga.

—Perfecto, lo parezco, pero no lo soy. Dime tú, mi queridísimo republicano, ¿cómo se puede construir un país si los dueños de los estados hacen lo que se les pega la gana con tal de conservar sus privilegios?

—La verdad no lo sé, pero si lo supiera me nombrarían presidente y yo sí me iría a los gallos.

—Yo sí lo sé: el país sólo se puede construir gracias a un poder central que termine con las oligarquías de los estados. México necesita un gobierno fuerte, largo, sólo así se podrá imponer la paz y encarrilar al país en el camino correcto.

—¿Una dictadura? —pregunto Ramírez de Arellano.

—Casi —le respondió Miramón—. Se necesita un gobernante con los pantalones bien puestos, tan bien puestos que, cuando haya terminado su trabajo, tenga los tamaños suficientes para dejar el poder y convocar a elecciones. Antes de la paz y el progreso, los votos tienen poco sentido: en un país ensangrentado y muerto de hambre puede ganar cualquier pelagatos que le endulce las ojeras a la gente y al congreso.

—Será como tú quieras, pero, en este momento, les informo que ya gané —dijo Fagoaga mientras mostraba sus cartas para dar por terminada la polémica.

Ramírez de Arellano recogió las cartas, acomodó el mazo y comenzó a barajar.

—Bien, me encantan las discusiones… nada como arreglar el país entre la sota y el rey de espadas. Pero, ¿y nosotros?

—Nada, nos quedamos aquí hasta que podamos volver a las armas —le respondió Fagoaga mientras se preparaba para recoger las cartas.

∞

Aunque la tranquilidad y la confianza marcaban sus días, El Macebeo y sus hombres terminaron preparándose para enfrentar el enésimo revés. El conde de Santiago les dio noticias terribles: el cura de Tianguistengo había caído en manos de los liberales y, luego de que le arrancaron los ojos, confesó el paradero de Miramón. Hasta donde el conde pudo enterarse, el párroco sólo dijo el lugar pero se tragó el sitio exacto. Las viudas tampoco los ayudaron, prefirieron arder junto con su casa a revelar el lugar donde se escondía El Macabeo.

Los liberales llegaron a Atenco junto con las noticias: al principio los buscaron en la iglesia y fusilaron al sacristán por no decir lo que ignoraba; después los intentaron encontrar en las casas de las beatas y sólo salieron con unas baratijas en las manos. El cerco se estrechaba. Ellos no podían huir: no habrían podido cabalgar más de dos leguas sin encontrarse con un destacamento de herejes.

El fracaso de las pesquisas obligó a los liberales a cambiar su estrategia: aquí y allá, los oficiales hablaron con la gente del pueblo y les ofrecieron unos reales a cambio del lugar donde se encontraba El Macabeo. La traición y la avaricia eran sus nuevas armas y uno de los criados del conde de Santiago les torció la buena suerte.

Las tropas liberales rodearon el casco de la hacienda. Más de doscientos hombres perfectamente armados apuntaban a las ventanas del edificio. Bastaría con una palabra para que abrieran fuego y vencieran cualquier resistencia. No existía la posibilidad de llamar a los peones y, en caso de que casualmente llegaran, sus machetes y sus hoces de nada servirían en contra de los fusiles y las bayonetas. El conde, sabiendo lo que podía ocurrir, le dio una pistola a Miramón.

—¡Escóndase! —le ordenó.

Miramón, tomó el arma y se resguardó en un ropero. Fagoaga y Ramírez de Arellano prefirieron esconderse en otros cuartos.

Los enemigos entraron, discutieron y medio revisaron la casa. El conde de Santiago, a pesar de su lejanía con los liberales, aún tenía la suficiente presencia para atajar el mal paso.

—Ya ve, se lo dije, nosotros no escondemos a nadie —le dijo el conde a Juan José Baz, el gobernador del Distrito Federal que comandaba las tropas.

—Estoy tentado a pedirle una disculpa, pero...

Baz no terminó sus palabras: volvió sobre sus pasos y abrió el ropero mientras apuntaba su arma hacia el interior.

—Salga usted —le dijo a Miramón.

—Guarde su arma, yo también puedo disparar —respondió El Macabeo y, mirando a su anfitrión, dijo—: Mi querido conde, pasó lo que tenía que pasar.

—Tiene razón, pero a usted Dios no lo abandona.

—Que su boca sea de profeta —le respondió mientras avanzaba para entregarse a los enemigos.

El Macabeo fue capturado y su destino quedó definido: lo encerrarían en la Acordada hasta que llegara el momento de su juicio y su fusilamiento. Así, al llegar a la capital del país, Baz entregó su prisionero al encargado de la cárcel y le advirtió:

—De este preso, usted me responde con su vida.

VIII

Juan José Baz era un tipo que mostraba a la perfección muchas de las contradicciones de su época: a ratos se comportaba como un caballero chapado a la antigua que confesaba sus pecados mientras acariciaba las cuentas de su rosario, aunque pronto se arrepentía para convertirse en un romántico capaz de emprender las mayores locuras. Era un reformador casi delirante: un ejemplar perfecto de los hombres que no pueden distinguir entre la realidad y sus fantasías, de los que son capaces de dejarse matar por una u otra.

Baz estaba plenamente convencido de que los presos políticos de la Acordada quizá podrían cambiar si conocían el trabajo digno y servían a su comunidad: la furia de los soldados de Cristo bien podría apagarse mediante escobazos. Su cercanía con los macabeos —a ratos notoria y a veces negada— también lo obligaba a tomar esta medida: si bien era cierto que él debía su puesto a Comonfort y a los liberales, también era verdad que no deseaba que a los enemigos del gobierno estuvieran encerrados durante mucho tiempo: "Démosles un poco de aire, unas horas de buena vista", le dijo a uno de sus subordinados mientras se dirigía hacia la cárcel de la Acordada.

Con esta idea en la cabeza, Baz se reunió con los oficiales conservadores que habían sido capturados aquí y allá. Con buen talante y ganas de paz les informó la bondad de sus planes. Casi todos aceptaron sin poner reparos: si salían a barrer las calles de la capital, por lo menos podrían dejar las celdas durante algunas horas, y si se mostraban mansos también podían alejar la posibilidad de caer en una de las bartolinas donde las ratas y los piojos darían cuenta de ellos: era mejor barrer a enfermarse de tifo o de cólera en un lugar donde los médicos brillaban por su ausencia. Baz, obviamente, estaba contento por la respuesta de los oficiales encarcelados. Sin embargo, cuando estaba a punto de abandonar el galerón para volver al Palacio del Ayuntamiento, una voz lo detuvo. Su marcha triunfal se desmoronó con unas cuantas palabras.

—No cuente conmigo. Yo no barro calles, ni limpio atarjeas —le dijo Miramón.

—Mi teniente coronel, no desperdicie la oportunidad que le doy. Piénselo, si sale, por lo menos le dará el aire —le respondió Baz con un tono conciliador.

—Ésa no es una oportunidad, yo no camino por las calles con grilletes y tampoco hago el trabajo que les corresponde a los léperos. Entiéndalo, soy un oficial y le exijo que me trate como corresponde.

—Perdón que se lo diga, pero de oficial sólo le queda el nombre y mi decencia. Allá usted si decide quedarse en la cárcel, pero que le quede bien claro: yo le ofrecí una oportunidad y usted la rechazó —dijo Baz al salir de la habitación.

Aunque muchos lo pensaron, Miramón no terminó en una bartolina. Baz dio órdenes de que lo dejaran en paz. "No pasará mucho tiempo para que doble las manitas y salga a tomar el fresco", le dijo al alcaide antes de abandonar el edificio.

∞

Al día siguiente, cuando el sol ya pegaba parejo, los generales y los oficiales llegaron a la Alameda con grilletes y escobas. Algunos, casi con dignidad, comenzaron a barrer los caminos; los otros apenas y movían las varas tratando de esconder el rostro: la vergüenza siempre es difícil de ocultar. Sin embargo, todos estaban casi contentos. El aire que respiraban olía a limpio y no a orines, el paisaje era verde y no de muros marcados con recuerdos siniestros.

Incluso, en algunos momentos, los soldados de Cristo se sintieron casi libres: imaginaban que las pollas se sonrojaban por sus piropos, que conversaban con los enlevitados de política y que, sin grandes problemas, podrían caminar hasta la calle de Plateros para sentarse en un restaurante o en un café para arreglar el mundo en una tertulia. Pero sus sueños nunca duraban mucho: apenas durante unos cuantos instantes podían olvidar sus ropas sucias y harapientas, la mugre y las barbas descuidadas que los hacían casi irreconocibles.

Los transeúntes, aunque en la mayoría de los casos ignoraban sus nombres, identificaban con precisión a aquellos hombres: en la capital, los chismes y las habladurías nunca tardaban más de unas cuantas horas en desperdigarse por completo. Así, dependiendo del bando en que militaban, los libres se comportaban de distintas maneras: algunos los bendecían discretamente al pasar a su lado, otros —los más osados— se acercaban para darles aliento e intentar regalarles un puñado de monedas y unos más los escupieron sin que los prisioneros pudieran hacer nada para limpiarse los gargajos. Sus cuidadores, liberales a toda prueba, consideraban que no estaba nada mal que se aguantaran los salivazos.

—¿Y esos? —preguntó Concha Lombardo con ganas de no acercarse a los engrilletados.

—Presos —le respondió Naborita.

—¿Mataron?

—No, mujer, ellos están aquí por haberse levantado contra el gobierno.

Las palabras de Naborita no cayeron en saco roto: Concha, por chismes y pláticas, había escuchado que Miramón, el oficial que a punta de sable le había exigido un beso, estaba en la Acordada. Ella, más allá de sus amoríos con Perry, estaba atenta a quienes narraban los sucesos de Puebla y Toluca; ella, que lo había mirado menos moreno cuando abandonó su casa después de envainar su arma, algo sabía de su herida y gracias a una amiga del conde de Santiago se enteró de su recuperación y su captura.

—¿No miras a Miguel Miramón? —le preguntó Concha a su cuñada.

—Ni lo miro, ni está. Anoche me contaron que él le dijo al gobernador que no podía condenarlo a la vergüenza de salir a barrer: sólo muerto lo sacaría de la cárcel.

—Tiene razón, él es un oficial, no es un patarrajada.

—Pues oficial o no, Miramón está bien guardado en la Acordada.

—Deberíamos visitarlo, ¿no crees?

—No, Concha, no quiero, ni me parece. Imagínate el escándalo que provocaría la llegada de una señorita a la Acordada.

—Pero no vamos a ver a un delincuente cualquiera.

—No, iríamos a ver a uno de tus enamorados, y Perry, con toda seguridad, pondría el grito en el cielo.

∽

Los días en la Acordada transcurrían sin cambios: no había modo de bañarse, ni de orinar o zurrar en privado. La monotonía de levantarse, de salir al patio para asolearse lejos de las letrinas, de comer con prisa para deglutirlo todo antes de que llegaran los hambrientos dispuestos a jugarse la vida por un pambazo y el regresar a las celdas para dormir sin sueños, comenzaban a mermar la furia de los macabeos: ellos ya sólo querían salir a barrer las calles para imaginarse libres. Los días eran circulares, obscenamente repetitivos. Sus discusiones también fueron devoradas por el vórtice de la monotonía: los arrepentidos culpaban a los otros de las derrotas y los barrotes, mientras que los convencidos aún hacían todo lo posible para mantener firmes sus ideas. La única diferencia que los soldados de Cristo tenían con los demás reos era el espacio: Baz ordenó que no los encerraran con los peligrosos, ni con los locos, ni con los violadores. De nueva cuenta, el caballero chapado a la antigua mostraba cierto apoyo a los conservadores.

A mediodía, Miguel siempre escuchaba cómo uno de los celadores gritaba su nombre para anunciar la llegada de sus hermanos Bernardo y Joaquín, quienes por suerte se habían salvado de la cárcel: su cercanía con El Macabeo, sus convicciones y su condición de oficiales los podían llevar tras los barrotes. Sin embargo, ellos —por amor y por valor— le llevaban comida. En la Acordada, el gobierno sólo se encargaba del hospedaje, los alimentos corrían por cuenta de las familias de los presos.

—Me estoy volviendo loco, a ratos estoy seguro de que me voy a quebrar. Más de una vez he pensado colgarme del pescuezo, lo único que me salva es que aquí nunca estoy solo.

—No te puedes quebrar —le dijo Bernardo—. Cada día las cosas están peor y Comonfort no tarda mucho en caer.

—¿Quieres que me quede encerrado hasta que el gobierno se vaya al diablo y alguien venga a soltarme?, ¿crees que tengo la paciencia para esperar la mañana en que Baz llegue a la cárcel y me diga: "mi teniente coronel, todo fue un error y usted está libre para irse a luchar contra los liberales"? Por favor, no le pidan peras al olmo.

—Quién sabe, a ratos Baz parece estar más cerca de ustedes que de Comonfort —le respondió Joaquín mientras le entregaba un pan—. Pero, si esto es o no cierto, no importa, lo único que tienes que aceptar es que la fuga es peligrosa: ¿quieres terminar con un tiro en la espalda después de dar los primeros pasos en la calle?

—La verdad es que lo prefiero: vale más estar muerto que seguir aquí.

—Entiende Miguel, tienes que aguantar.

—No, no me tengo que aguantar. Siempre hay modo de escapar.

∞

El Macabeo estaba convencido de que sólo tenía la opción de la fuga. Por eso empezó a observar los movimientos de los celadores, a medir con la mayor precisión posible los cambios de guardia; incluso comenzó a platicar con los otros reos, con los presos comunes que sí conocían los secretos de la Acordada: necesitaba encontrar el punto débil, a la persona que le abriría las puertas sin enfrentar el riesgo de recibir un tiro por la espalda.

La fuga se convirtió en algo más que una posibilidad: los celadores de la noche eran bastante más corruptos que los del día, ellos —a cambio de unos reales— permitían que las putas entraran a la prisión para calmar las urgencias de los más adinerados; ellos solapaban la entrada de todo lo prohibido si se pagaba el precio que consideraban justo y preciso. Una botella de alcohol, un paquete de tabaco, un cuchillo para ajustar cuentas o una bola de opio para poder soñar sin problemas, podían llegar a manos de los presos a cambio de los reales pactados. Y, si alguien amanecía muerto por las tres puñaladas que le dieron con un cuchillo contrabandeado, los celadores se encargaban del cadáver para que alguien lo reclamara antes de que terminara en la fosa común: sus honorarios también incluían el servicio de pompas fúnebres.

—¿Cuánto? Ponga usted el precio y sanseacabó —le dijo Miramón al celador.

—No se trata de cuánto, sino del riesgo… Imagínese si me agarran.

—¿Y quién lo va a agarrar? Aquí, a todos les importa muy poco lo que pase en la noche.

—Pero usted no es cualquier persona. El jefe me dijo que tenía que responder con su vida si usted se escapaba.

—No le busque tres pies al gato, nada más contésteme: cuánto.

El carcelero, más por ambición que por miedo, terminó por aceptar y sólo puso una condición: si los atrapaban a la salida, él le dispararía a Miramón por la espalda. Así, además de los reales, exigió una pistola con seis tiros. "Ya sabe, no es que tenga ganas de echármelo, sólo se trata de un asunto de protección", le dijo a Miguel para cerrar el trato.

Un par de días más tarde, junto con la comida, El Macabeo comenzó a recibir lo que necesitaba para escapar.

∽

A finales de septiembre de 1857, un guardia escoltó a un oficial liberal hasta la puerta de la Acordada. Miramón, vestido de lo que no era, caminó un par de calles hasta encontrar el carruaje que lo esperaba para llevarlo a la hacienda de uno de los fieles de la causa.

El carcelero, luego de cobrar, cometió el error de contar en una pulquería el origen de las monedas que le permitían invitar a sus amigos. El escándalo por la fuga terminó más o menos rápido: el alcaide fue despedido, la vida que se pagó por la fuga de Miramón fue la de un celador, a quien la cruda no le dio el suficiente valor para enfrentarse al pelotón.

IX

Bernardo y Joaquín no estaban equivocados: conforme pasaban los días, el gobierno de Ignacio Comonfort se tambaleaba con más fuerza. A finales de 1857, casi nadie estaba dispuesto a apostar en favor de su continuidad: en los cafés y en las cantinas, muchos se referían a él como la "Semana Santa", pues todavía no estaba claro si caería en marzo o en abril.

Don Ignacio —como se había dejado ver en las negociaciones de la tregua en Puebla— sólo deseaba la paz, la mesura, la reconciliación de tirios y troyanos. Sabía que la nueva constitución sólo convencía a los liberales más radicales. La mayoría de los mexicanos estaban de uñas contra ella: los clérigos y los conservadores, los indios y los mestizos, las familias católicas y las aristócratas, los monárquicos y los moderados —al igual que los mochos y los apolíticos— no estaban dispuestos a aceptarla sin presentar pelea: la paz, para no variar, colgaba de un delgadísimo hilo.

El obispo Pelagio y el padre Francisco Javier Miranda —los ensotanados que promovieron el alzamiento de Zacapoaxtla— ordenaron la excomunión de quienes ju-

159

raran y pusieran en práctica la nueva constitución. Incluso, entre algunos de los liberales más moderados, la carta magna había provocado suspicacias: "El asunto de la libertad de cultos —decían algunos— sólo es un pretexto para aprobar nuevas leyes de inmigración: los radicales quieren que el país se llene de yanquis para venderles las tierras de los indios y de la iglesia".

A estas alturas, Comonfort no podía decidirse en favor de nadie y sólo confiaba en que se mantendría en la presidencia gracias a su participación en la derrota de Santa Anna: la fortaleza de carácter no era una de sus virtudes.

☙

Mientras Miramón preparaba su fuga, Juan José Baz y Francisco Zarco —dos hombres cercanísimos a don Ignacio Comonfort— sólo podían conversar sobre el futuro del gobierno, sobre la urgentísima necesidad de tomar partido.

—Usted estará de acuerdo conmigo en que el señor presidente es una buena persona, un hombre bien intencionado que sólo está apostando a favor de la moderación —dijo Baz mientras acomodaba los folios que estaban desperdigados en su escritorio.

—Y... ¿eso es una virtud? —le respondió Zarco casi sorna.

—En estos momentos *casi* lo es —recalcó el gobernador—. Valen más las buenas intenciones y las ansias de concordia que los discursos incendiarios.

—No puedo estar de acuerdo con usted. Don Ignacio, permítame ahorrarme el "señor presidente", tiene todos los defectos de nuestro carácter.

—¿Nuestro?

—Sí, el nuestro, el de los mexicanos.

—Claro, se me olvidaba que, según ustedes, los mexicanos tenemos todos los defectos que no tienen los yanquis.

—Por favor, no comencemos a discutir antes de que le diga lo que pienso. No nos comportemos como los diputados y los radicales: usted y yo, antes que nada, somos caballeros.

—Muy bien, mi querido Panchito, concedo sin aceptar: ¿cuáles son los defectos del señor presidente que compartimos todos los mexicanos?

—Don Ignacio es incapaz de resistir a las súplicas y las buenas palabras, si alguien le endulza el oído, él cede sin problemas; le falta energía para negar lo que no puede ni debe conceder; con el pretexto de evitar males mayores, siempre tolera los abusos; quiere transigir cuando ya no es posible seguir adelante; quiere darle un lugar a los políticos más moderados, a los santanistas, a los macabeos y los monárquicos, sin que los liberales pierdan sus espacios. Por favor, dígame si estoy equivocado: Comonfort es debilidad y energía, docilidad y capricho, benevolencia y rigor… una contradicción con patas que terminará por caer sin que nada ni nadie pueda evitarlo.

Baz no quiso rebatir las palabras de Francisco Zarco. Sólo alcanzó a pensar que, según su interlocutor, Juárez —a pesar de su apariencia— era un yanqui rubio y barbado. Sin embargo, el régimen estaba herido de muerte y él tenía que tomar una decisión dolorosa: había llegado el momento de formar parte de uno de los grupos en pugna y Baz no se sumaría a las filas de los liberales.

—Me derrotó, ahora sólo le puedo pagar su victoria invitándolo a cenar. ¿Vamos? —le dijo Baz con más ganas de terminar con la discusión que de tomar los alimentos con Francisco Zarco.

∞

Baz, fiel a don Ignacio y descontento con la constitución, optó por encontrarse con Félix Zuloaga, el general que tenía bajo su mando la guarnición de Tacubaya: las armas eran, según lo pensaba, la única salida para rectificar el rumbo.

Zuloaga, contra lo que muchos pensaban en esos días, era un hombre muy especial: se enfrentó a los yanquis y a los yucatecos que decidieron independizarse en un arrebato; también combatió a Juan Álvarez y Comonfort cuando se levantaron en armas en contra de Santa Anna; sin embargo, cuando don Ignacio llegó a la presidencia, le dio el mando de una brigada: "Los valientes, los hombres de convicciones, no pueden quedar fuera de mi gobierno", dijo Comonfort cuando le informó que respetaría su rango y le entregaría el mando de las tropas.

Baz y Zuloaga llegaron a un acuerdo sin enfrentar grandes problemas: había que dar un golpe de timón para salvar al país y ellos estaban dispuestos a darlo sin miramientos gracias al apoyo que les ofrecía el padre Miranda. "La iglesia —les dijo en aquella ocasión— siempre vela por el futuro de la patria."

Una vez que garantizaron el apoyo de la jerarquía, ellos enviaron correos con cartas secretas a los militares de sus confianzas, y los apoyos —al principio tímidos y luego abiertos— comenzaron a concretarse. Los ideales de la paz y de cambio de rumbo no necesariamente fueron las causas que animaron a sus aliados a decidirse por la opción que les proponían: la posibilidad de que perdieran sus prebendas también fue un espléndido acicate.

Los liberales, sabiendo que los hombres de armas estaban muy cerca de enfrentarlos, comenzaron a cesar a los oficiales que estaban más allá de la lealtad que exigían. Así, a comienzos del último mes de 1857, lo único que los detenía era la lealtad que aún le guardaban a Comonfort.

La noche del 16 de diciembre, Baz llegó a la oficina del presidente y reveló lo que estaba a punto de ocurrir:

—El general Zuloaga y yo necesitamos saber si estás de acuerdo —le dijo Baz a Comonfort mientras le ofrecía las páginas que recién había escrito en el cuartel de Tacubaya.

—¿Y esto?

—Lee, te lo suplico, estamos a punto de tomar una decisión para la que no hay marcha atrás.

Don Ignacio leyó los papeles en voz alta:

—Cesa de regir la constitución porque no satisface las aspiraciones del país... Pero, Juan José...

—Por favor, continúa y luego hablamos.

Comonfort leyó con calma el plan: la constitución sería derogada, él permanecería en la presidencia con mando absoluto, posteriormente convocaría a un nuevo congreso que redactaría una carta magna acorde con los deseos de los mexicanos y, antes de finalizar su mandato, promulgaría una ley para elegir al nuevo presidente.

—¿Quieren que yo, el presidente, encabece un golpe en contra de la constitución?

—Sí, ése es el plan. Sólo hace falta que aceptes para que nosotros y nuestros aliados iniciemos las acciones.

—¿Quiénes están con ustedes?

—Nacho, no seas ingenuo, en estos momentos lo único que no te puedo decir es eso. Por favor, acepta que sobramos y bastamos. Te garantizo que la balacera no será larga. Lo demás no importa.

Ignacio se levantó de su silla: la posibilidad de apelar a su carácter contradictorio era imposible. Si aceptaba, existía la posibilidad de lograr la unión de los descontentos, de la mayoría de los mexicanos que estaban en contra de las leyes liberales; sin embargo, también sabía que sus viejos aliados —Juárez y sus seguidores— no se rendirían sin presentar batalla. Durante larguísimos minutos, Comonfort se paseó por su oficina con la respiración entrecortada.

—Si triunfamos, ¿podré constituir un gobierno de coalición? Piénsalo, ésta es la última oportunidad que tenemos para unir a todos los bandos —preguntó don Ignacio tratándose de convencer de que había encontrado la solución del problema.

—Por supuesto, en principio no tenemos ninguna objeción.

—Date cuenta de que estoy hablando de Juárez...

—A mi me da lo mismo si el Indio tiene o no una cartera. Ése es un asunto que tú tienes que resolver, el nuestro es ponerle fin a la constitución. Entonces...

—Acepto. En este momento acabo de cambiar mis títulos legales por los de un revolucionario, por los de un alzado.

∞

Baz abandonó Palacio Nacional y se dirigió al cuartel de Tacubaya. Ahí lo esperaba Félix Zuloaga.

—¿Que pasó? —preguntó el general.

—Está de acuerdo.

Al amanecer del día 17, la corneta llamó a filas, Zuloaga se paró frente a sus tropas, las arengó y al grito de "religión y fueros" ordenó el avance hacia la Ciudad de

México. Baz, por su parte, hizo público el Plan de Tacubaya.

∞

No muy lejos de la capital, Miramón se enteró de los planes de Zuloaga y Baz. Aunque estaba sorprendido por la acción del hombre que lo encerró en la Acordada y le resultaba casi incomprensible el apoyo de Comonfort, supo que había llegado el momento de volver a las armas. Se puso el peto que le habían regalado en Puebla, las manchas de sangre nunca se le habían quitado: ahí estaban para recordarle que la rendición era imposible. Montó en su caballo y tomó el camino que lo llevaba a la Ciudad de México.

Tercera parte
La guerra santa
(1858-1861)

I

Al saberse que el general Zuloaga se preparaba para avanzar hacia la Ciudad de México, Juárez —quien en aquellos momentos fungía como presidente de la Suprema Corte de Justicia— llegó a Palacio Nacional acompañado por Isidro Olvera, el presidente de la Cámara de Diputados.

Ellos, aprovechando el paso franco que tenían por sus investiduras, se adentraron con prisa en el edificio: no respondieron los saludos de los guardias ni se detuvieron a conversar con nadie. Juárez, debido a su bajísima estatura, apresuraba sus cortos pasos y, hasta donde le era posible, trataba de mantener la compostura de su inexorable traje negro: su rigidez le impedía presentarse desfajado ante Comonfort. Él, desde sus tiempos de estudiante en Oaxaca, nunca más se vistió de paisano: Juárez estaba seguro de que las levitas lo emblanquecían y lo mostraban como lo que realmente era: indio que no quería ser indio. Olvera sólo se secaba el sudor de la frente y jadeaba de cuando en cuando. Los pasos apresurados no le venían nada bien. Comonfort, luego de su reunión con Baz, sabía que ellos llegarían en cualquier momento a su oficina.

Ésta era la última posibilidad para lograr la unión y la paz entre los enemigos mortales.

A pesar de la crisis, Juárez y su acompañante suponían que aún existía la posibilidad de que Comonfort se echara para atrás y que el alzamiento abortara en unas cuantas horas: si los soldados de Tacubaya se quedaban abandonados a la buena de Dios, el problema no sería muy grande. Por eso, mientras intentaba mantener el paso, Olvera le preguntó si en verdad sólo serán suficientes unos cuantos tiros y un puñado de muertos para terminar de una vez y para siempre con los alzados. Juárez le dijo que sí sin voltear a verlo: él confiaba en las flaquezas de don Ignacio, en la posibilidad de que los representantes de dos de los tres poderes lo obligaran a retractarse.

Llegaron a la oficina del presidente. Comonfort salió a recibirlos casi de inmediato y juntos entraron al despacho: Juárez y Olvera —quien, más por el miedo que por la fatiga, ya sólo podía ser un convidado de piedra— se sentaron frente al escritorio y don Ignacio ocupó su lugar. Aunque don Ignacio tenía la intención de retrasar el asunto de Zuloaga, Juárez no estaba dispuesto a perder el tiempo en conversaciones que distendieran el ambiente, según él, valía más una colorada que cien descoloridas.

—Señor presidente —le dijo Juárez—, le pido que reconsidere su posición. Hasta hace unas cuantas horas, usted había hecho cuanto estaba al alcance de sus manos para mantener las leyes y conducir al país por el camino correcto. Es inaceptable que se sume al cuartelazo en su contra, por donde se le mire ésa es una estupidez, una imbecilidad por los cuatro costados. Si usted continúa por este camino, sólo seguirá los pasos de Santa Anna: eso lo deshonra y nos deshonra.

JOSÉ LUIS TRUEBA LARA

—No, Benito, tú me conoces bien: yo no soy, ni quiero ser Santa Anna. Tengo un compromiso muy claro y lo respetaré como caballero: en unos meses llamaré a elecciones y todo cambiará. Olvera, tú y yo, al igual que los demás mexicanos, ya estamos hartos de guerras y ésta no sólo será brevísima, sino que también será la última. Vamos, ésta podría ser la única guerra sin muertos. Date cuenta que el cuartelazo, como tú lo llamas, no es en contra del presidente, sino para derogar una constitución que sólo provoca enfrentamientos. Además, no me engañes ni te engañes: si yo me echo para atrás, tú y los tuyos me morderán el pescuezo.

—Por favor, señor presidente, nosotros no mordemos, no somos perros. Sin problemas entenderíamos y perdonaríamos su flaqueza.

—No es flaqueza, es necesidad de paz... ¡de paz! Se trata de terminar de una vez y para siempre con una constitución que a nadie convence, claro, si los exceptuamos a ustedes; se trata de derogar una ley que sólo le abre la puerta a la guerra perpetua.

—¿La paz a cambio del país? —preguntó Juárez con ira contenida.

—Nosotros queremos la paz y también queremos un país, no me vengas con tus enredos de chupatintas, de leguleyo venido a juez. Por favor, Benito, nos conocemos hace años, y tú sabes bien que el problema sólo es la paz.

—Eso es mentira.

—No, no es mentira. Tienes que entender, aunque sólo sea por una vez en tu vida, que estamos obligados a guardar las armas, a terminar con los excesos, a buscar la reconciliación... Vamos, trabajemos juntos. Todos están hartos de balaceras, de masonerías, de pleitos con la iglesia, de enfrentamientos políticos en los que sólo chocan los orgullos y los intereses más mezquinos.

Con ganas de tranquilizarse, Comonfort se levantó de su silla, se acercó a Juárez y a Olvera: tenía que realizar el último esfuerzo para convencerlos.

—Por favor Benito, éste ya no es momento de apostarle al radicalismo; al contrario, es tiempo de que ustedes se sumen, de que no abandonen sus cargos y juntos, por primera vez en la historia de este pinche país, hagamos lo que tenemos que hacer. Nada más y nada menos, sólo se trata de esto. Compréndeme, no se trata de enfrentar a la iglesia con el gobierno; al contrario, se trata de que la iglesia, los soldados y el gobierno guíen a la nación a buen puerto. Ustedes quieren modernidad, ellos también; lo único que los separa son la prisa, las ansias de destruir para construir, el peligro que muchos vemos en sus coqueteos con los yanquis. Ya no podemos seguir destruyendo, tenemos que construir juntos. Después de lo que nos ha pasado, acepta que ya no podemos confiar en los estadounidenses; es cierto, y lo digo antes de que me lo embarres en la cara, ellos nos ayudaron contra Santa Anna; pero ahora, con las nuevas leyes que ustedes promulgaron, ellos pueden quedarse con el resto del país sin disparar un solo tiro: los dólares serán sus cañonazos. Entiéndelo Benito, tenemos que encontrar un camino propio, un camino que parta de lo que somos y no de lo que ustedes quieren que seamos.

—Señor presidente, lamento decirle que nosotros no transigimos: si usted se convierte en un golpista no me deja más remedio que asumir que ha renunciado a la presidencia, y yo, por mandato de la constitución, tendré que hacerme cargo de ella.

—¿Cuál constitución? Dios mío, ¿cuál constitución?... ¿qué no te puedes dar cuenta de que cada paso que den las tropas de Zuloaga sólo confirma que está derogada?

—El congreso...

Juárez no pudo terminar sus palabras. Comonfort dio un manotazo en su escritorio, se encaminó a la puerta de su despacho, la abrió y, tan sólo con una señal, hizo entrar a los soldados.

—Señores, basta de discusiones, dénse presos —dijo Comonfort mientras los soldados les apuntaban a Júarez y a Olvera.

Los dos orgullos —el de los liberales y el de los conservadores— chocaron irremediablemente. Don Ignacio y la posibilidad de formar un gobierno de coalición naufragaron sin que nadie pudiera evitarlo.

En diciembre de 1857, la guerra ya era mucho más que una posibilidad. Don Ignacio públicamente hizo suyo el Plan de Tacubaya y las fuerzas de Zuloaga se robustecieron con gran velocidad: las guarniciones de Cuautla, Puebla, Toluca, Tampico, Veracruz y San Luis Potosí se sumaron a su llamado; a su cuartel también llegaron los curtidos oficiales de los macabeos. Osollo, Ramírez de Arellano, Fagoaga y Miramón volvieron a reunirse después de varios meses de desventuras, huidas y escondidas.

A don Ignacio no le salieron bien las cuentas. Zuloaga y sus hombres no se tardaron mucho tiempo en exigirle que se decidiera a favor de uno solo de los que querían que él llegara más lejos y borrara los vestigios de los liberales. La unión de tirios y troyanos era imposible.

Así, en los primeros días de enero de 1858, Comonfort tuvo un desafortunadísimo encuentro con el representante del Ejército Libertador de Zuloaga. Esa tarde, en su oficina, don Ignacio —abandonado por los liberales

173

y presionado hasta el límite por los conservadores— reventó después de que le plantearon las exigencias de estos últimos.

—Usted me exige que reniegue de mis principios, de los principios que proclamé en la revolución de Ayutla, de los que he sostenido durante mi presidencia y, de pilón, ustedes también quieren que abandone los ideales que proclamé al aceptar el Plan de Tacubaya.

—En efecto, así de simple es lo que le pedimos —le respondió el enviado de Zuloaga.

—Para acabarla de amolar, usted y los suyos se atreven a exigirme que abandone a mis amigos y que se los entregue sin remordimientos después de firmar sus sentencias. Eso que ustedes me exigen, señor mío, es imposible.

—Perdón que se lo diga, pero ésta es su última oportunidad.

—Francamente, dígame si puedo hacer lo que ustedes me piden y seguir siendo un caballero.

—No señor, tiene razón, no se puede seguir siendo un caballero, pero usted tiene que hacer lo que le pedimos: Juárez y los suyos ya son sus enemigos. Don Ignacio, discúlpeme que se lo diga de esta manera, pero usted parece estar dispuesto a pelearse con los únicos amigos que le quedan —amenazó su interlocutor.

—Pues lo que no puedo hacer como caballero, tampoco lo haré como presidente —dijo Comonfort y dio por concluido el encuentro.

∞

La suerte de Comonfort ya estaba echada: el 11 de enero, Zuloaga lo desconoció, nombró un Consejo de Representantes y se proclamó presidente de la república. Juárez, liberado por don Ignacio, huyó rumbo al Bajío; en Querétaro lo esperaba el gobernador del estado para apoyarlo con sus tropas, a las que pronto se sumarían los soldados guanajuatenses comandados por Manuel Doblado.

La noticia de la guerra no sorprendió a todos: en el cuartel de Zuloaga, la mayoría de los oficiales la esperaban con impaciencia.

—Y hoy, mi querido Miguel, ¿con cuántos amanecimos? —preguntó Fagoaga mientras limpiaba su pistola.

—Depende de cómo cuentes, pero cuando menos hay dos o tres presidentes.

—Déjalo en dos, Comonfort está perdido.

—¿Cuánto tiempo le das a Juárez? —preguntó Ramírez de Arellano mientras miraba a las tropas desde la ventana.

—Poco, muy poco —respondió Miramón mientras Fagoaga asentía a sus palabras—. No puede aguantar mucho tiempo en Querétaro ni en Guanajuato: a pesar de los soldados, la gente no quiere a los liberales, los católicos no están dispuestos a apoyar a sus enemigos. Lo único que le queda es refugiarse en Guadalajara y tratar de mantener Manzanillo y Veracruz con el ánimo de que los yanquis le regalen o le fíen armas.

—El plan ya está decidido: Guadalajara es la meta.

—No, mi hermano —le dijo El Macabeo a Ramírez de Arellano—, antes de Guadalajara está la capital.

∞

A pesar de sus infortunios, Comonfort y los hombres que aún le eran fieles se negaron a entregar la capital e intentaron conservar una presidencia que ya nada valía: sus tropas se parapetaron en la cárcel de la Acordada y en el Hospicio de los Pobres con ánimo de disuadir a sus atacantes. No lo lograron: los combates apenas duraron unos cuantos días. El Macabeo, al frente de la infantería y una parte de la artillería, atacó el hospicio. Los tiros de sus cañones fueron precisos, sólo hicieron falta unos cuantos para que las paredes del edificio se derrumbaran y sus hombres cayeran sobre los defensores. El coronel Osollo atacó la Acordada y pronto derrotó a los soldados que ahí se guarecían.

Tras la caída de sus posiciones, don Ignacio —gracias a la protección de Osollo— abandonó la Ciudad de México con rumbo a Veracruz. Ahí, en el puerto, tomaría un barco para llegar a Estados Unidos. El fin de su mandato se resolvió a fuerza de balas.

*

Tras la huida de Juárez y Comonfort, el Ejército Libertador desfiló por las calles de la capital con rumbo a Palacio Nacional. Los balcones se engalanaron con los mejores cortinajes, con tibores y macetones; en algunas fachadas se colgaron coronas de laureles con los nombres de Osollo y Miramón, quienes junto con Zuloaga abrían la columna montados en sus caballos.

Las miradas, más que en el general de Tacubaya, se concentraban en los jóvenes oficiales: Osollo era rubio, alto, barbado y tenía un brazo de menos; El Macabeo, en cambio, era delgado, moreno, tenía ojos negrísimos, una melena hirsuta y una barba y un bigote a la manera de los mosqueteros franceses. El primero apenas contaba con veintiocho años, y el segundo recién había llegado a los veinticinco.

Cuando las tropas avanzaban por la calle de Plateros, una señora se quitó su mantilla y la depositó en el suelo para que el caballo de Osollo pasara sobre ella. El joven soldado ordenó a las tropas que detuvieran su andar, desmontó de su cabalgadura y tomó la prenda para entregársela a la mujer.

—Un caballero no puede pisar nada que pertenezca a una dama —le dijo a la mujer y, después de besarle la mano, volvió a su posición y las tropas libertadoras reanudaron su marcha.

Quienes esto miraron sólo pudieron aplaudir y lanzar vivas a los macabeos.

Al llegar a Palacio Nacional, Zuloaga le entregó a Osollo el reconocimiento que más de un soldado ansiaba: la banda de general del Ejército Libertador. Sin embargo, cuando el presidente estaba a punto de ponérsela, el joven guerrero se negó a recibirla.

—Señor presidente —dijo Osollo—, discúlpeme, pero no puedo aceptar el ascenso si no se lo otorga a Miramón. Si yo lo merezco, también él lo merece. Señor, no piense que esto es un desplante, tan sólo es un acto de justicia.

Zuloaga, asintió con un movimiento de cabeza y caminó hasta el lugar donde estaba El Macabeo. Con calma le puso la banda, le estrechó la mano y lo abrazó.

—Felicidades, mi general.

II

La alegría marcaba a todos y cada uno de los convidados a Palacio Nacional. Los oficiales del Ejército Libertador, el flamante gabinete, la jerarquía eclesiástica y los representantes de las familias decentes se habían reunido para festejar el nombramiento del nuevo presidente, la victoria de los suyos y la huida de Juárez y Comonfort. La suerte, por vez primera, les sonreía plenamente a los soldados de Cristo.

Como las arcas del gobierno estaban vacías, la fiesta y la atención de los invitados corrió por cuenta de quienes sí podían pagarla: tres nobles, dos obispos y cuatro ricachones desembolsaron los reales necesarios para la comilona. Sin embargo, la fiesta, a pesar de sus pretensiones, era ridícula: la vajilla de palacio no alcanzó para todos los invitados y los platos de barro despostillado se mezclaron con los de porcelana; los cubiertos de plata se unieron a las tortillas convertidas en cucharas, y los personajes perfectamente emperifollados se sentaron junto a los huarachudos que recién habían sido ascendidos a oficiales.

Concha Lombardo y sus hermanas —más por el recuerdo de su padre que por su posición— habían sido invitadas y, junto con otras señoritas, tenían el dudoso honor de atender a los comensales. Concha, con la lengua afilada, caminaba entre las mesas y los tablones para repartir platos y vasos. A cada entrega, ella —con una ceja apenas levantada— soltaba veneno en contra de los invitados: los pollos, los chinacos, los payos, los léperos venidos a más y los trepadores que no se comportaban como gente decente eran criticados con gran dureza, mientras que los jaraneros le daban gusto a una canción que le erizaba los cabellos.

—¡Ya verás cómo serán las fiestas cuando yo sea presidenta! —le dijo Concha a su hermana Guadalupe—. Los platos estarán completos, habrán criados con librea y los jaraneros se quedarán en la pulquería de la que hoy los sacaron.

—Sólo lo serás en tus sueños —le respondió su hermana con un marcadísimo tono de burla—. Si acaso tienes suerte y no le sigues buscando peros a tu novio, darás fiestas a la inglesa cuando te cases con Perry.

Concha, furiosa, estaba dispuesta a darle un descolón a su hermana: a estas alturas, su noviazgo con Perry ya estaba a punto de romperse. No en vano, todas las noches le rezaba a la guadalupana para que nunca llegara del Vaticano la carta que le permitiría casarse con un protestante. Así, cuando estaba a punto de responderle a Lupe y ponerle los puntos sobre las íes, sintió que alguien la tomaba del brazo de manera impropia: una mano, con el pretexto de asirla, la había acariciado.

—¿Usted?

—Sí, yo —le dijo El Macabeo.

—Señor Miramón, usted y yo nada tenemos que hablar, no crea que ya se me olvidó el día que intentó matarme.

—Un beso no mata a nadie, y menos si me lo da ahora. Míreme: ya no tendrá que acompañarme a ningún lugar con un perico en el hombro.

—Aunque sea general, yo sólo puedo acompañarlo a la puerta para evitar que haga una de las suyas: soy una mujer decente y comprometida.

—Algo me han dicho sobre ese inconveniente. Mi amada Concha, usted sabe bien que tenemos más de un amigo en común; pero no se preocupe, los compromisos que no se consuman se terminan sin problemas y en un santiamén —le dijo Miramón antes de besarle la mano y perderse entre la multitud.

Concha, casi ofendida, fingió arreglarse el cabello para seguir con sus ocupaciones.

—¿Te das cuenta? —le dijo a Guadalupe—, sigue siendo un pelafustán. La banda de general no le sirvió de mucho.

—¿Quién lo sabe? Por lo pronto, no creo que te sientas tan ofendida. A lo mejor, ahí va caminando una futura presidencia —le respondió su hermana y, antes de que Concha la emprendiera en su contra, se fue caminando hacia una de las esquinas de palacio con el pretexto de atender al general Zuloaga.

—Estúpida —murmuró Concha antes de fingir la sonrisa que necesitaba para seguir atendiendo a los comensales.

∞

Miguel no estaba del todo equivocado: no había pasado una semana de la fiesta de Palacio Nacional, cuando Concha —con el pretexto de unos ejercicios espirituales— decidió encerrarse por varios días en La Encarnación. Ella tenía que decidirse: la posibilidad de que la autorización del Vaticano llegara en cualquiera de las diligencias que venían de Veracruz la obligaría a cumplir con su palabra, y Concha no estaba convencida de pasar el resto de su vida junto a Perry: El Macabeo la perturbaba, su sola presencia la hacía dudar de lo que a ratos sentía por el inglés. Aunque nunca le había dado una oportunidad, Miramón siempre estaba ahí, metido en su cabeza, presente en las peores situaciones y, a pesar de que hacía todo lo posible por olvidarlo, la gente la obligaba a recordarlo: los hechos de armas, las fugas y las ciudades tomadas con un puñado de hombres siempre estaban en boca de sus conocidos y los pocos amigos que se mantuvieron fieles tras la muerte de su padre. Miguel era una presencia, un ser expansivo que la seguía aunque no estuviera presente.

El padre Pinzón —su consejero espiritual en La Encarnación— sólo hizo lo que le dictaba su conciencia: escuchó las dudas de Concha Lombardo y acentuó los defectos de Perry. Bastaron tres o cuatro conversaciones para que el inglés quedara perfectamente mal parado: a pesar de que él solicitó la autorización a la iglesia, era un hereje; sus costumbres —como bien lo había probado su relación con la tal Margarita— no eran del todo recomendables, ni podían ser calificadas como decentes; y sus hijos, si es que Dios los bendecía con ellos, corrían el riesgo de terminar en el Infierno a causa de la torcidísima fe de su padre. Pero Concha y el padre Pinzón no sólo platicaron sobre Perry: la hija de don Francisco Lombardo, un poco como queja y otro poco con orgullo, también le habló del Macabeo.

—¿Verdad que tengo razón? Él es un salvaje, un monstruo.

—Lo dudo hija, lo dudo… quizá sólo es un hombre enamorado que por estar en batalla perdió la sutileza.

—¿Usted qué haría?

—Sólo aceptaría que mi corazón debe seguir exactamente el mismo camino que mi fe.

◌◌

Cuando Concha Lombardo terminó sus ejercicios espirituales y volvió a su casa, el noviazgo con Perry estaba herido de muerte. Sólo hacía falta que él le diera un pretexto para que la ruptura se diera sin importar las consecuencias. "Prefiero quedarme para vestir santos a casarme con *ese*", pensaba Concha mientras acomodaba su ropero. Perry había perdido su nombre y todas sus posibilidades. El pretexto —como todos los pretextos— no tardó mucho en llegar: la misma noche que Concha regresó a Chiconautla, el inglés cometió un error fatal.

—¿Cómo está mi monjita? —le preguntó mientras intentaba abrazarla.

—Yo no soy monja y, por favor, no te burles de mis creencias. Claro, tú eres un protestante, un mentiroso que sólo firmó la solicitud de matrimonio para taparle el ojo al macho.

El enojo tomó por sorpresa a Perry: desde hacía varias semanas, su prometida ya no era la misma. El amor, sin necesidad de pobrezas, se había salido por la ventana. Sin embargo, eso no le preocupaba mucho: ya habría tiempo para que ella lo volviera a amar y, por lo pronto, tenía que casarse con ella. Él no estaba dispuesto a romper el compromiso y convertirse en la comidilla de sus amigos.

—Concha, no te enojes, no es para tanto.

—Sí lo es. Yo no aceptaré parir unos hijos para que se vayan al Infierno con tus paisanos.

—Mira Concha, yo no sé qué ideas te metieron los curas en el retiro, pero ellos siempre dicen mentiras y sólo le meten cosas en la cabeza a quienes los escuchan.

—Si los curas de La Encarnación dicen mentiras, todas las reinas de Inglaterra son unas putas.

Perry, con ganas de contener la furia de su prometida, volvió a intentar abrazarla y Concha lo rechazó con un sonorísimo bofetón.

—¡Lárgate!, ya nada tenemos que hacer. Sanseacabó, ¡terminamos!

Antes de que Perry intentara una respuesta, Concha caminó hacia la puerta, la abrió y lo invitó a que se fuera para siempre.

∞

Mientras Concha y Perry terminaban su noviazgo, El Macabeo estaba en Palacio Nacional. La situación que se tenía que resolver no era del todo sencilla: Miramón, Osollo, Zuloaga, el obispo Pelagio y el padre Francisco Javier Miranda estaban reunidos para decidir la guerra contra los liberales.

—¿Los podemos derrotar? —preguntó Zuloaga a los jóvenes generales.

—Sin problemas —le respondió Miramón—, en menos de un mes llegaríamos a Guadalajara después de barrerlos en el camino.

Las palabras del Macabeo confirmaron la confianza de casi todos los reunidos; sin embargo, Osollo no estaba del todo convencido. Primero se cruzó de brazos, después se acarició la barba. Los sacerdotes, el presidente y su compañero de armas sabían que él tenía algo en la cabeza, una idea que, quizá, no les gustaría a todos.

—Bien, estamos de acuerdo —dijo Osollo—, lo que dices es posible, pero ¿qué pasaría si ellos se repliegan al norte para obtener el apoyo de los yanquis? La guerra no sería tan corta como dices. Es más, quién nos dice que ellos, en estos mismos momentos, no se están entendiendo con el ministro estadounidense para acordar los apoyos que su gobierno les dará para la guerra: los masones de ambos lados de la frontera son rápidos para crear enredos.

Osollo, a pesar del optimismo compartido, señalaba con absoluta precisión el mayor de los riesgos: emprender una guerra prolongada en la que sólo triunfaría el bando que tuviera los mayores recursos y lograra el préstamo de mejor cuantía.

—Señor obispo —dijo Zuloaga—, ¿nos ayudarán?, ¿podemos contar con su apoyo?

—Por supuesto —respondió Pelagio—; sin embargo, tenemos que aceptar que existe un problema grave. Los recursos de la iglesia no son infinitos como su fe: llevamos casi cincuenta años de batallas, primero la independencia, luego las guerras intestinas, después llegaron los yanquis, los alzados de Ayutla y no olvidemos a los franceses que nos invadieron para cobrar las cuentas de un pastelero.

—Estamos de acuerdo, señor obispo. Nada de lo que usted nos dice es desconocido para los que aquí estamos; usted lo sabe bien: todos nos enfrentamos a los yanquis, todos nos jugamos la vida contra los revolucionarios de Ayutla… en fin, para qué le digo lo que ya sabe, en este momento lo único que importa es conocer la cuantía de su apoyo —reviró Zuloaga con ganas de forzar las cosas.

—El señor obispo tiene razón —intervino el padre Miranda—, lo único que él les quiere decir es que, desde

1810, los ingresos de la iglesia sólo han disminuido. Tenemos muchas tierras, es cierto; pero los diezmos, las primicias y las donaciones han caído: la guerra, la leva, los campos abandonados también nos han costado a nosotros.

A pesar de su interés, ninguno de los sacerdotes estaba dispuesto a dar una cifra precisa: aunque compartían plenamente las ideas de los ahí reunidos, no tenían mucha confianza en Zuloaga, el nuevo presidente parecía no tener la fuerza suficiente para unificar a los enemigos de los liberales: los santanistas, los monárquicos, los moderados y los macabeos a ratos parecían separarse para seguir sus caminos o pactar con los liberales; incluso, en las calles y en los cafés, la gente tenía en mayor estima a Miramón y Osollo que al propio Zuloaga: "ellos sí tienen los tamaños para derrotar a los enemigos y meter en cintura a los revoltosos", decían los incipientes partidarios de los jóvenes generales.

—¿Para cuánto tiempo alcanza? —preguntó Miramón con ganas de estar en condiciones de preparar una estrategia a largo plazo.

—No más de un año.

—No está mal, no está nada mal —recalcó El Macabeo—. Si en un año no los derrotamos, cuando menos tendremos tiempo para conseguir nuevos apoyos: si los liberales le piden frías a los yanquis a cambio de entregarles el país, nosotros podremos contratar préstamos en Europa: vale más comprar dinero caro que perder a México.

—¿Y con qué los pagaríamos? —le preguntó Zuloaga, cuyas entendederas sobre préstamos y relaciones diplomáticas eran poco más que deficitarias.

—Eso no es tan difícil, los ingresos de la aduana de Veracruz serán suficientes para garantizarlos, el general

185

Echegaray está en condiciones de tomar el puerto sin grandes problemas. Y, cuando ganemos, no será difícil cubrirlos: la paz, forzosamente, enriquecerá al país. Por lo pronto —continuó Miramón— sólo tenemos dos problemas: la estrategia y la necesidad de acercarnos a los españoles y a los franceses.

—El general tiene razón —dijo Pelagio, que ya miraba en El Macabeo a una de sus cartas más fuertes.

La reunión no se prolongó por mucho tiempo: con las cuentas más o menos claras, la estrategia se definió muy rápido; el apoyo extranjero no se discutió a detalle, aunque Pelagio y Miranda se comprometieron a tender los primeros puentes entre los ministros de Francia y España y el gobierno de Zuloaga.

Antes de que las campanas anunciaran la medianoche, Osollo y Miramón dejaron Palacio Nacional para ir a sus cuarteles: al amanecer, sus tropas marcharían contra los herejes: primero atacarían el Bajío y tendrían la posibilidad de aprehender a Juárez, luego se encaminarían rumbo a Veracruz para terminar con los pocos hombres que ahí estaban. Echegaray les impediría avanzar hacia el centro del país y haría todo lo posible por sitiarlos en el puerto.

∞

En el cuartel, Fagoaga y Ramírez de Arellano esperaban al Macabeo: las noticias de palacio eran fundamentales. Miramón no había terminado de entrar, cuando se iniciaron las preguntas.

—¿Qué pasó? —inquirió Fagoaga—, ¿nos vamos o los esperamos?

—Vamos por ellos. Alisten a los hombres, salimos con el sol.

Miguel no quiso decirles una sola palabra más, sólo le pidió a Fagoaga que en una hora le mandara un hombre de la caballería para que entregara una carta urgente.

—¿No quieres que yo la lleve?

—No mi hermano, prefiero ahorrarte la molestia y la necesidad de dar explicaciones.

—¿Es un asunto de política?

—No, es de los otros. Por favor, déjame solo, la carta es importante.

∞

Tras el portazo de Perry, a Concha y Guadalupe no les quedó más remedio que pasar la noche en vela: de nueva cuenta, el destino de las hermanas Lombardo estaba en riesgo por las decisiones de Concepción, quien ya sólo lloraba por su incapacidad de decidirse: el catolicismo o el protestantismo, el rubio o el moreno, las finanzas o el sable. Lupe, cuando menos al principio, trató de convencerla de que Perry era una buena opción, pero Concha no cedía: al aclaramiento de la piel de Miramón poco a poco había seguido la pasión, la posibilidad de que ese hombre sí la amara como ella lo deseaba: con aventuras pero sin los dramas de su novio cojo, con pasión pero sin arrebatos byronianos, con tranquilidad pero sin la vejez del pretendiente que tanto le gustaba a su padre, con seguridad pero sin el aburrimiento de los escritorios en los que transcurría la vida de Perry.

—Prefiero ser solterona —le dijo a Lupe profundamente acongojada.

—¿Pero de qué vas a vivir cuando se haya acabado lo que nos dejó papá?

—Daré clases de canto, venderé chichicuilotes. No lo sé, pero algo haré para no morirme de hambre.

El silencio se adueñó de la habitación. Sólo fue roto cuando alguien tocó la puerta. Guadalupe, pensando que se trataba de Perry, se levantó para atender al llamado con ansias de que se solucionaran los problemas. No tardó mucho en volver: el pleito no se solucionaría y sólo amenazaba con engrandecerse.

—¿Quién era?

—Un soldado que te trajo este papel.

Concha desdobló el pliego y lo leyó mientras el alma terminaba de partírsele: "Son las dos de la mañana y recibo la noticia de que mi presencia es indispensable en Guanajuato. Me marcho con el sentimiento de no poder decirte adiós, pero con la esperanza de que a mi vuelta seas mía para siempre".

Cuando terminó de leer tenía los ojos llorosos. Aunque Guadalupe intentó consolarla y averiguar lo que decía la carta, Concha se fue a su recámara y los hipos del llanto sólo terminaron cuando, por fin, el sol alumbró su habitación y ella se quedó dormida.

Su problema aún no se había solucionado y, cuando despertó, El Macabeo ya estaba rumbo a la batalla.

III

En el cuartel de Guanajuato, los soldados de Cristo se preparaban para salir al combate: los armeros revisaban los fusiles y repartían con cierta justicia las balas, los herreros afilaban los sables y aguzaban las puntas de las bayonetas, mientras que los artilleros inspeccionaban los cañones para encontrar las fisuras más insignificantes: ninguno estaba dispuesto a morir destripado por el estallido de la pieza que atendía. Los pertrechos tenían que estar en las mejores condiciones: de ellos dependería el desenlace de la batalla. Los encargados de las armas no eran los únicos que trabajaban: los hombres de menor rango cargaban las carretas con los barriles de pólvora y los bastimentos que apenas les durarían una quincena; por su parte, los soldados de caballería revisaban con meticulosidad las herraduras de sus monturas: un clavo mal puesto podría costarles la vida durante el combate. El capellán del ejército —auxiliado por una docena de sacerdotes— absolvía sin confesión a los soldados y les daba el cuerpo de Cristo. No había tiempo para escucharlos: el sólo hecho de que estuvieran dispuestos a matarse por la iglesia, bastaba y sobraba para que les entregaran la hostia sin necesidad de enterarse de sus pecados.

Las tropas del Macabeo —engrosadas con los soldados que comandaban Tomás Mejía y Leonardo Márquez— no eran despreciables: tres mil hombres bien pertrechados y convencidos de la justicia que animaba su causa. Miramón, a pesar de las objeciones de Fagoaga y Ramírez de Arellano, se había negado a la leva. "¿Para qué queremos hombres que saben pelear?, ¿para qué engrosamos nuestras filas con los futuros desertores que sólo nos costarán armas y comida?", les preguntó para mostrarles la necesidad de tener soldados profesionales, católicos convencidos y capaces de jugarse la vida para salvar al país del desastre.

⁓

Cuando estaban casi listos para tomar camino, llegó el correo de la Ciudad de México: la correspondencia era una buena razón para posponer la marcha por un rato. El Macabeo y sus oficiales revisaron los pliegos en su mesa de campaña: aunque había de todo, abundaban los asuntos sin importancia. Sin embargo, entre el montón de papeles había una carta con un destinatario específico: Miguel Miramón. El joven general la miró con calma, aunque la letra le era desconocida, estaba seguro de quién la había escrito.

—Caballeros, permítanme retirarme por unos instantes —dijo antes de levantarse y caminar hacia un lugar donde pudiera estar solo: necesitaba leer con calma, prepararse para lo peor. Si la respuesta era negativa, lo mejor era dejarse matar en batalla: "el último acto, él último heroísmo, quizá deje mi nombre grabado para siempre en el corazón de Concha", pensó mientras sus manos trataban de encontrar la vieja cicatriz que levemente le marcaba el rostro.

Los oficiales asintieron. Sólo Fagoaga comprendió lo que estaba sucediendo: la carta se había escrito en Chiconautla, era la respuesta al pliego que Miramón escribió antes de que partieran de la capital.

El Macabeo no tardó mucho en volver y sólo dio una orden.

—Que no se vaya el correo, tengo que responder y enviar esta carta con urgencia.

Fagoaga lo miró y sonrió con malicia.

—Creo que no estaría de mal que revisaras si tus hombres están listos para la marcha… y si ya están listos, por favor ve a ver si ya puso la marrana —le dijo Miramón para atajar cualquier comentario que sólo tendría infaustas consecuencias.

—Por supuesto, donde manda general…

Miguel le sonrió y asintió con un movimiento de cabeza. Fagoaga le dio una palmada y se fue. Tan pronto como salió su amigo, Miramón tomó un pliego y comenzó a escribir con letra nerviosa:

Amada Concha:

Tu carta que he recibido me ha causado gran placer, pues en ella me manifiestas que eres mía. Créeme que antes, si no me parecía la vida indiferente, a lo menos no la apreciaba como ahora, y te juro que voy a activar la campaña cuanto posible me sea a fin de que, concluida con la felicidad que es de esperarse, me una contigo por toda la vida.

Aunque no quedó muy convencido de sus palabras, pues ellas apenas y mostraban un atisbo de lo que sentía, Miguel dobló la hoja, la lacró y pidió que se la dieran al correo para que se entregara antes que cualquier otra. "Avísale que me responde con su vida si la carta no llega", le dijo Miramón al oficial que llevaría el pliego al correo.

—¿De veras es lo que estoy pensando? —le preguntó Fagoaga que lo esperaba a unos cuantos pasos de la mesa de campaña.

—Sí mi hermano, es lo que estás pensando.

—No te preocupes, sólo se lo voy a contar a los más cercanos.

—Por favor, hoy no abuses. En este momento hay asuntos mucho más importantes que burlarse de un general.

꼰

La campaña de los soldados de Cristo fue rápida, fulminante: los liberales abandonaron San Miguel y Aguascalientes casi sin presentar batalla, y Miramón y sus tropas tomaron Querétaro sin grandes bajas: el catolicismo de sus habitantes bastaba y sobraba para que los heréticos liberales no intentaran permanecer mucho tiempo en la ciudad. Aunque El Macabeo avanzaba de victoria en victoria, su tranquilidad estaba muy lejos.

—Nada, ni siquiera me llegó una línea partida por la mitad.

—Tranquilo, Miguel —le dijo Ramírez de Arellano con ánimo de calmar los ardores de Miramón—, ya llegarán las cartas.

—No es para tanto: por si no te has dado cuenta estamos en guerra y el correo suele retrasarse por los tiros —terció Fagoaga.

—¿Y si esto es culpa del inglesito?

—Eso sí es de preocuparse, ya sabes: ellos, por puri-
tita tradición, son piratas —le dijo Fagoaga y sólo obtuvo
por respuesta el más duro de los silencios.

—Miguel, no caigas en las provocaciones de este ca-
brón. Escríbele y sanseacabó.

El Macabeo nada contestó.

Sin embargo, esa noche volvió a escribirle a Concha
Lombardo: "La falta de tus cartas me ha hecho pensar mil
necedades, entre otras cosas que preferías al hombre que
una vez se interpuso entre nosotros".

Por fortuna, antes de que atacaran Ahualulco, llegaron las cartas retrasadas.

☙

El 29 de septiembre de 1858, el día del Arcángel, Miramón enfrentó a los liberales en Ahualulco: ahí, en la mejor posición, los herejes lo estaban esperando con más de
cinco mil hombres y muchas piezas de artillería. A pesar
de esto, El Macabeo y sus tropas se batieron con furia. Al
final de la tarde, los soldados de Cristo vencieron y obtuvieron el mayor botín de la campaña: 23 cañones intactos,
130 carros de parque y los bienes que los liberales se robaron en San Luis Potosí. Lo único que Miguel lamentó
fue no haber capturado a sus cabecillas: ninguno vivió
para contar su derrota.

El triunfo permitía que los soldados de Cristo hicieran un alto antes de emprender una nueva campaña: los
restos del ejército liberal se replegaban y, aunque estaban mermados, los macabeos no podían perseguirlos sin
poner en riesgo la victoria, las tropas estaban fatigadas,
los pertrechos podían ser insuficientes y, sobre todo, se

necesitaban refuerzos. Miramón estaba en condiciones de volver a la Ciudad de México para encontrarse con Concha Lombardo, la mujer que —cuando menos en las cartas— ya era suya.

IV

Concha, Guadalupe, Mercedes y El Macabeo estaban en la sala de la casa de Chiconautla. Aunque ese día Miramón llegó sin avisar, las puertas se abrieron con gusto y en son de paz: Concepción se había decidido y sus hermanas conocían casi a la perfección las cartas que atravesaron las líneas de combate, pues —según las cuentas de Mercedes— cada una fue leída en voz alta más de doce veces. Aunque Perry tenía lo suyo, las hermanas Lombardo estaban fascinadas por las historias que se contaban sobre su muy posible cuñado: su nombre —después de las victorias— las subyugaba y, con toda seguridad, abriría todas las puertas que se les habían cerrado tras la muerte de don Francisco: la presidencia que Lupe señaló en un momento de juego ya no lo era tanto. "Si no se convierte en el mandamás de todos, cuando menos será el mandamás de todos los soldados", comentó Guadalupe al enterarse de la victoria en Ahualulco.

La conversación, por primera vez, avanzaba sin sobresaltos: ellas, entusiasmadas por las historias de la guerra, eran las mejores escuchas para el general victorioso que, de cuando en cuando, dejaba escapar detalles espe-

LA DERROTA DE DIOS

luznantes para aderezar la crónica de sus batallas. Sin embargo, en un brevísimo momento de silencio, Miramón les pidió a las hermanas de Concha si podían dejarlos solos durante unos minutos: las Lombardo, sabiendo el asunto del que se trataba, aceptaron sin chistar. El futuro de Concha no podía ponerse en riesgo por una impertinencia o por el deseo de guardar las apariencias que a estas alturas ya no les importaban, aunque, claro está, ellas no fueron muy lejos: apenas quedaron separadas por una pared y una puerta entreabierta. El robo de un beso y la declaración formal eran un espectáculo que no podían perderse.

—Lejos de ti —comenzó Miramón— no encuentro paz, te lo suplico, cásate conmigo antes de que vuelva a la campaña. No estoy dispuesto a ir solo a la guerra, casémonos mañana.

—¿Mañana? Por favor Miguel, eso es imposible, cuando menos dame unos días.

—Perfecto, el domingo.

Concha no alcanzó a responder. Miramón llamó a sus hermanas y les dijo:

—Lupe, Mercedes, su hermana y yo nos casaremos el domingo.

—Pero... —dijo Concha tratando de intervenir.

—No hay pero que valga. Ustedes como si nada, todo correrá por mi cuenta.

∞

Al día siguiente, ya bien entrada la mañana, Miramón volvió a Chiconautla acompañado por el párroco del lugar y con dos testigos obvios: Fagoaga y Ramírez de Arellano. Concha, por primera vez con certeza, se comprometió ante un sacerdote a ser la esposa del general de los macabeos. "El asunto de Perry y la carta del Vaticano sólo fueron un arrebato", le dijo Concha a sus hermanas antes de que llegara Miguel. Lupe y Mercedes se abstuvieron de hacer cualquier comentario: valía más quedarse calladas que provocar una tormenta en el momento menos indicado.

—Listo —dijo Miramón después de firmar los documentos—, el domingo nos casaremos en Palacio Nacional.

—¿Por qué? —le preguntó Concha con cierta molestia.

—El presidente será nuestro padrino y nos ofrece una fiesta en palacio.

Aunque el padrino era inobjetable, Concha no estaba convencida de la manera como se hacían las cosas: ella no estaba urgida por casarse; era una mujer decente, católica, celosa de las buenas costumbres y su decencia no podía quedar en riesgo de murmuraciones.

—Miguel, mi situación me obliga a negarme. No tengo madre ni padre que me lleven a palacio, y tampoco voy a ir sola como una mujeruja que anda urgida por conseguir marido. No hay de otra: o me caso en la iglesia o en mi casa.

—Pero eso es imposible —intervino Ramírez de Arellano tratando de atajar el problema—, piénsalo Conchita, no le puedes hacer un desaire al presidente.

—Ya lo decidí: Miguel sólo me sacará de la iglesia o de mi casa cuando sea mi esposo.

Miramón dobló las manos y propuso una solución mediada.

—Bien, nos casaremos en tu casa y la velación será en palacio.

—Perfecto, tendremos una misa en palacio.

—Ahora, con la venia de mis compañeros de armas, tengo que hablarte de algo muy serio. ¿Me permites un momento a solas?

Concha, preocupada, se levantó del sillón, le tomó la mano al Macabeo y juntos entraron en una de las recámaras. Ella, en aras de mantener la decencia y frenar la lengua de Fagoaga, no cerró la puerta.

—¿Tan serio es lo que me quieres decir?

—Tan serio que no podría llegar al altar sin pronunciar estas palabras. Sabes que te quiero, que no puedo vivir sin ti; pero también sabes de la guerra y, aunque los dos lo deseáramos, no podría dejar las armas: nací soldado y moriré siéndolo. Ni las lágrimas ni los ruegos podrían hacerme renunciar a mis compromisos con Dios, con la patria y con mis hombres. Esto, querida Concha, no puedes olvidarlo: a partir del domingo tendrás que vivir con la certeza de que algún día podré dejarte viuda. Ésta es la única vida que puedo ofrecerte.

—Lo sé, y si eso llegara a suceder, yo llevaría el luto por el resto de mi vida.

∽

La noche del sábado, Concha se despidió de Perry con una brevísima carta: "Mañana me uno con el hombre que el Cielo me tenía destinado para esposo. Lamento la desgracia en la que usted se encuentra. Si usted aún me ama, y le causa dolor perderme para siempre, procure olvidarme y perdone la pena que le causo". La carta llegó a su destino: Concepción Lombardo sólo se enteró de que el inglés la maldijo y terminó desapareciendo para siempre.

Ella sabía que Perry estaba en la cárcel; sin embargo, ignoraba las coincidencias que lo colocaron tras las rejas. Cuando los liberales huyeron de Morelia, uno de sus generales saqueó la catedral y fundió sus tesoros para crear las barras de oro y plata que se cambiarían por tiros y fusiles con los armeros yanquis. Después de unos días, la riqueza terminó guardándose en la residencia de uno de los aliados de los liberales: el ministro de Estados Unidos, quien gracias a los masones concluiría la transacción y transportaría el contrabando hacia Manzanillo y Veracruz. Esa casa —que Perry le arrendaba al gobierno yanqui— fue cateada por órdenes de Zuloaga: el embajador no fue encarcelado para evitar un incidente con los gringos; sin embargo, por una sugerencia del Macabeo, Perry terminó pagando el pato por ayudar a los enemigos de Dios y, sobre todo, por interponerse en su camino.

V

La mañana del domingo, fresca por los vientos de octubre, Miramón llegó a la casa de Chiconautla en un cupé con lacayos en librea. Fagoaga y Ramírez de Arellano lo escoltaban. Todos vestían sus uniformes de gran gala. El Macabeo besó la mano de Concha y, junto con sus hermanos y parientes políticos, esperó la llegada de los escasos invitados. Cuando tocaron la puerta, ellos formaron una línea para saludar, y Miguel —el más joven de los generales— salió a recibirlos.

Con solemnidad, avanzaron hacia la sala algunos de los hombres más poderosos del país. Concha besó la mano del obispo Joaquín Madrid, hizo una sencilla reverencia ante el presidente Zuloaga y con una inclinación de cabeza saludó a los ministros que ahí estaban. Las Lombardo, desde la muerte de don Francisco, no habían recibido en su casa a personajes de este calibre: Lupe y Mercedes, que pronto dejaron de abogar por Perry, estaban convencidas de que la boda de su hermana las volvería a colocar en el lugar que merecían tan sólo por su abolengo.

En la sala, las hermanas Lombardo improvisaron un sencillo altar: la mesa estaba cubierta por un grueso terciopelo que en algún momento de su atribulada existencia fue un lujoso cortinaje y se convirtió en mantel gracias a unas rápidas costuras; tras la mesa estaba un crucifijo de buen tamaño que se salvó de la venta de los bienes de don Francisco y, en uno de los lados del altar, estaban dos pequeños retratos de la virgen de Guadalupe y la Purísima Concepción.

El obispo tomó a los novios de las manos y los condujo frente al altar. Se colocó ante ellos y bendijo los anillos: la alianza de Miguel era un sencillísimo aro, la de Concha era un anillo de ópalo que perteneció a su madre. La gema —según sus hermanas— no era un buen augurio para el matrimonio. "Los ópalos traen mala suerte", dijo Mercedes cuando Concha le dijo que lo usaría.

⌘

Al terminar la ceremonia, partieron a palacio.

En el camino, el anillo de Concha —que por las prisas no fue ajustado al grosor de su dedo— terminó escapándose de su mano: por más que lo buscaron en el carruaje y en los lugares cercanos, el ópalo no apareció. Miramón, con ganas de solucionar la pérdida de la mejor manera, ofreció una generosa recompensa a la persona que lo encontrara: el dinero que ofreció era mucho más del que podría obtenerse vendiendo la gema en cualquier baratillo. La recompensa, contra lo que todos pensaban, sí obtuvo resultado: cuando los recién casados ya estaban en Palacio Nacional, un hombre llegó con el anillo, pero el ópalo estaba roto.

—Eso es peor que romper un espejo —le dijo Mercedes a su cuñada Naborita.

—No digas eso, pensar es crear.

—De veras, eso es mala suerte, pero ya sabes cómo es Concha, no me dejará que arroje un puño de sal tras su hombro izquierdo ni querrá santiguarse tres veces para espantar al demonio.

∞

Tras la misa de velación y el desayuno, los novios y sus acompañantes fueron a la Colegiata de Guadalupe para otra ceremonia: a como diera lugar, los obispos Pelagio y Madrid querían mostrar su respaldo al Macabeo. Poco importaba que ellos ordenaran y recitaran tres misas, tampoco interesaba que los recién casados fueran bendecidos en más de una ocasión: el presidente, los políticos, los soldados, los curiosos y los chismosos tenían que enterarse de que la iglesia sólo estaba con quien debía estar. Los jerarcas sabían que se aproximaban tiempos difíciles: los liberales estaban a punto de tomar Guadalajara, ya se estaban entendiendo con los yanquis, y Zuloaga, a pesar de sus esfuerzos, no lograba meter en orden a quienes debían apoyarlo. A pesar de las victorias de Miramón y Osollo, el gobierno no las tenía todas ganadas. "El general Echegaray sólo se está haciendo pendejo con el asunto de Veracruz, ni ataca ni traiciona, sólo está esperando que llegue el momento para decidirse a quién debe apoyar", le dijo el obispo Pelagio al padre Miranda mientras lo ayudaba a cambiarse en la sacristía. El obispo tenía razón, pues Echegaray —aunque tenía los hombres suficientes para tomar el puerto y controlar el cobro de impuestos y la llegada de mercancías del extranjero— no avanzaba con sus tropas hacia Veracruz.

Cuando los novios salieron al atrio de la Colegiata, los estaban esperando los curiosos y los vecinos: los vivas a Miramón y su esposa duraron mucho más de lo deseado, de lo correcto en términos políticos. Los gritos, incluso, terminaron por poner nervioso a Zuloaga, quien no recibió ningún aplauso.

—El pueblo lo quiere —le dijo el obispo Pelagio— y nosotros también.

La frase, peligrosa por ambigua, puso en alerta al Macabeo.

—¿Ustedes me quieren por lo que hago o por lo que puedo hacer?

—Por las dos cosas —respondió Pelagio dejándolo solo.

Miramón no tuvo tiempo para reflexionar en las nebulosas palabras del obispo. Su esposa, sus amigos y el resto de los invitados reclamaban su presencia: había que volver a palacio para el baile que les ofrecía el presidente. El Macabeo, poco a poco, se había dado cuenta de que él ya no sólo era un militar, un general que lo apostaba todo a su sable: la reunión en palacio donde abrió la posibilidad de entenderse con Francia y con España, los intereses de la iglesia y el apoyo de la gente y sus tropas lo estaban convirtiendo en un político, en alguien que podía darse el gusto y el lujo de soñar con la presidencia.

Durante la fiesta, Concha casi tuvo buena suerte: los jaraneros apenas tocaron un rato y los jarabes fueron sustituidos por danzas. Los varones pronto se formaron para bailar con la novia. Miguel —preocupado por las palabras del obispo— aprovechó la ocasión para hablar con Zuloaga y apagar los incendios que aún no comenzaban.

—Gracias, señor presidente; mil gracias por darnos un regalo que no merecemos.

—Al contrario mi general, usted merece esto y más.

—No señor, nada merezco: mi espada sólo está a su servicio y al de Dios.

—Lo sé, y sé también que usted y el general Osollo podrían tomar las riendas si yo faltara.

—Pero eso todavía está muy lejos.

—Dios lo oiga.

Cuando Zuloaga terminó su ruego, le mostró a Miramón que la fila estaba a punto de terminarse. Él debía cumplir sus deberes de esposo: Concha no podía sentarse hasta que terminara la tanda.

~

Miramón y Zuloaga no eran los únicos que hablaban de política. En uno de los corredores de palacio, Ramírez de Arellano, Fagoaga y el padre Miranda, también conversaban sobre el futuro sin mostrar del todo sus cartas.

—El problema no es que ustedes los hayan derrotado en más de una ocasión —decía el padre Miranda con impostada tranquilidad—, lo que me preocupa son los que no están dispuestos a aguantar, los que tienen miedo de que la guerra dure más que los dineros, los que están prestos a pactar con los herejes con tal de no perder la banda de general y hacer buenos negocios.

—¿Está pensando en Echegaray? —le preguntó Ramírez de Arellano.

—No necesariamente —respondió Miranda con ganas de atajar el nombre.

—No me lo tome a mal, padrecito —le dijo Fagoaga—, pero si nosotros a ratos lo miramos con ganas de buscar un arreglo con los liberales, usted, por las puras confesiones, debe saber mucho más.

—Pero esos, mi amigo, son asuntos entre Dios y los hombres. Lo bueno es que el general Miramón y ustedes siempre estarán dispuestos a salvar la causa.

—Tiene razón —le respondió Ramírez de Arellano tratando de mostrar lo que no se podía decir abiertamente: ellos, sin importar el nombre del presidente y la cuantía de los traidores, estaban dispuestos a llegar hasta las últimas consecuencias.

La habitación del Macabeo era sobria: muebles oscuros, un crucifijo sobre la cabecera de la cama y un aguamanil en uno de los rincones. Nada más, nada menos, sólo una prolongación de su tienda de campaña. Concha y Miguel sabían lo que les correspondía hacer: ella, con todo cuidado, comenzó a desdoblar ante su esposo la sábana santa que había confeccionado: la seda era delgada, casi transparente; casi a la mitad, tenía una abertura enmarcada por las orlas que le cubrirían el sexo.

Miguel, con prudencia, salió de la recámara pretextando cualquier cosa. Concha se desnudó con calma, se tendió en la cama, entreabrió las piernas y se cubrió con la sábana santa cuidando que el bordado quedara en el lugar preciso. Cuando estuvo lista, llamó a Miramón, el general la miró con ojos brillantes, se persignó, apagó los quinqués, se desnudó y se colocó sobre Concha diciendo "esto no es fornicio, es por hacer un siervo a tu servicio", la letanía continuó durante varios segundos hasta que se separó de Concha, le quitó la sábana con delicadeza y, sin pronunciar palabra, se amaron sin que nada se interpusiera entre sus cuerpos.

VI

El Macabeo no estuvo mucho tiempo fuera de casa, sólo se apartó de ella durante las primeras horas de la mañana: tenía que ir a misa y estaba obligado a despachar los asuntos más importantes del cuartel, pues durante los primeros días de su matrimonio Fagoaga y Ramírez de Arellano se encargarían del papeleo cotidiano.

No quería estar lejos de Concha: la deseaba, estaba dispuesto a pecar por amarla más que a Dios. Él, sin asomo de soberbia, casi estaba convencido de que podía faltar al primer mandamiento, que pedía amar a Dios sobre todas las cosas: había entregado su vida a la causa de la fe y su esposa sabía que su muerte quizás ocurriría al mando de los soldados de Cristo. Así, cuando él entró al templo antes de tomar rumbo para su cuartel, musitó unas cuantas palabras en las que apenas había una señal de arrepentimiento: "Señor mío, sé que podrás perdonarme este pecado", dijo mientras se santiguaba.

Las horas en el cuartel pasaron rápido: sólo atendió un par de asuntos que apenas sobrepasaban lo irrelevante y se enteró de la noticia que ya esperaba: Guadalajara había caído en poder de los liberales. Por fortuna, las muchas bromas y los sobrados parabienes de Fagoaga y Ramírez de Arellano aligeraron su estancia. Sin embargo, antes de partir, uno de ellos le hizo una pregunta difícil:

—Miguel, se está acabando el dinero, ¿le pedimos más a Zuloaga?

—No, está igual o peor que nosotros.

—¿Entonces? —volvió a preguntar Ramírez de Arellano.

—Dios proveerá.

—Ojalá y no deje de hacer milagros: cuando se le acaben los reales sólo seguirá lo que no deseamos —le respondió Fagoaga con cierta preocupación.

∞

Cuando regresó a su hogar, El Macabeo se quitó la guerrera y con gusto la arrojó sobre uno de los sillones de la sala. De una de las bolsas interiores salió un pequeño retrato, una imagen apenas más grande que un guardapelo. Concepción lo tomó con curiosidad para observarlo detenidamente: era un joven bien plantado que tenía una corbata encarnada, un signo inequívoco de su liberalismo. Tras la imagen sólo había una brevísima dedicatoria: "Para mi hermano Miguel".

—¿Tienes otro hermano además de Joaquín y Bernardo? —le preguntó Concha con la certeza de haber descubierto a la oveja negra de los Miramón.

Miguel, abrazándola por la cintura, guardó silencio durante unos instantes.

—No, no es mi hermano de sangre; es Leandro Valle, el más amado de mis enemigos.

Miramón había comenzado a hablar y ahora debía terminar su historia: el retrato lo obligaba a recordar.

—Estuvimos juntos en el Colegio Militar y juntos nos batimos con los yanquis. Los dos fuimos heridos y terminamos encarcelados en el mismo hospital de sangre: su cama casi estaba junto a la mía. Por desgracia, tomamos diferentes caminos y, en una ocasión, él faltó a su palabra con tal de que yo conservara la vida.

—Deberías hablar con él, seguro que podrías hacerlo rectificar.

—No mi amor, eso es imposible: no sólo nos separan el rojo y el verde. Hoy, cuando estuve en el cuartel me enteré de lo que no me hubiera querido enterar.

Concha intuyó la gravedad de los acontecimientos. Se sentó y esperó a que Miguel le hablara.

—Guadalajara cayó en manos de los herejes, pero no te preocupes: eso es algo que todos esperábamos. Lo terrible fue lo que hicieron: a uno de nuestros coroneles lo ahorcaron en uno de los balcones del obispado, dicen que estuvo retorciéndose, tratando de zafarse del mecate que tenía amarrado al cuello. Por desgracia, su señora y su hijo se hincaron ante los asesinos para pedirles clemencia: ella sólo se ganó un culatazo en la cabeza y el chamaco una bayoneta en el vientre. Cuentan que el pobre infeliz que les gritó infames fue asesinado sin miramientos.

Concha intentó interrumpirlo para decirle que, en la guerra, las tragedias y los horrores son inevitables, que la muerte —en la peor de sus formas— siempre termina por alcanzar a los soldados y a quienes nada tienen que ver con los combates. Pero, antes de que ella pronunciara la primera palabra, Miguel le puso el dedo índice sobre los labios para pedirle silencio.

—Por favor, no me digas nada: desde antes de cumplir los veinte sé bien que muchos se mueren en la guerra... pero éste es un asunto de soldados, no de mujeres ni de niños; sé bien que cuando cae una ciudad comienza lo peor, pero también estoy seguro de que los vencedores se pueden portar como caballeros, como buenos católicos sin tomar venganza contra los que nada deben.

Miramón dio unos cuantos pasos, y mirando a la nada siguió hablando.

—Vamos contra ellos, eso no me preocupa... Dios está con nosotros y nos dará la fuerza para alcanzar la victoria. La desgracia es otra: Leandro está en Guadalajara, y si él cae prisionero tendré que ordenar su muerte.

Concha no supo qué decirle: sólo se levantó, se le acercó, le tomó las manos y se las besó.

Concepción tuvo un viaje de bodas que siguió la misma ruta que la campaña del Macabeo. Mientras la pareja y las tropas avanzaban por los territorios de Dios, las recepciones fueron espléndidas y los hechos de armas casi brillaron por su ausencia: apenas ocurrieron unas balaceras y un par de escaramuzas que estuvieron muy lejos de poner en riesgo a la esposa del general de los soldados de Cristo.

Es cierto, en aquellos días sólo destacaron los desfiles, los discursos, las comidas y los bailes donde las mujeres calzaban zapatos rojos para mostrar que pisaban el color de los liberales. A ellas no les importaba que algunas soldaderas, muchas chinas y todas mujeres de los herejes que estaban en el candelero usaran zapatos verdes para hacer lo mismo con el color de la fe. Las señoras decentes —lo mismo en San Juan del Río que en Querétaro, Guanajuato o San Luis Potosí— estaban convencidas de que las muertas de hambre y sus hombres terminarían siendo barridas por Miramón y sus soldados.

Finalizaba 1858 cuando la pareja llegó a San Luis Potosí. Ahí, la separación fue inevitable. El Macabeo debía partir rumbo a Tepatitlán para unirse a las fuerzas de Liceaga y Márquez. Guadalajara tenía que ser recuperada y la batalla sería cruenta. Él, con la certeza de que ninguno de los ejércitos tenía la más mínima intención de rendirse, no podía arriesgar a Concha, no podía permitir que cayera en manos de los enemigos y tuviera el mismo destino que las mujeres que fueron violentadas o que le pasara lo mismo que a la esposa del coronel que estuvo colgado del cuello hasta que los cuervos le comieron los ojos. Si a él le tocaba bailar con la huesuda, lo mejor era que Concha sólo recibiera su cuerpo y, como lo había prometido, vistiera de luto por el resto de sus días.

Después de que El Macabeo dejó la ciudad, Concha escribió unas cuantas líneas en una carta que nunca tuvo destinatario: "mi corazón siempre ha sido un oráculo que me ha dicho lo que tengo que sufrir".

∞

A comienzos de diciembre, Miramón y sus tropas llegaron a Tepatitlán. Cerca, muy cerca, los esperaban las tropas de Santos Degollado, el general que gracias a la leva creaba ejércitos de la nada, la mayoría de sus soldados sólo eran carne de cañón, muertos que daban los últimos pasos antes de enfrentarse a su destino en una batalla sin tregua ni cuartel.

Los soldados de Cristo, disciplinados y curtidos en la guerra, no tardaron en prepararse para el combate. Sin embargo, antes de encaminarse al campo de batalla, El Macabeo, montado en su caballo, le habló a sus hombres.

—Compañeros de armas, al fin estoy al lado de los más valientes veteranos a quienes saludo con júbilo. La patria nos exige un nuevo sacrificio: tenemos que combatir en nombre de la más noble y santa de las causas; por eso estoy aquí, dispuesto a acompañarlos en los peligros y a participar en las glorias que nos esperan. La victoria coronará nuestros esfuerzos: sólo les recuerdo que tenemos que vengar la muerte de nuestros hermanos que fueron vilmente asesinados en Guadalajara. Nuestros enemigos se comportaron como criminales y nosotros haremos justicia.

Los soldados apenas tuvieron tiempo para lanzar unos cuantos vivas, el combate los reclamaba y comenzaron a avanzar con la certeza de la victoria: Dios estaba con ellos y los enemigos aún no sabían lo que era la guerra.

Las batallas comenzaron unos cuantos días más tarde: en las barrancas de Beltrán, El Macabeo derrotó a las tropas de Santos Degollado. En un par de horas, los soldados de Cristo dejaron el campo cubierto de cadáveres y capturaron la artillería y el parque de sus enemigos. Aunque la victoria fue absoluta, él se negó la posibilidad de tomar venganza: la mayoría de los quinientos hombres que aprehendieron se sumaron a sus tropas, algunos lo hicieron por convencimiento y otros para estar en el bando que podía triunfar.

∞

Miramón, montado en su caballo, miraba el campo de la muerte. Antes de que llegaran los zopilotes, los prisioneros y los recién sumados a su ejército tenían que enterrar o quemar a los muertos. Poco a poco, los carros que destinó a las siniestras maniobras comenzaron a llenarse de cadáveres.

—¿Todos están muertos? —preguntó El Macabeo a sus oficiales.

—La mayoría —respondió Fagoaga mientras intentaba limpiarse el rostro ennegrecido con su pañuelo.

—Dios quiera que los que están vivos entreguen pronto su alma —intervino Ramírez de Arellano.

—¿Lo vieron? —inquirió Miramón con ganas de una respuesta negativa.

—No, no estaba entre los muertos.

El Macabeo, en silencio, hizo avanzar a su caballo para estar un momento a solas. Tenía que agradecerle a Dios algo más que la victoria: Leandro Valle no estaba entre los muertos y tampoco tendría que cumplir con la más siniestra de sus obligaciones.

∞

Juárez, poco antes de que los conservadores avanzaran contra Guadalajara, huyó con sus seguidores más cercanos: se trepó a un barco en Manzanillo para llegar a Veracruz, el único lugar donde podía sentirse seguro. Ahí, en el puerto, él podría cobrar impuestos y recibir armas de sus aliados.

VII

La toma de Guadalajara no era la única preocupación del Macabeo y sus oficiales. Desde mediados del mes, los hombres de Echegaray se apersonaron con Fagoaga y Ramírez de Arellano para tantear el terreno: el trato directo con Miramón aún era imposible. El riesgo de su lealtad a Zuloaga era demasiado grande para asumirlo de manera directa.

—Si el general Miramón está de nuestro lado, la guerra podría terminarse en lo que se los estoy contando —dijo un coronel mientras se servía un pequeño vaso de aguardiente. Por el cuello de la botella escurrió una gota que sólo podía mirarse por el reflejo de la luz de las velas que apenas iluminaban las habitación.

—Pero mi amigo, esa historia ya está muy vista: nada más acuérdese de lo que le pasó a Comonfort por andar queriendo juntar agua y aceite —le respondió Fagoaga para marcar distancia con la propuesta que les hacían.

Él, aunque quisiera, no podía tomar una decisión sobre el asunto: la última palabra sólo podía pronunciarla El Macabeo.

—No es lo mismo: Comonfort era un blandengue y Miramón...

—Es un hombre que se toma el tiempo necesario antes de pronunciarse sobre un asunto tan delicado —interrumpió Ramírez de Arellano.

—Pues ojalá y decida antes de que se acabe el año.

—Pero no se ponga arisco, brindemos y démosle tiempo al tiempo —dijo Fagoaga para evitar los conflictos.

La discusión terminó después de un par de tragos, pero esto no implicaba que El Macabeo no conociera las propuestas de Echegaray: la paz que ofrecían era endeble, aunque él podía robustecerla con su sable; sin embargo, Miramón no quería sumarse a los que estaban dispuestos a pactar con los liberales: la traición era mucho más vergonzosa que el fin de la guerra.

∞

—Entiéndanme —les dijo Miramón a Fagoaga y Ramírez de Arellano—, mientras estemos ganando no tenemos ninguna razón para pactar con los enemigos. Todavía podemos causarles más daños y luego, si la derrota se atrasa...

—Nos carga la chingada —interrumpió Fagoaga.

—No, si la derrota se retrasa ellos no exigirán gran cosa a cambio de la paz.

—¿Y los yanquis? —preguntó Ramírez de Arellano con ganas de presionar a Miramón.

—Aún no se deciden del todo: coquetean con los liberales y a nosotros medio nos hacen la corte. Ellos, al igual que nosotros, están esperando.

—Pues ojalá y no esperemos de más —dijo Ramírez de Arellano antes de abandonar la habitación.

Miramón sabía que su amigo tenía cierta razón: los yanquis podían cambiar el curso de la guerra y los dineros de la iglesia se estaban terminando. Cada día que pasaba, era más difícil rayar a los hombres y comprar los pertrechos: la única esperanza era que, allá, del otro lado del mar, los europeos se decidieran a ayudarlos. "Ellos no estarán seguros hasta que los yanquis se estén sosiegos", pensó El Macabeo antes de pedirle a Fagoaga que lo dejara solo para poder escribirle a Concha sin que nadie comentara en voz alta sus palabras.

∞

La discusión de aquella noche no tuvo punto final. Unos cuantos días más tarde, el general Echegaray se levantó en armas en contra de Zuloaga para exigir un arreglo entre los soldados de Cristo y los liberales gracias a una constitución moderada.

—Es un hecho, mi hermano, es un hecho —decía Fagoaga con ganas de poner en claro la discusión—. Nosotros somos los únicos que podemos definir el rumbo: una palabra tuya basta y sobra para que pactemos la paz o sigamos en guerra.

—A Zuloaga ya se le salió todo de las manos, ¿quién te dice que en estos momentos sólo gobierna en su despacho? —terció Ramírez de Arellano para precipitar la decisión del Macabeo.

Miramón sólo los escuchaba y se conformaba con mirar la tenue luz del quinqué que los alumbraba en las afueras de su tienda de campaña. Hacía frío, cada una de las palabras de sus oficiales se enfatizaba por el vaho que se condensaba. A ratos, El Macabeo deseaba que Osollo estuviera con ellos. Pero eso ya era imposible: el rubio general había muerto de tifoidea.

—No podemos decidir nada en caliente —les dijo Miramón—. El problema es espinoso: Echegaray es un mala madre y los liberales son unos traicioneros.

—Pero, tú… —intervino Ramírez de Arellano.

—Yo tengo que tomar las cosas con cierta calma: acuérdate, el obispo Pelagio me dijo que la iglesia no sólo me quería por lo que hago, y Zuloaga también me dijo que si él faltaba yo podría sustituirlo. El asunto no es si nos sumamos o no, el problema es si les entregamos o no el país.

—Escríbele al obispo, o al padre Miranda, ellos sí saben cómo están las cosas.

—No creo que sea una buena idea: imagínate que la carta cae en manos de los liberales, que los hombres de Echegaray capturan al correo o que por una metida de pata llega a Palacio Nacional. No mi hermano, se me hace que tú tendrás que encontrarte con ellos.

Ramírez de Arellano aceptó la encomienda. Fagoaga, antes de que partiera, sólo le dijo que se perdería el desfile y el baile de la victoria. "Ni modo, pero la otra victoria es más importante", le respondió al abandonar el campamento apenas escoltado por un puñado de soldados de su confianza.

∞

El último día del año, El Macabeo y sus tropas entraron a Guadalajara. Ahora, para consumar la victoria sólo quedaban dos asuntos pendientes: la toma de Veracruz y el general Echegaray.

VIII

No, general Miramón, el problema no es si usted le es fiel o no a Zuloaga —dijo el padre Miranda—, el problema es que Echegaray terminará por hundirnos a todos.

Las personas que estaban reunidas en la sacristía no podían poner en duda las afirmaciones del ensotanado. Mientras Miranda analizaba la situación, Fagoaga, Ramírez de Arellano y Tomás Mejía sólo asentían a sus palabras: ellos no sólo compartían sus ideas, también estaban dispuestos a llevarlas hasta sus últimas consecuencias. Ellos estaban convencidos de que la hora del Macabeo había llegado: no en vano, desde el encuentro de Miranda y Ramírez de Arellano, el sacerdote apostó a favor de la presidencia de Miramón.

—Echegaray ya soltó al tigre —continuó Miranda—, si lo duda, vea lo que está pasando en la Ciudad de México: la guarnición se levantó en armas, reformó el plan de Echegaray y Zuloaga terminó escondiéndose en la embajada inglesa con tal de que no lo fusilaran. Con el conque de promulgar una constitución moderada, los alzados y los futuros traidores están dispuestos a pactar con los liberales. En estos momentos, sólo usted puede frenar la desgracia y conducir a nuestras tropas a la victoria. Por favor, general Mejía, vuélvale a leer a Miguel la carta de Zuloaga.

Don Tomás leyó enfatizando cada una de las ideas del documento. Miramón sólo miraba el crucifijo que colgaba de una de las paredes de la habitación: la cruz era de madera negra, tenía incrustaciones de nácar; el hijo de Dios estaba ensangrentado. Mejía seguía leyendo. El Macabeo tocó las heridas de los pies del crucificado tratando de encontrar un respuesta para un documento que conocía perfectamente.

—No podemos dudar de las palabras de Zuloaga —dijo el padre Miranda con ganas de volver a la carga—, cuando él le dice: "yo le suplico que acepte la presidencia y venga a salvar a México" lo exime de cualquier traición: él sabe que está perdido y que sólo usted puede salvar la causa.

—Estoy de acuerdo, pero no puedo convertirme en presidente por un cuartelazo.

—Está bien, no asuma la presidencia, pero avance hacia la capital.

El Macabeo aceptó sin reticencias.

Sin embargo, antes de que la reunión se diera por terminada, él insistió en dictar una carta a Zuloaga ante todos los asistentes:

Me es sensible no aceptar los deseos de vuestra excelencia, pero ante los intereses de la patria estoy decidido a sacrificar mis principios y mis consideraciones personales. Creo que México dará un gran paso en su engrandecimiento el día en que no sean los pronunciamientos y la defecciones los medios de cambiar su gobierno, y el día que el ejército tenga como máxima invariable que la lealtad es la primera virtud del soldado.

∽

—Siempre me sorprende, mi general —dijo el padre Miranda mientras se alistaba para la partida—. Usted nunca es fácil de comprender.

—No padre, el asunto es muy sencillo: necesitamos encontrar el modo de hacer las cosas como manda la ley. Usted estará de acuerdo conmigo en que no podemos terminar con los cuartelazos dando un cuartelazo.

—Ya lo encontraremos. No olvide lo que le dijo el obispo Pelagio el día de su boda.

—Nunca lo olvido, pero no puedo hacer lo mismo que mis enemigos.

—Y su esposa, ¿qué piensa sobre esto?

La pregunta, ingenua en apariencia, sobresaltó al Macabeo. No era descabellado pensar que el padre Miranda sabía que Concha no quería que asumiera la presidencia: ella estaba convencida de que ese paso sí podría ser fatal. Mientras los generales tienen la posibilidad de entregar su espada, ser tratados como caballeros y en el peor de los casos morir de cara al pelotón; los fugaces presidentes sólo pueden terminar de espaldas al paredón a causa de las traiciones reales y supuestas. Según ella, la guerra había cancelado las posibilidades que sí tuvieron Santa Anna y Comonfort: largarse del país luego de la derrota o el golpe de Estado ya era imposible. "Te puedo enterrar como soldado, desde el día en que nos comprometimos acepté esta posibilidad, pero no puedo —y tampoco quiero— llevarte al cementerio como un político caído en desgracia", le había dicho Concha cuando se enteró de la posibilidad de que El Macabeo llegara a la presidencia.

—Concha sólo está preocupada, y nada más.

—Es comprensible, pero... ¿no debería hablar con ella para explicarle la situación?

—¿Quién debe hablar con ella? ¿usted o yo?

—No lo sé, eso es algo que usted tiene que decidir. No olvide que así como Cristo es la cabeza de la iglesia, la cabeza de un matrimonio decente es el marido.

Miramón no quiso seguir adelante y abandonó la habitación después de decirle al padre Miranda que debía pasar revista a la tropa antes de partir.

∽

El padre Miranda no era el único que deseaba que Miramón ocupara la presidencia. Cuando El Macabeo llegó a la Ciudad de México, la mayoría de los capitalinos estaban firmemente convencidos de que él sería el nuevo mandamás. Sus cuñadas Guadalupe y Mercedes —aliadas a Naborita— no cabían de felicidad por los rumores y las afirmaciones. Por ello, a cada una de las insinuaciones de sus amigos recuperados ellas respondían con un sí absoluto.

—El general Miramón —decían— está dispuesto a salvar al país y hacer todos los sacrificios que sean necesarios por nuestro bien.

Concha, cada vez que las escuchaba decir barbaridades, atajaba sus palabras de una manera casi diplomática: "Mi esposo está dispuesto a todos los sacrificios, incluso a no ser presidente". Sin embargo, cuando las visitas partían, ella la emprendía contra sus hermanas y su cuñada.

—"Nuestro bien"... ¿qué quieren decir con esto? —les cuestionaba con voz firme.

—Nada, pues el bien de todos.

—Pues no te hagas la imbécil: "nuestro bien" sólo se oye como si dijeras "mi bien y el de mi hermana".

—Pero Miguel...

—Miguel mis narices, él no puede ser un ratero como todos los que han pasado por palacio, él tampoco puede ser un político: su decencia se lo impide.

◌

De nada sirvió que Miguel, después de entrevistarse con Zuloaga en la embajada inglesa, le hubiera dicho a su esposa: "Ya estarás contenta, pues en unos días vuelvo a sentarlo en la silla de palacio". El primero de febrero de 1859, Zuloaga pidió licencia y, luego de varias cabriolas jurídicas, nombró a Miramón presidente sustituto.

La ceremonia fue breve: apenas se pronunciaron algunos discursos para cumplir con el expediente. Concha, la gran ausente, estaba desconsolada: antes de que El Macabeo se fuera a Palacio Nacional a protestar por su nuevo cargo, ella —por primera vez en su matrimonio— protagonizó una trágica escena.

—Me mentiste, el único que está contento eres tú.

—No Concha, no estoy contento... pero tampoco podía echarme para atrás. Si yo no aceptaba, en lo que te lo estoy contando, los liberales y Echegaray se apoderarían del país y eso, mi amor, no puedo permitirlo.

—Pero sí puedes permitir que yo me quede viuda y tu hijo se quede huérfano.

—¿Por qué no me lo dijiste antes?

—Y a qué hora quieres que te lo diga...

—Mi amor, date cuenta, Dios nos ha bendecido y estoy seguro de que no quiere que nuestro hijo se quede sin padre.

Concha no quiso escuchar más, se encaminó hacia la entrada de la casa y esperó a que su esposo se despidiera.

—Que Dios nos bendiga —dijo El Macabeo.

—Y nos salve de lo peor.

∞

Aunque los soldados de la capital abandonaron sus intentos de cuartelazo y la mayoría de los hombres de Echegaray se sumaron a Miramón, al nuevo presidente no le faltaban problemas: Zuloaga no tardó mucho tiempo en lamerse las heridas y pronto quiso volver a mandar; aún no había gabinete, los hombres del ex presidente continuaban al frente de los ministerios; los liberales seguían en Veracruz y, para colmo de las desgracias, ya se estaban apalabrando con los yanquis.

Así, mientras Miramón se acomodaba en su oficina de Palacio Nacional, el padre Miranda y el obispo Pelagio le solicitaron audiencia. No había razón para hacerlos esperar: ellos eran sus aliados, los hombres que le permitirían triunfar en la guerra.

—¿Qué le parece? Ahora, además de la espada, me corresponde la pluma.

—Es lo natural, hijo mío —respondió el obispo Pelagio—; sin embargo, en estos momentos, el sable va por delante.

—No lo sé, además de los fusiles, tenemos que atender algunos asuntos que pueden volverse graves: sin dinero no hay pertrechos y los enemigos ya están negociando con los yanquis.

—Hijo mío, no te preocupes por lo que no vale la pena. Nosotros todavía podemos hacer un esfuerzo más y, si no alcanza, ya estamos a punto de conseguir la ayuda que nos solicitaron: el general Juan Nepomuceno Almonte está en tratos con los franceses y los españoles, también hay un banquero dispuesto a emitir bonos a favor de tu gobierno.

—¿Lo conozco?

—No, no lo conoces, el señor Jecker está listo para venir a verte en cuanto lo ordenes. Aunque, en este momento, lo más importante es Veracruz.

—Es cierto, pero todavía hay un pendiente: ¿quién se va a quedar al frente mientras estoy fuera?

—Tú decídelo —le dijo el padre Miranda.

—No es tan fácil, los hombres de mi confianza saben de guerra, pero nada conocen del gobierno. ¿Se imagina al buen Fagoaga al frente de la diplomacia? Todos nos declararían la guerra en un santiamén. Cómo estará la cosa que a ratos pienso que sólo existe la posibilidad de mantener el mismo gabinete que Zuloaga...

—¿Y cuál es el problema? Ellos conocen el teje y maneje desde los tiempos de don Lucas Alamán.

—Ése no es el problema, el problema es Zuloaga: no falta mucho tiempo para que le den ganas de regresar y, con tal de sentarse en esta silla, es capaz de cualquier locura.

—Casi todos harían locuras con tal de sentarse ahí, mi querido general —le dijo el obispo Pelagio.

—Pues no puedo permitir más locuras: Zuloaga, por fortuna, no tiene apoyo en el ejército y ustedes, por lo que puedo ver, supongo que tampoco le pondrían el hombro —dijo Miramón aprovechando la frase que Pelagio había pronunciado el día de su boda.

—¿Y los notables? —preguntó el padre Miranda.

—Perdón que se lo diga de esta manera: son unos notables pendejos que tampoco tienen apoyo del ejército y, conforme pasa el tiempo, se van volviendo notoriamente pobres; ya ve usted lo que le pasó al conde de la Cortina, murió rodeado por los escasos vestigios de su riqueza. Vamos, no queda de otra, los ministros de Zuloaga permanecen en sus puestos y yo me quedo al frente de la presidencia y el ejército. La balanza nos favorece.

—Ésa es una buena opción, ya habrá tiempo para que hagas los cambios. Pero dejemos estos asuntos: la vida es mucho más amplia que las intrigas palaciegas —dijo el obispo Pelagio—. ¿Está contenta tu esposa?

—Regular, señor obispo; aún tiene que acostumbrarse al cambio. Ella se casó con un soldado y terminó matrimoniada con alguien metido a la política.

Miramón no quiso contarle a los clérigos lo que en verdad ocurría: Concha estaba dolida, temerosa de lo peor. Ella estaba dispuesta a llevar el luto por un soldado, pero no sabría si podría portarlo por un político.

—No te preocupes, hijo mío, ya entenderá que su sacrificio le será recompensado por Dios y por la patria —dijo el obispo antes de despedirse.

IX

El Macabeo no alcanzó a acomodarse en la silla presidencial: no se había completado un mes desde el día en que asumió el cargo, cuando partió a Veracruz al frente de sus tropas. El deseo de permanecer con Concha, la confianza aún no ganada por los miembros de su gabinete y la amenaza de las negociaciones entre los liberales y los yanquis era buenas razones para permanecer en la capital. Sin embargo, tuvo que partir: si tomaba Veracruz y atrapaba a Juárez, todos los problemas se resolverían con un solo golpe. Al principio, la campaña fue favorable: las batallas sólo concluyeron con victorias e indecisiones. Pero la mala suerte pronto comenzó a rondarlo: la desgracia estaba agazapada en la selva y sus aguas.

Poco a poco, el mal comenzó a apoderarse de sus soldados. Al principio, nadie se preocupó por las diarreas, a ninguno de sus oficiales le sorprendió que algunos cagaran hasta quedarse tirados: las malas aguas y los calores siempre le cobraban su precio a unos cuantos hombres que sólo le ahorraban tiros al enemigo. Sin embargo, antes de que se terminara la semana, los enfermos comenzaron a vomitar, unos más se pusieron amarillos y todos deliraban por las fiebres intermitentes. La epidemia había comenzado.

La muerte rondaba el campamento de los soldados de Cristo: en las tiendas y bajo la sombra de los árboles, los enfermos estaban postrados, vencidos por la enfermedad antes que por los fusiles. El médico —por más que se esforzara— no podía atenderlos. Y en caso de que lo lograra, de muy poco servirían sus afanes: las escasas medicinas nada podían contra el mal: los remedios mejor preparados no detenían la diarrea ni paraban los vómitos. Lo mejor, según le dijo a Fagoaga, era que el sacerdote los ayudara a bien morir, pues ellos ya estaban en manos de Dios. El oficial, hasta donde le fue posible, evitó que el cura comenzara a dar el viático a los enfermos; si la moral ya estaba por los suelos, el exceso de hostias terminaría por enterrarla antes que los sepultureros dieran cuenta de los cadáveres.

Los miasmas y los negrísimos vómitos se adueñaron del campamento: sólo los olfatos más curtidos resistían sus embates. Miramón, acompañado por sus oficiales y el matasanos de la tropa, caminaba entre los apestados y las fogatas que humeaban por falta de combustible. Aunque el sol estaba opaco, el calor era terrible, brutal, amenazante como el agua y el verde de la selva.

—Es vómito negro —dijo el médico con preocupación.

—Y, ¿qué podemos esperar? —le preguntó Ramírez de Arellano con ganas de que el matasanos no dijera lo que todos esperaban: que desde siempre, las selvas que rodeaban a Veracruz habían sido causantes de muerte. No en vano, los viajeros que llegaban al puerto siempre trataban de huir de él a la mayor velocidad posible: sólo las alturas de Xapala eran capaces de frenar los males que se anidaban en el calor y la podredumbre.

—Lo peor, sólo lo peor. En menos de una quincena, si seguimos aquí, todos estaremos enfermos o muertos.

Los oficiales se detuvieron frente a una de las tiendas de campaña. Adentro, tirado en el piso estaba un soldado de caballería. Las arcadas torcían su cuerpo y sólo se terminaron cuando de su boca salió la negra melena que anunciaba su muerte. Miramón observó el vómito con detenimiento: poco líquido y muchas morusas negras parecidas a los asientos de las cafeteras.

—Es sangre —le dijo el doctor mientras con un movimiento lo conminaba a seguir avanzando.

—Aquí namás nos queda de una: dejar a los enfermos y atacar Veracruz —dijo Fagoaga.

—No mi hermano —intervino El Macabeo—, no podemos abandonarlos: el mal y los liberales los matarían en un santiamén y nosotros, con las fuerzas menguadas, poco o nada podríamos hacer en batalla. Ni modo, nos tocó la de malas.

—¿Y Veracruz? —preguntó Ramírez de Arellano.

—Quedará para una mejor ocasión. Lo mejor es regresar.

Las tropas se retiraron: valía más regresar a la capital con sobrevivientes que perder a todos los soldados en el infierno verde.

A cada paso, uno de los soldados de Cristo se quedaba en el camino: las muchas fiebres, los vómitos incontrolables o la muerte les impedían continuar la marcha.

—Se me hace que esto es un presagio —dijo Fagoaga mientras cabalgaba junto a Miramón.

—¿De qué?

—De que Dios nos ha abandonado: véte tú a saber si es por soberbia o por otro pecado. Mira lo que está pasando, la gente se muere como si fueran moscas, los liberales avanzan hacia la capital, cada día tenemos menos armas.

—No mi hermano, Dios nunca nos abandonará, sólo nos pone a prueba antes de regalarnos un milagro.

Al cabo de unos días, El Macabeo tuvo que tomar una decisión difícil: dividió a sus tropas, al frente de los sanos, él marcharía a la capital para enfrentar a los herejes; mientras que algunos de sus oficiales, lentos por los enfermos, lo seguirían mientras rogaban por sus vidas y el milagro de la victoria.

∞

El milagro no tardó mucho en llegar: Leonardo Márquez enfrentó a los liberales en Tacubaya y los venció sin grandes problemas. Los ejércitos de leva nada pudieron en contra de los soldados profesionales. Antes de que terminara la batalla, El Macabeo llegó al campo de combate: Dios seguía con ellos y los viejos pendones —negros y con una cruz encarnada en el centro— volvieron a ondear a pesar de la desgracia de Veracruz.

Márquez, al terminar la batalla, ordenó el fusilamiento de quienes se sumaron a las fuerzas de sus enemigos: los estudiantes y los médicos fueron pasados por las armas sin la menor compasión. La guerra, a estas alturas, ya sólo se regía por la ley de Talión: si ellos mataban niños, los soldados de Cristo mataban jóvenes; si ellos asesinaban a los curas, los macabeos mataban a los abogados; y si ellos violaban, los guerreros de Dios también podían hacerlo.

X

La victoria de Tacubaya hizo olvidar el fracaso de la campaña de Veracruz. La gente estaba convencida de que los soldados de Dios derrotarían a los herejes y el país recuperaría el camino gracias a Miramón. Sin embargo, el futuro estaba nublado: aunque en las calles, los cafés y las cantinas los parroquianos insistían en la victoria, en Palacio Nacional la situación era distinta.

—Para ganar la guerra no basta con tener valor y estar dispuesto a jugarse la vida. Para mi y para mis soldados eso es un asunto de todos los días. No, señor obispo, entre mis hombres nadie flaquea, al contrario. No se le olvide que allá, cuando todos se estaban muriendo de vómitos y fiebres, más de uno estaba dispuesto a lanzarse contra Veracruz.

—Entonces…

—Simple, señor obispo, muy simple: necesitamos dinero, sin plata no hay fusiles.

—Nosotros ya no podemos seguir adelante, las arcas están vacías. ¿Por qué no impone un préstamo de guerra a los extranjeros?

—Eso sería una locura, una idiotez. Imagínese usted si voy con los yanquis y les pido dinero, lo único que ganaría es que ellos se apresuraran a apoyar a los liberales en nuestra contra; claro, si voy con los ingleses, con los franceses o los españoles sólo le echaría mocos al atole de las negociaciones. ¿Y si ustedes le piden dinero al Vaticano? No se preocupe por el pago, se lo garantizo con la fe de los mexicanos.

—Eso es imposible, su santidad no puede comprometerse de manera abierta.

—¿Prefiere que perdamos el país?

—No, hijo mío, su santidad sabe que no podemos perder México. Aquí está la frontera que detiene a los protestantes, pero también es verdad que él, si nos apoya de manera abierta, sólo provocaría a los yanquis.

—Y luego, ¿qué hacemos?

—Esperar, hijo, esperar. El general Almonte está a punto de cerrar el trato con Francia y España, y el señor Jecker está listo para ayudarnos.

Miramón nada dijo tras las palabras del obispo Pelagio. Ambos, durante larguísimos minutos, esperaron a que amainara el conflicto. Los dos tenían que serenarse, estaban obligados a recuperar la calma: el país no podía terminar en el bacín a causa de un enfrentamiento sin sentido. Pelagio, después de suspirar con resignación, retomó la conversación tratando de alejar los nubarrones.

—Y su esposa, ¿cómo va todo?, ¿para cuándo nace el primogénito?

—Ya estamos en días, pero, usted ¿cómo sabe que será varón?

—Dios lo premiará con un hombrecito, luego vendrán las niñas. ¿Ya saben como le van a poner?

—Miguel, si es niño; Concha, si es mujercita.

—Otro arcángel, otra espada para Dios.

—Tiene razón, pero antes de que él tenga la suya, mis hombres deberían tener las que necesitan.

—Dios proveerá.

—Pues, ojalá y sea pronto.

Miguel, hasta donde le fue posible, nada le dijo a Concha sobre los problemas de la guerra. Ella, el día del combate en Tacubaya, se había subido al campanario de una de las torres de catedral para observar con un telescopio el desarrollo de la batalla. Ella, según le contó al Macabeo el padre Miranda, lloró de emoción cuando él llegó a los llanos con sus tropas. Sin embargo, el clérigo no sabía que Concepción no lloraba por felicidad ni por entusiasmo, cada una de sus lágrimas se alimentaba del miedo, de la posibilidad de que la viudez la alcanzara antes del parto.

Lo único que animaba a Concha eran el inminente nacimiento de su hijo y la mudanza a Chapultepec: ella viviría en el castillo y, aunque de todo corazón seguía censurando a sus hermanas por sus ansias de figurar, no tardó mucho tiempo en convencerse de que las fiestas que se darían en su nueva residencia en nada recordarían a la miserable comilona con la cual se celebró el triunfo de Zuloaga.

La plácida ignorancia de la situación económica y la certeza de la victoria de los soldados de Cristo poco a poco calmaron sus angustias. Así, mientras ordenaba el arreglo de las habitaciones y mandaba restaurar la capilla para el inminente bautizo, ella terminó por convencerse de que Miguel derrotaría a los enemigos y que pronto dejaría de ser "el sustituto": El Macabeo, con toda seguridad, se mantendría en el cargo gracias a las urnas y al congreso que daría un nuevo rumbo al país: la derrota del Indio no tardaría mucho, México volvería a la normalidad en unos cuantos meses y en el congreso, por fin, estarían los hombres que debían estar.

Ser la presidenta no era muy difícil, ser la esposa del Macabeo también era sencillo: todos la alababan, le daban la razón y, por lo menos en apariencia, se preocupaban por cumplir sus deseos que, a ratos, comenzaban a transformarse en caprichos. Ninguna persona en los territorios de Dios estaba dispuesta a contradecirla, eso sólo podría ocurrir en las tierras que controlaban los herejes: el sueño de su padre se había cumplido y ella, aunque irremediablemente tuvo que olvidarse del apellido Lombardo, recuperó lo perdido y llegó mucho más lejos de lo que todos pensaron.

Sin embargo, la noche en que Miramón y Concha recibieron al gabinete, a los ministros extranjeros y a la jerarquía eclesiástica en el castillo, Guadalupe no tuvo ningún empacho en recordarle el pasado.

—Se te hizo Concha, aquél día en palacio hablaste como profeta: la vajilla está completa y los jaraneros están en la pulquería.

Concha, molesta, le respondió terminante.

—Tú no sabes nada de política.

✆

Miguel también cambió con el paso de los meses: el hombre de armas no tardó mucho tiempo en convertirse en alguien capaz de anticipar los movimientos de sus enemigos políticos, alguien que podía pactar alianzas del otro lado del océano con tal de obtener la victoria, una persona que sin grandes problemas comenzó a negociar los préstamos internacionales sabiendo que su gobierno pronto sería reconocido por algunas naciones europeas.

El sable y la pluma, conforme pasaron los días, se unieron con perfección: Zuloaga, al frente de unos cuantos soldados, fue enviado al frente para que combatiera a los liberales como guerrillero; los hombres del gabinete reconocieron la autoridad de Miramón y trabajaron sin caer en la tentación de las conspiraciones, y la iglesia —a pesar de la falta de recursos— hacía cuanto estaba a su alcance para apoyarlo: aunque los dineros llegaban a cuenta gotas, aún era posible mantener la guerra hasta que llegaran los préstamos del extranjero.

⚭

El obispo, con una concha dorada, mojó la cabeza del hijo del Macabeo. Todos los asistentes a la misa renunciaron a Satanás, aceptaron conducir al recién nacido por el camino de la única fe verdadera y, sobre todo, asumieron hasta las últimas consecuencias la necesidad de ganar la guerra. Cuando el sacerdote pronunció las palabras "por el triunfo de nuestros soldados", todos respondieron: "te rogamos Señor".

Al terminar la ceremonia, Ramírez de Arellano se acercó al lugar donde se encontraban sus amigos. Miramón, Fagoaga y el padre Miranda conversaban sobre la guerra y la política.

—Ellos, mi hermano, ya tienen resuelto su problema: el enviado de Juárez es capaz de entregarle a los yanquis todas las tierras que quieran a cambio del reconocimiento y los dólares —dijo Fagoaga.

—No hay problema —respondió El Macabeo—, estamos a punto de ser reconocidos por Francia y España. Los yanquis, por mucho que estén de acuerdo con los liberales, no están dispuestos a una guerra con Europa.

—A lo mejor ni siquiera alcanzan a ponerse de acuerdo —intervino Ramírez de Arellano.

El padre Miranda, extrañado por las palabras del soldado, sólo alcanzó a preguntarle si algo había ocurrido.

—Sí —respondió Ramírez de Arellano—, el general Degollado quiere entrevistarse con Miguel.

—¿Se rinde? —preguntó Fagoaga.

—No, quiere pactar la paz.

Santos Degollado, el excelente espadachín y mejor jinete que comandaba las tropas de los liberales quería terminar la guerra a como diera lugar: las demasiadas muertes, la quiebra del país y las presiones de los yanquis y los ingleses lo obligaban a buscar una solución al conflicto.

∞

La reunión con Santos Degollado fue prácticamente secreta: el general liberal, el embajador estadounidense Robert McLane y El Macabeo se encontraron antes de que los ejércitos se enfrentaran en La Calera. El lugar era tan pobre como los hombres que estaban a punto de entrar en combate: una casucha de adobe en la que sólo había una mesa de palo y unas cuantas sillas.

—Usted y yo, mi general —comenzó Santos Degollado—, sabemos que la guerra tiene que terminar. Ahorrémonos el recuento de las vidas que se han perdido, de la pobreza que a todos nos muerde, de los ruegos de los mexicanos que ya no quieren batallas ni levas. Sé bien que usted y yo estamos de acuerdo.

—En principio lo estamos —respondió Miramón—. Sin embargo, por más que usted y yo lo queramos, allá, afuera, están nuestros hombres dispuestos a matarse por cosas que no podemos negociar.

—Tiene razón, ni ustedes ni nosotros estamos dispuestos a empequeñecer nuestros orgullos para sentarnos a dialogar, por esto le propongo que la paz se acuerde ante los ministros extranjeros, por eso nos acompaña mister McLane.

—Por favor, general, creo que no podemos entregarles nuestras armas a quienes no tienen vela en el asunto: la guerra entre los mexicanos es un asunto de los mexicanos.

—No señor, de lo que se trata es de que ellos garanticen que el poder le sea entregado a un nuevo congreso que nombrará un presidente interino y publicará leyes que nos convenzan a todos.

—Lo que dice se oye muy bien y parecería indiscutible, pero, permítame hacerle una pregunta: ¿qué va a pasar si la mitad de los diputados son suyos y la mitad nuestros? Es más, permítame proponerle una respuesta: nada, no pasaría nada, pues ellos se trenzarían en discusiones interminables y la guerra, de nueva cuenta, comenzaría en el congreso.

—Pero las leyes que proponemos no son muy distintas de lo que ustedes quieren: libertad de cultos, supremacía del poder civil y nacionalización de los bienes del clero.

—Mi general, justamente eso es lo inaceptable. El señor McLane estará de acuerdo conmigo en que la libertad de cultos sólo favorece a su país: la defensa del catolicismo, en el fondo, es una manera de frenarlos; la defensa de los bienes de la iglesia y de las comunidades indias también sirven para lo mismo. Ellos ya se quedaron con la mitad del país, bien, eso es irreversible; pero no podemos permitir que ellos se conviertan en los migrantes que comprarán todos los terrenos disponibles y que, en unos cuantos años, se levantarán en armas para entregarnos a su verdadera nación. Perdón que lo diga de esta manera, señor ministro, pero en el fondo usted sabe que yo tengo la razón.

El Macabeo se levantó y le dio la mano a Robert McLane con marcada desconfianza. Degollado, sabiendo que la posibilidad de la paz se había perdido, le tendió la mano para despedirse.

—No mi general, no me dé la mano. Por favor, démonos un abrazo como lo que somos: buenos mexicanos que, a pesar de no haberlo logrado, por lo menos intentamos ponerle punto final a la guerra.

Los hombres de armas se abrazaron y, antes de que abandonaran el lugar, Miramón le hizo una pregunta al general liberal.

—¿Podría darle un abrazo a Leandro Valle de mi parte?

—Será un honor.

∽

En unas cuantas horas, Santos Degollado fue derrotado en tres ocasiones: el acuerdo final se hundió irremediablemente, sus tropas fueron vencidas y él —después de que se conociera su iniciativa— fue despojado del mando y repudiado por sus aliados.

El Macabeo, a pesar de la victoria, había quemado sus naves: McLane no tardaría en pactar con los liberales y él, a toda costa, tenía que lograr el apoyo de Francia y España.

XI

—Tengo que confesarle —dijo Miramón mientras intentaba dominar su hisurta melena— que a ratos estaba convencido de que no lo lograríamos.

—No, mi general, nosotros se lo habíamos prometido y Almonte no podía fallarnos —respondió el obispo Pelagio.

El Macabeo se levantó de su asiento, tomó los pliegos y caminó por el despacho leyendo por enésima ocasión el tratado que se había pactado con los españoles. Para que el documento tuviera pleno valor sólo hacían falta dos firmas: la suya, que estaba a punto de trazar, y la de la reina Isabel II de España, que no tardaría nada en secarse.

—El general Almonte —continuó El Macabeo— hizo un buen trabajo, un espléndido trabajo. El reconocimiento no nos salió tan caro como algunos suponían: tendremos que pagar los destrozos que sufrieron los españoles y, por fortuna, podemos negociar el monto de una manera civilizada. El gobierno, mi gobierno, ahora sí existe.

—Usted tendrá que estar de acuerdo conmigo en que Almonte es un patriota.

—Por supuesto. Los liberales sólo quieren mancharlo sin darse cuenta de que él sólo ha seguido los pasos de su padre: el generalísimo Morelos únicamente quería la independencia y un país católico, lo mismo que nosotros.

—Tiene razón, y eso le borra a Almonte la mancha de ser hijo de un sacerdote.

Miramón asintió con la cabeza y volvió a su lugar en el escritorio.

—¿Y el señor Jecker?

—Nos reuniremos con él cuando usted disponga.

☙

Ese día, Miramón volvió temprano al castillo. La estrechez por fin terminaría y la guerra, gracias a los recursos frescos que le proporcionaría Jecker, concluiría en muy poco tiempo: la nueva campaña en Veracruz no enfrentaría las mismas desgracias que su anterior intento por tomar el puerto y, después de esa victoria, emprendería la guerra contra los ejércitos liberales que lo amenazaban desde el norte.

Al llegar al castillo no tuvo tiempo de encontrarse con Concha y su hijo, la posibilidad de una tarde tranquila se terminó antes de empezar. Ramírez de Arellano lo esperaba con cara de pocos amigos y, sin saludarlo, le pidió que discutieran las desgracias que se asomaban en el horizonte.

—Miguel —comenzó diciendo Ramírez de Arellano que había ignorado la invitación a sentarse—, estamos fritos: ya pactaron con los yanquis.

—No te preocupes, acabo de firmar el tratado con España y en unos días cierro el negocio con el señor Jecker.

—Pues vas lento, a lo mejor ya es demasiado tarde.

Miramón se acercó a su amigo y le puso la mano en el hombro. Quería tranquilizarlo, convencerlo de que la victoria aún estaba al alcance de sus manos y que pronto, muy pronto, la paz volvería. Pero Ramírez de Arellano no estaba dispuesto a ceder.

—Hace un rato, mientras estabas con el obispo, llegó la información del norte: los liberales están recibiendo armas de los yanquis: todavía no sabemos cuántos fusiles, cañones y parque les entregaron, pero lo que sí es un hecho es que la fila de carretas es larga, larguísima.

—¿A quién le llegaron?

—A Mariano Escobedo.

—Entonces deberías estar tranquilo: por más pertrechos que les des a los soldados de leva, podremos seguir ganando las batallas con pocos hombres medianamente armados. Uno de los nuestros vale por diez de los suyos. Es más, deberías estar contento, en cada una de nuestras victorias nos quedaremos con los cañones y los pertrechos que abandonen en el campo.

—No Miguel, ya no sabemos si uno de los nuestros vale tanto: junto con las armas llegaron soldados yanquis, ellos tendrán a su cargo la artillería y, antes de que Escobedo avance hacia el centro, entrenarán a sus tropas. Ahora sí que es uno contra uno y ellos, para acabarla de joder, están mejor armados que nosotros.

—¿Cuánto tiempo nos queda?

—A lo más tres o cuatro meses.

Miramón, con la mano derecha, se tocó el rostro para buscar la vieja cicatriz.

—No te preocupes, todavía podemos…

—¿Ganar? —interrumpió Ramírez de Arellano.

—Sí, ganar sin problemas. Juárez sigue en Veracruz y, de momento, no puede irse a otro lado. Todavía tenemos la posibilidad de atraparlo: atacaremos Veracruz por mar y tierra.

—Me parece bien el plan, el único problema es que tiene un defecto: ¡no tenemos un puto barco!

—Pero lo tendremos: el dinero ya está a punto de llegar y estamos negociando la compra de dos.

Ramírez de Arellano se sintió más tranquilo y dejó al Macabeo solo en su oficina.

Cuando cerró la puerta, Miramón se hincó ante el crucifijo que estaba en su escritorio y se persignó con los ojos cerrados. "Dios mío, no nos abandones", musitó mientras pedía un nuevo milagro.

La primera reunión con Jecker fue tórrida. En algunos momentos, los representantes del gobierno pensaron que Miramón le daría un par de bofetones al banquero. Su voz firme y cercana al grito se escuchaba en los corredores más cercanos.

—Señor Jecker, entiendo que usted es un comerciante que vende dinero caro. Ni a usted, ni a ninguno de los aquí presentes les queda la menor duda de eso. También entiendo que usted no quiere ni puede hacer una obra de caridad: eso nos ofendería y a usted lo mancharía. Sin embargo, tiene que aceptar que pagar catorce pesos por cada peso que nos ofrece es un exceso.

—Depende de cómo lo vea, señor presidente, el dinero es más caro mientras más difícil sea cobrarlo.

—Por favor, no nos insulte: ninguno de nosotros está dispuesto a dejar de pagar.

—Eso está fuera de duda, estoy absolutamente convencido de sus buenas intenciones, pero el problema no son las intenciones, sino sus enemigos... dicen que los estadounidenses los están apoyando sin reparos y ustedes, perdón que se lo diga con franqueza, casi están solos.

Jecker sabía demasiado: alguien le había contado lo que pasaba en el norte y eso le permitía ofrecer un trato injusto.

—Vale más que nos demos unos días —dijo Miramón con ira contenida—. Le pido que nos deje sus documentos y, antes de que se acabe la semana, volveremos a reunirnos.

El Macabeo se levantó de su silla y, sin despedirse de nadie, se retiró a su oficina.

∾

Esa noche, en el castillo, Miramón cenaba con Concha, Fagoaga y Ramírez de Arellano. Al principio, la conversación fue amable, plácida. Cada una de las palabras que se pronunciaban parecía estar lejos de la guerra. Durante casi una hora, ellos se rieron y festejaron a Fagoaga; durante casi una hora El Macabeo y su esposa fueron los novios que nunca fueron. Incluso, cuando terminaron de comer, Ramírez de Arellano tocó el piano y la pareja bailó. Concha, siempre incansable, cambió de pareja cuando la pieza terminó: Fagoaga también danzó con gracia.

Cuando la última nota dejó de sonar, Ramírez de Arellano hizo la pregunta que todos querían evitar.

—¿Y Jecker?

—Es un bandido —le respondió Miramón.

—Eso, mi hermano, lo sabemos todos y no importa... la cosa es saber si aceptas o rechazas su oferta.

—Tenemos que negociar un mejor precio.

Fagoaga acompañó a Concha hasta su sillón y, luego de pensarlo un poco, se sumó a la conversación.

—Para negociar necesitas tiempo y eso es lo único que no tenemos.

∽

Cuando Miguel terminó de firmar los documentos de Jecker estaba convencido de que ése era el peor negocio, pero no le quedaba otro remedio: sin esos pesos, el tratado que había negociado Almonte no serviría para nada. Necesitaba fusiles, cañones, tiros y barcos para derrotar a sus enemigos.

Llamó al ministro de su menguadísima hacienda y le entregó los papeles con el rostro sombrío. Antes de que dejara su oficina, Miramón le dijo: "Entréingueselos al judío y, por favor, evite que nos encontremos, que nos haya robado es una cosa, pero de ahí a que le haga fiestas hay un largo camino que no quiero recorrer". El dinero se recibió sin festejos, pues las malas noticias sólo apresuraron los preparativos para el nuevo ataque a Veracruz.

Tras conocerse el acuerdo de los liberales, Miramón se negó a llamar a sus ministros. Antes de anunciarles los planes era necesario que se reuniera con los hombres de su confianza y la gente de la iglesia. Fagoaga, Ramírez de Arellano y el padre Miranda llegaron a Palacio Nacional. Aunque todos tenían la boca seca, ninguno aceptó una bebida, valía más que discutieran en seco.

—Pasó lo que tenía que pasar —comenzó diciendo El Macabeo—, el cursi de Melchor Ocampo le regaló el país al ministro de los yanquis: por dos millones ellos permitirán que los ejércitos gringos atraviesen el país por donde se les dé la gana mientras los liberales sólo cumplen con la obligación de ayudarlos.

—Vamos, de qué se sorprende general —dijo el padre Miranda—, ellos critican a Santa Anna, pero son peores que él: Su Alteza Serenísima, cuando menos, vendió más caras las tierras: por La Mesilla le dieron diez millones y ellos, por el Istmo de Tehuantepec y el norte apenas y consiguieron dos, pues los otros dos los tuvieron que dejar en garantía por si no pagaban.

—Pero eso no importa en este momento: si dos, diez o mil millones, el caso es que ellos ya tienen dinero y los yanquis reconocieron al Indio como presidente —intervino Ramírez de Arellano.

—Ramírez tiene razón, lo único que importa en este momento es derrotarlos —dijo Fagoaga.

—Señores —dijo Miramón—, atacaremos Veracruz por mar y tierra.

Las tropas de los macabeos no fueron las únicas que se alistaron para el combate. En el norte, los ejércitos liberales siguieron recibiendo armas y apoyos de los yanquis: cada día que pasaba sus soldados estaban mejor entrenados y su avance no tardó en comenzar. Por vez primera, ellos comenzaron a ganar en los campos de batalla. En Veracruz, Juárez —seguro de la victoria por el apoyo de los gringos— publicó nuevas leyes contra la iglesia y, cuando se enteró del ataque, le pidió ayuda a sus aliados.

XII

Cuando los dos pequeños vapores que formaban la armada de los conservadores bloquearon el puerto, todos quedaron convencidos de que la guerra terminaría en unas cuantas horas. Por tierra, Miramón y sus tropas ya habían rodeado Veracruz y se disponían a bombardearla al mismo tiempo que sus naves. Los artilleros de los barcos sólo esperaban escuchar la primera explosión para abrir fuego, y los soldados de tierra únicamente aguardaban la orden del Macabeo.

—¿Comenzamos? —preguntó ansioso Ramírez de Arellano.

—Todavía no, tenemos que esperar un poco.

Poco antes, Miramón había mandado un mensajero a los liberales: les daba la oportunidad de rendirse y entregarse. Ser tratados como prisioneros de guerra era mucho mejor que morir en una batalla en la que no tenían ninguna posibilidad de triunfar.

—¿Cuánto tiempo?

—Unas horas, démosles unas horas para que se convenzan.

—Pero Miguel, les estamos dando tiempo para que se preparen.

—No mi hermano, les estamos dando tiempo para que se den cuenta de que ninguna de sus acciones tiene sentido.

∞

La noche nunca se anuncia con rojos en el mar de Veracruz. Ella, poco a poco, cubre con grises el horizonte. Sin embargo, en aquellos momentos, el tenue gris fue roto por tres gruesas columnas de humo que anunciaban la desgracia: desde Antón Lizardo llegaban las naves yanquis dispuestas a enfrentar a la pequeñísima armada de Miramón. El Saratoga, el Indiana y el Wave irrumpieron con sus cañones listos: sólo esperaban la más mínima provocación para abrir fuego sobre los barcos de los macabeos.

Antes de que cayera la noche, sus artilleros atacaron los barcos mexicanos: los primeros tiros casi fueron una advertencia, pues les permitirían corregir el ángulo de sus cañones. El desorden y el pánico se apoderaron de las naves de los soldados de Cristo: ninguno de los tripulantes tenía experiencia en combates navales, sólo estaban preparados para atacar el puerto sin enfrentar a otros barcos. Algunos hombres, olvidando los tiburones, se lanzaron al mar para tratar de llegar a la playa; otros intentaron apoderarse de los botes para huir sin presentar combate.

A gritos, los oficiales lograron imponer el orden: lanzarse al mar era una estupidez, lo mismo que tomar los botes. Antes de que llegaran al muelle, los cañones de los yanquis darían cuenta de ellos. Sólo tenían una opción, enfrentar con las viejas armas y los barcos desprotegidos a la armada estadounidense.

☙

—¡Los yanquis, Miguel!, ¡los yanquis!

El Macabeo, al escuchar los gritos de Ramírez de Arellano, corrió a su lado y miró hacia el mar con un largavista. Estaba pasando lo único que nunca pensó que ocurriera: los yanquis, además de dinero, pertrechos, artilleros e instructores, llegaban a Veracruz para proteger el país que recién habían ganado gracias al tratado que firmaron con los liberales. Su victoria pendía de un hilo.

Miramón, con el rostro cenizo, le entregó el largavista a Ramírez de Arellano: él también conocía las consecuencias de lo que estaba pasando. Quería decirle algo al Macabeo, pero las palabras no llegaban a su boca.

—El destino de nuestro pobre país es caer en manos de los yanquis —dijo Miramón mientras se buscaba la vieja cicatriz del rostro.

☙

En las cubiertas, los hombres comenzaron a mover los viejos cañones para enfrentarse a sus enemigos. Nunca lograron su objetivo: la metralla destripó a muchos y sus pocos disparos cayeron muy lejos de sus blancos. Las naves enemigas avanzaban y disparaban con calma: ninguno de los yanquis temía a los artilleros de Miramón.

Antes de que pasara una hora, los hombres del Saratoga, el Indiana y el Wave abordaron las naves mexicanas. No hubo ningún combate en las cubiertas, los hombres se rindieron y fueron aprehendidos: días más tarde, serían juzgados en Nueva Orleáns y las banderas de sus naves se conservarían como trofeos de guerra.

∽

A pesar de la derrota de su flota, los conservadores aún estaban dispuestos a atacar Veracruz: Miramón había ordenado que se abriera fuego al amanecer, tenía que dar tiempo a que Juárez leyera la carta que le había enviado: "Antes de romper los fuegos sobre la plaza de Veracruz —escribió El Macabeo—; en estos momentos solemnes y profundamente conmovido por las desgracias que pesan sobre mi patria, no dudo en prescindir de los títulos, porque el gobierno que tengo el honor de representar debe considerarse legítimo y verdaderamente nacional, y con gusto adoptaré un camino racional que me presente para dar paz a la república".

Antes del amanecer llegó la respuesta del Indio: una comisión de sus hombres se entrevistaría con las personas que designara El Macabeo. El encuentro se pactó sin grandes problemas y así, poco tiempo después, en una casucha al lado de las vías del ferrocarril, se encontraron los ensotanados y los herejes. Juárez, según lo dijeron sus representantes, estaba dispuesto a aceptar la paz si se respetaba la constitución y se elegía un congreso que resolviera los problemas que quedaran pendientes. El orgullo por sus leyes no era negociable. Los conservadores no podían aceptar el trato, sólo les quedaba la posibilidad de apostarlo todo a una sola carta: la toma de Veracruz.

Esa misma tarde, El Macabeo abrió fuego sobre Veracruz aunque el puerto nunca cayó en sus manos: la estrella de Miramón nunca más brillaría, la guerra estaba a punto de perderse.

∽

La derrota de Veracruz levantó ámpula: Zuloaga, apoya-
do por los notables y algunos oficiales, intentó volver a
Palacio Nacional. Con la guerra casi perdida, lo mejor era
intentar un pacto que algo salvara: la constitución moderada era el único camino que se abría ante los hombres
que perdieron la fe en ellos. Los juaristas ya habían tomado San Luis y marchaban contra Guadalajara mientras hilvanaban victoria tras victoria: sólo en unas cuantas
ocasiones los soldados de Cristo habían logrado algunos
triunfos, pero eran insignificantes.

En agosto de 1860, Zuloaga se sentó en la silla de
palacio durante unos días, intentó conformar un nuevo
gabinete y, en algunos casos, trató de poner en práctica
algunas medidas que anulaban los acuerdos del Macabeo.
Él, al igual que otros, estaba convencido de que la carrera
de Miramón ya había terminado y, por ello, era mejor ale-
jarlo del poder y dejarlo a la buena de Dios para que los
liberales ajustaran las cuentas con su cuerpo. Valía más
que él terminara de espaldas al pelotón a que ellos —los
hombres siempre dispuestos a salvar el país— tuvieran
que enfrentar la derrota ante los ejércitos del Indio.

Sin embargo, a comienzos de mayo, Miramón llegó
a la capital. Él estaba perfectamente enterado de lo que
ocurría: los correos entre sus leales y las tropas que vol-
vían de Veracruz habían sido incesantes. Aunque estaba
doblemente herido: la derrota en el puerto y la traición
le pesaban. A ratos, mientras cabalgaba junto a Fagoaga
y Ramírez de Arellano, hablaba de mandarlos a todos al
carajo, de tomar un barco y largarse a Europa para nunca
volver; pero después se arrepentía y la furia se adueñaba
de su cuerpo: maldecía a Zuloaga y los suyos, clamaba a
los cielos para que la venganza de Dios cayera sobre los
hombres que se habían atrevido a traicionarlo.

De poco o nada servían las palabras de sus amigos. Cuando llegaron a la capital, El Macabeo, acompañado por sus hombres de confianza, no tomó camino para Chapultepec ni para el centro: la casa de Zuloaga era su destino.

∽

Miramón, con mirada afilada y voz tronante, ordenó a sus soldados que rodearan la casa de Zuloaga.

—Ninguno se mueve ni dispara —le dijo a Ramírez de Arellano mientras desmontaba para caminar hacia la puerta.

El Macabeo, sin sacudirse el polvo del camino y absolutamente desmelenado, tocó la puerta. Los criados lo dejaron pasar sin necesidad de que pronunciara una sola palabra: su patrón estaba dispuesto a jugarse el todo por el todo.

Miramón esperó el tiempo necesario para que la desesperación se apoderara de su cuerpo. Sólo entonces, Zuloaga, tratando de mantener la compostura, se apersonó en la habitación para enfrentarlo con desplantes.

—Bienvenido, general, le agradezco que haya aceptado la encomienda de sustituirme, pero ya estoy de regreso y usted, si el nuevo gabinete lo considera prudente, podrá permanecer en su puesto.

—¿Y para qué volvió?

—Para dirigir al país por el rumbo correcto. General, usted no pudo gobernar y sus acciones al frente del ejército dejan mucho que desear: los bonos del señor Jecker, el tratado que negoció el general Almonte y los sucesos de Veracruz ponen en duda sus capacidades.

Miramón, con tranquilidad, desenfundó su pistola y caminó hasta encontrarse ante a Zuloaga. Con calma, jaló el martillo, empuñó el arma y le puso el cañón sobre la frente.

—Ahora, señor, le voy a enseñar cómo se ganan las presidencias.

Miguel recuperó el poder y, unos cuantos días más tarde, partió a una nueva campaña con un acompañante imprevisto: Zuloaga, quien —a pesar de estar siempre a su lado— nunca mereció consideraciones. Él era alguien que sólo merecía y recibía un trato casi idéntico al de un prisionero.

Aunque la campaña tuvo algunas victorias y muchas recepciones donde los seguidores del Macabeo le mostraron lealtad, los enemigos de Dios ya eran imparables. Durante casi ocho meses, los soldados de Cristo hicieron cuanto pudieron, pero los pertrechos siempre terminaban imantando al fiel de la balanza: sólo en la toma de Toluca la estrella de Miramón volvió a brillar con cierta fuerza.

A comienzos de diciembre, El Macabeo volvió a la capital y, el día 9, llevó los laureles póstumos a la Purísima Concepción. Ahora, sólo le quedaba por delante una batalla, la última: al frente de seis mil hombres y treinta y ocho cañones, Miramón tomó rumbo a Calpulalpan para intentar derrotar a los más de veinte mil soldados juaristas.

—Todo se ha perdido —le dijo Miramón a Concha la noche que regresó de Calpulalpan—; mañana te contaré todo, ahora sólo tengo que dormir para intentar olvidar todo por un rato.

—¿Y Fagoaga, y Ramírez de Arellano?

—Ya están con Dios —dijo El Macabeo mientras se encaminaba a sus habitaciones.

Concha no entró a la recámara: el ruido de la disciplina que hería la piel de su esposo le impidió acercar la mano al picaporte. Cada chasquido del látigo era acompañado por una línea del Yo pecador. Ella no sabía si las heridas eran por la derrota, por la muerte de sus amigos o por lo que sucedería cuando la ciudad cayera en manos de los liberales.

Cuando terminaron los rezos y las torturas, ella entró a la habitación con un aguamanil con vinagre y agua sobre el que flotaba una esponja. Miró a su esposo, las negras ojeras destacaban en su rostro sudoroso y sucio. Dejó el aguamanil en uno de los burós y, tomándole las manos al Macabeo, lo ayudó a acostarse de espaldas. Con gran cuidado limpió las heridas y quitó la suciedad. Sin embargo, nunca logró sanar la llaga de la derrota.

Concha apenas pudo enterarse de lo que sucedió: los juaristas lo habían derrotado en menos de dos horas y, en esos momentos, avanzaban contra la capital sin que nada ni nadie pudiera detenerlos.

Miramón, antes de que la ciudad cayera en manos de los herejes, entregó el cuidado de sus habitantes a los diplomáticos extranjeros: ellos, quizá, podrían evitar que los herejes cometieran los crímenes de siempre; ellos, probablemente, alcanzarían a frenar la ira que nacía del orgullo de los vencedores.

Al terminar la reunión con los representantes extranjeros, y quizá como una gracia por el tratado que había firmado con Isabel II, El Macabeo fue recibido en la embajada española mientras las fuerzas liberales entraban a la ciudad.

Dios había sido derrotado.

Cuarta parte
La lenta muerte
(1861-1867)

I

Pío IX bendijo al Macabeo con lentitud. Todas las personas que estaban en el salón de recepciones del papa atestiguaron su interés de recompensarlo por la defensa de la fe. El obispo Pelagio, que fue desterrado tras la victoria de Juárez, lo observaba a cierta distancia para aquilatar la posibilidad de volver a apostar a su favor. El sacerdote estaba convencido de que el gobierno del Indio no podía durar mucho: el dinero que obtuvo de la venta de algunos bienes de la iglesia apenas le alcanzaría para lo inmediato. Pelagio podría volver para reclamar sus fueros una vez que los juaristas se declararan en bancarrota y el país quedara al garete.

Concha, apenas unos cuantos pasos detrás de su esposo, bajó la mirada y rezó un padre nuestro en silencio: ella sólo deseaba que las estrecheces se terminaran de una vez y para siempre. Desde el día en que huyeron de México, Concha, sus hijos y su esposo prácticamente vivían de la buena voluntad de los conocidos y los desconocidos. La jerarquía les prestó una casa y garantizó su subsistencia, y algunos conservadores —los que sí alcanzaron a salvar una buena parte de su riqueza— los apoyaban hasta donde su honra se los permitía. Ella se negó a aceptar regalos que parecían limosnas, sólo recibió algunos préstamos que pagarían en cuanto volvieran a México y recuperaran lo que les robaron sus enemigos. Con un poco de suerte, después de que vendieran sus propiedades, algo les quedaría para salir adelante. Por fortuna, aún no había vendido las joyas que le heredó don Francisco y todavía guardaba con mucho cuidado las que le regaló su esposo. Los oros y las piedras eran su última opción.

Al terminar de bendecir al Macabeo, el cardenal Antonelli se aproximó a Pío IX. En sus manos tenía una caja de madera: cuadrada y de no más de cuatro dedos de alto. El papa levantó la tapa y tomó la condecoración. Miramón se inclinó un poco, lo suficiente para que le fuera colocado el Collar de la Gran Cruz.

—Reciba usted esta condecoración, es prueba de mi gratitud por sus esfuerzos para defender la fe —dijo el papa en perfecto español.

Aún no habían terminado los aplausos cuando, con una discreta señal, el Sumo Pontífice llamó al obispo Pelagio.

—Acompáñenme, los tres tenemos que hablar.

El despacho del papa era sobrio: una sala mediana en cuyas paredes sólo colgaba una cruz negra que contrastaba con la blancura del lugar. Pelagio, Miramón y Pío IX se sentaron, un ayudante entró con una bandeja y les ofreció una copa de vino. Los mexicanos la tomaron, Su Santidad la rechazó con un movimiento de mano: sus médicos le habían prohibido tomar alcohol, los ataques de epilepsia podrían reanudarse en el momento menos indicado. Él,

JOSÉ LUIS TRUEBA LARA

que estaba muy cerca de conquistar la infalibilidad y pronunciarse en contra de todos los pecados del liberalismo
y la masonería, no podía ser atacado por una enfermedad
que lo mostraba como endemoniado.

—Déjenos solos —dijo Pío IX.

Cuando se cerró la puerta, el papa comenzó a anali-
zar el problema que los había reunido.

—Vivimos tiempos difíciles. Desde hace poco menos de cien años, cuando los franceses se levantaron en
armas y guillotinaron a sus soberanos que fueron encum-
brados por la gracia de Nuestro Señor, la iglesia sólo es
atacada y culpada por todos los males del mundo. A fuerza de leyes, libros y masonerías, los liberales ansían una
nueva crucificción para instaurar el ateísmo. Lamentablemente, allá, del otro lado del mar, la herejía también se ha
fortalecido, aunque la fe de sus hijos se mantiene a pesar
de las acciones de sus gobiernos.

Pío IX se puso una mano en la barba y se acarició la
mejilla, la flacidez ya comenzaba a sentirse. Él, después
de permanecer muchos años en el trono de San Pedro,
estaba envejeciendo.

—Por desgracia —continuó el papa con un ritmo
pausado—, ustedes están lejos de Dios y muy cerca de
los estadounidenses. Ellos, por sus masonerías y sus liberalidades, están dispuestos a apoyar a los gobiernos que
están en contra nuestra: por eso invierten sus riquezas en
guerras para doblegarnos y adueñarse de los países que
están al sur de su frontera. Ellos sólo tienen un dios que
siempre se muestra como un pecado capital: la avaricia
que terminará conduciéndolos al Infierno.

—México aún no está perdido —intervino el obispo
Pelagio—. Aunque los juaristas tomaron la capital y ya
instalaron su gobierno, el país sigue en guerra: los restos

259

de nuestro ejército continúan con las armas en las manos y combaten a sus enemigos en pequeñas partidas. No hay grandes batallas, pero las luchas son cotidianas.

—Los pocos, desorganizados, nunca derrotarán a los liberales —dijo el papa.

—Su Santidad tiene razón —comentó Miramón—, los nuestros no podrán vencer a los juaristas, ellos tienen el apoyo de los estadounidenses y los católicos estamos solos.

—Pero no por mucho tiempo —dijo el obispo.

El papa miró al sacerdote invitándolo a extenderse: Pelagio era mucho más que un simple obispo de cualquier país dejado de la mano de Dios, era un hombre de acción, alguien a quien nunca le tembló la mano para enfrentarse a sus enemigos con la razón de la fe o la fuerza de las armas.

—La guerra, Su Santidad, les impedirá seguir ayudando a los liberales mexicanos. Todos sabemos que el enfrentamiento entre los norteños y los sureños amenaza con prolongarse. La guerra civil no les da ninguna oportunidad para apoyar a sus aliados mexicanos: cada bala y cada dólar que tiene Lincoln están destinados a derrotar a los confederados que sólo quieren mantener la independencia de su nación.

—Deberíamos volver: mi nombre y mi espada podrían reunir a los dispersos —interrumpió Miramón buscando la aprobación y el apoyo del pontífice.

—Todo tiene su tiempo —repuso el papa—. Esperemos un poco, veamos qué pasa en Estados Unidos y analicemos con cuidado lo que le ocurre al gobierno liberal. No tratemos de apresurar los planes de Dios.

—Eso, Su Santidad, ya lo sabemos —dijo el obispo—, por más robos y villanías que cometan, el gobierno liberal está en bancarrota. La falta de dinero y la guerra civil de los estadounidenses los han debilitado como nunca antes: basta una sola acción para que Juárez y los suyos sean derrotados.

—Esperemos —reiteró Pío IX—, quizá la solución venga de otro lado. En Francia, Napoleón III también tiene planes para el futuro. No olviden que él ya restauró una buena parte de lo que destruyeron los revolucionarios y que está dispuesto a ayudar a los americanos que profesan la única religión verdadera. La república de los franceses hoy es una monarquía católica.

El papa se levantó de su asiento. La reunión había terminado.

☙

—Esperaba una decisión —dijo El Macabeo mientras caminaba al salón donde lo esperaba Concha—. Una sola palabra de Su Santidad habría bastado y sobrado para que usted y yo regresáramos.

—No mi general, por lo visto, la decisión ya se tomó y vale más que estemos listos para llevarla a cabo.

Antes de entrar al salón, Pelagio se detuvo. La posibilidad de apostar a favor de Miramón no era del todo descabellada: él podría ser una pieza importante en el juego de Napoleón III.

—Quizá lo mejor es que usted y su familia se vayan a París. Allá los auxiliará el general Almonte, él tiene buenas relaciones con la corte y usted tiene una espada que puede ayudar a la causa.

☙

Los Miramón comenzaron a prepararse para el viaje: la posibilidad de regresar a México y cambiar el rumbo del país eran buenas razones para sentirse esperanzados. Ellos, en poco tiempo, podrían recuperar sus vidas y dejar de vivir a costillas de otros. Así, durante unos cuantos días, Concha y Miguel disfrutaron de su estancia: fueron a la fiesta de los apóstoles Pedro y Pablo y recibieron el mismo trato que los diplomáticos, en más de una ocasión bailaron, y algunas noches ella cantó las canciones que trataban de recuperar el pasado.

Un día antes de que partieran, llegó el correo. El Macabeo, como ya era costumbre, se sentó frente a Concha para leerle las novedades: Naborita había parido de nueva cuenta, Mercedes seguía buscando las causas de la mala suerte en los gatos negros y los espejos rotos, Guadalupe ya había aceptado quedarse para vestir santos después de la muerte de Fagoaga, Bernardo y Joaquín enfrentaban las penurias con cierto éxito y el país —como era de esperarse— inexorablemente amenazaba con hundirse. Cuando Miguel abrió la última carta del paquete su voz se calló por completo, únicamente sus labios se movían al ritmo de las letras.

Al terminar de leer, Miramón tenía los ojos acuosos.

—¿Qué pasa?

Miguel no le respondió a Concha, sólo se mesó el cabello.

—Leandro —respondió con la certeza de que no hacía falta ninguna explicación.

—¿En batalla?

—No, fusilado.

Concha se hincó frente a él y le tomó las manos para besárselas. Quería sanarlo, contener la tristeza que terminó desbordándose.

—Ya no me queda nadie —dijo El Macabeo tratando de contener las lágrimas.

—¿Y nosotros?

—Ustedes son otra cosa.

Miramón sólo contaba muertos: Fagoaga ya nunca haría calaveradas y Ramírez de Arellano no invitaría a la sensatez. Ellos estaban con Dios y, quizás, ahí también estaba Leandro Valle, su amado enemigo que se encontraría con los viejos cadetes para reanudar las pláticas del Cazador.

El viaje a París se inició después de la misa que El Macabeo ordenó para rogar por el descanso del alma de Leandro. Antes de dejar el templo, Miguel dejó sobre el altar el viejo retrato: el joven que mostraba una corbata encarnada no merecía el Infierno.

II

A mediados de 1861, el gobierno de Juárez se declaró en bancarrota y suspendió los pagos de la deuda externa. Las arcas estaban vacías y las fuentes de ingresos despedazadas: los tres años de guerra entre liberales y conservadores cegaron los asomos de prosperidad. Así, a partir de la publicación del decreto de moratoria, ningún extranjero —poco importaba si se trataba de Jecker, de los ingleses, los franceses o los yanquis— recibiría un solo peso durante dos años.

La crisis estalló casi de inmediato: en septiembre, poco menos de la mitad de los diputados le exigieron al Indio que renunciara por su incapacidad para lograr la paz y salvaguardar al país de una nueva intervención extranjera; y, a finales de octubre, en Londres se reunieron los representantes de España, Francia y Gran Bretaña para tomar una decisión sobre México: ninguno de ellos creía que el gobierno juarista fuera capaz de cumplir con su promesa de reanudar los pagos en el plazo anunciado. Si nadie estaba dispuesto a comerciar con los mexicanos, de qué les servirían las aduanas de Veracruz y Tampico:

los puertos sin barcos no eran negocio para un gobierno aislado y acorralado por sus acreedores.

∞

Juan Nepomuceno Almonte, gracias a sus contactos en la corte francesa, fue uno de los primeros que se enteraron de la guerra inminente: las armadas de Francia, España y Gran Bretaña se preparaban para cruzar el Atlántico y exigir el pago de sus deudas. Este hecho, aunado a la recomendación que le hizo Pelagio para que hiciera todo lo posible para que Napoleón III recibiera al Macabeo, lo obligó a tomar una decisión definitiva: México no podía salvarse si seguía en manos de los liberales, tampoco lo haría si los macabeos tomaban el poder, su furioso nacionalismo y su fe intransigente sólo atizarían el fuego que terminaría por abrazarlo todo. La única opción era la monarquía: México tenía que ser mandado por un príncipe del Viejo Mundo cuya descendencia garantizara la continuidad del gobierno y el apoyo económico de Europa. "Es mejor que el nombre del gobernante se defina por el parto de la reina a que lo decidan los fusiles y los cuartelazos", pensó Juan Nepomuceno para terminar de convencerse de su idea y sumarse de manera definitiva a los monárquicos que habían iniciado sus trabajos en la corte.

La noche que Almonte tomó su decisión supo que la marcha atrás era imposible: él —a pesar del apoyo del obispo Pelagio y los monarquistas— se convertiría en un traidor, alguien que escupiría sobre las ideas republicanas. Él, hijo bastardo de José María Morelos, se sumaba a quienes buscaban dar un nuevo rumbo a la independencia. Cuando estaba a punto de dormirse, sólo alcanzó a preguntarle a su esposa:

—¿En verdad soy un traidor?

—Si abandonar a los que hunden al país para ir en busca de la paz es una traición, con todo gusto puedes ser un traidor.

∞

Almonte aún tenía que semblantear al Macabeo, necesitaba estar seguro de que su odio a los liberales era lo suficientemente intenso para obligarlo a sumarse a los franceses y, si la ocasión se presentaba, él quizá podría comandar las tropas del imperio que tal vez promovería Napoleón III. Su oportunidad no tardó mucho tiempo en presentarse: los Miramón llegaron a París y, luego de que se instalaron en la enésima casa que les prestaron, fueron invitados a cenar con los Almonte.

Al principio, la conversación fluyó sin inconvenientes: las noticias de México, los recuerdos que siempre se acrecientan con la distancia y los sueños del regreso obligaban a todos al acuerdo y las sonrisas. Sin embargo, cuando la plática se adentró en la política, la tensión se hizo presente.

—¿Y por qué le parece a usted mal que los mexicanos tengamos un gobernante europeo? —le preguntó la esposa de Almonte a Concha—. Usted no puede negar que los mexicanos no hemos sido capaces de gobernarnos, y que nuestros políticos sólo han servido para matar y robar, claro, con la distinguida excepción de su marido.

—Porque no quiero que ningún extranjero mande en mi país —respondió Concha indignada.

—Lo que pasa es que usted preferiría ser la reina de México.

—¡Por supuesto!, ¡mejor yo que una extranjera!

Miramón, al escuchar la respuesta de Concha, decidió permanecer en silencio: no podía apresurarse ni revelar lo que pensaba, tenía que enterarse de los planes de los franceses y aún necesitaba del apoyo de Almonte.

—¿Y usted, mi general, también quiere ser rey? —preguntó Almonte con voz afectada.

—No mi amigo, las coronas pesan demasiado. Yo sólo quiero ayudar a nuestra patria y servir a Dios.

Al regresar a su casa, Miramón estuvo tentado a reclamarle a Concha su respuesta. Pero no lo hizo: él también estaba convencido de que los mexicanos no debían ser gobernados por extranjeros.

Aunque no estaba muy seguro de los planes del Macabeo, Juan Nepomuceno siguió adelante con las instrucciones del obispo Pelagio. Unos cuantos días después de la desafortunada cena, Miramón se reunió con el duque de Morny, el hermano bastardo de Napoleón III que ganó notoriedad por su falta de escrúpulos, sus dispendios y su pasión por las faldas y el dinero fácil. Monry, seguro de que haría el mejor negocio de su vida gracias a Jecker y la intervención francesa, no dudó en conocer a Miguel, el hombre que firmó el pagaré que lo pondría en los cuernos de la luna. El duque era un malamadre, pero estaba obligado a sentir una pizca de aprecio por el causante de su futura riqueza.

Monry los recibió en su despacho, una habitación ostentosa que insultaba a sus invitados. El notorio mal gusto, que se mostraba plenamente en las pinturas que apenas se distanciaban de lo sicalíptico, ofendió la mirada del Macabeo. El duque los hizo esperar un rato, aunque

no quiso perder el tiempo en formalidades: los había reunido un negocio y él iría directo al grano.

—Mi hermano está dispuesto a ayudar a su país.
Hace unos días me dijo que era una pena que una nación
tan hermosa viviera en la anarquía, por eso, para tenderle
la mano, se han aliado las potencias europeas.

—Como usted pinta las circunstancias no me quedaría más remedio que agradecerles la intervención, pero
¿no le parece un poco extraño que ustedes nos ayuden
declarando la guerra? —repuso Miramón.

—No señor, no se confunda. Nosotros no le estamos declarando la guerra a ustedes, se la declaramos
a un gobierno que no puede ni quiere cumplir con sus
compromisos. Por eso estamos aquí, porque no tenemos
ninguna guerra contra usted. Al contrario, nos interesa
que marche junto con nuestras tropas, que las comande y
logre que los enemigos del gobierno se sumen a ellas para
derrotar a sus enemigos.

—Por supuesto que tras la victoria los católicos volveríamos a hacernos cargo del gobierno. Nosotros, con
esfuerzo, bien podríamos cumplir los compromisos que
suscribimos.

—Eso aún está por decidirse. De momento, sólo
puedo ofrecerle un puesto en el ejército y un porcentaje
de la deuda que usted contrató con el señor Jecker, con
esto bastará y sobrará para que su familia recobre mucho
más de lo que perdieron. Entiendo que usted querrá pensar en nuestro ofrecimiento, vale más que suspendamos
la plática y nos reunamos en unos días.

Sin despedirse, Monry abandonó el lugar dejando
solos a Miramón y Almonte.

—Me han tomado por un miserable, por un bellaco —
gritó Miramón—. Me proponen que vaya a México con
las tropas francesas y me han ofrecido una fuerte suma
si acepto. ¡Prefiero que nos muramos de hambre en el
extranjero!

Concha estuvo de acuerdo y las consecuencias de
la decisión del Macabeo no se hicieron esperar: los franceses lo repudiaron, el obispo Pelagio no respondió sus
cartas y Almonte se hizo el perdedizo. La posibilidad del
regreso estaba muy cerca de lo imposible. La desesperación hirió a Miramon: él no podía ser un apestado que
vivía de la buena voluntad de los otros, no podía permitir
que la patria católica se transformara en un imperio en
manos de los franceses y tampoco estaba en condiciones
de quedar relegado de la guerra que estaba a punto de
comenzar. En vano pidió audiencia con Napoleón III y,
derrotado, prefirió irse a España junto con su familia.

Poco antes de partir, Miramón se reunió con algunos de los monarquistas que buscaban un príncipe europeo para el trono de México. En ese encuentro, atenaza-
do por la desesperación, El Macabeo hizo una oferta que
le dolió en el alma.

—Yo sólo quiero sacrificarme por la patria, estoy
dispuesto a lo que sea con tal de volver a México —le
dijo a José María Gutiérrez Estrada, quien, junto a José
Manuel Hidalgo y Almonte, promovía la instauración de
la monarquía.

Estrada lo miró con desdén y, antes de abandonarlo,
sólo pronunció una frase fatal.

—Así de mal está México, pues ya sobran los espon-
táneos dispuestos a salvarlo.

III

De nada sirvió que Juárez ordenara la reanudación de los pagos de la deuda externa para evitar la intervención. Las naves zarparon de Europa y las armas estaban dispuestas a obtener lo que no consiguieron las firmas y los decretos. Aún no se había terminado el primer mes de 1862 cuando las tropas de Francia, España y Gran Bretaña desembarcaron en Veracruz: los soldados profesionales eran mucho más que una amenaza diplomática o una sentida carta del encargado de negocios.

A pesar de su orgullo, el Indio sabía que no tenía ninguna posibilidad de derrotar a los invasores: sus tropas estaban agotadas y dispersas, el apoyo de los yanquis era imposible y los conservadores seguían en pie de guerra. Incluso, si ellos lograban detener a los invasores en la costa, los católicos podrían avanzar en su contra y rodearlos en un santiamén. Así, sin tentarse el corazón, Juárez publicó una ley que condenaba a muerte a todos los que colaboraran con los extranjeros o combatieran en su contra: sus enemigos, luego de un juicio sumario, serían pasados por las armas por traicionar a su patria.

En Palacio Nacional, la reuniones se prolongaban: algunos estaban decididos a ir a la guerra sin importar las consecuencias; otros, los menos radicales, apostaban a favor de negociar la paz. Según ellos, valía más perder algo a perderlo todo.

—Señores —comenzó diciendo Juárez mientras trataba de conservar la calma que lo abandonó cuando las banderas europeas se miraron desde San Juan de Ulúa—, lo único que necesitamos es tiempo. La oferta de reanudar los pagos es ley y eso nos permitirá sentarnos a negociar mientras los generales reúnen las tropas que quizá tendrán que enmendar nuestro fracaso en las conversaciones.

—Eso está muy bien —dijo Guillermo Prieto—, es más, creo que no será muy difícil negociar con los españoles y los ingleses: los jefes de sus tropas no quieren guerras y, cuando menos en el fondo, comparten nuestras ideas: el general español Juan Prim es liberal y, según dicen, también es un buen masón. El problema es Napoleón III, los monarquistas ya le endulzaron las orejas y nos mira como una nueva colonia o como un reino que prolonga a Francia en América.

—Si ustedes logran que se retiren los españoles y los ingleses, el problema está resuelto: sólo nos quedaría un enemigo —completó uno de los generales.

—No lo creo mi general, lamentablemente tendríamos dos: los ensotanados y los franceses.

—Quién sabe, don Guillermo, a lo mejor nada más tenemos uno y medio: los conservadores están divididos, la mayoría de las gavillas andan a salto de mata y no hay nadie que pueda unirlos.

—¿Y Miramón?

—Está muy lejos y Napoleón III no está interesado en sus servicios.

—Pues adelante —dijo Juárez para dar por concluida la reunión.

❦

El Macabeo, después de bendecir a su esposa y a sus hijos, se embarcó rumbo a La Habana: desde ahí volvería a México para intentar unir a los dispersos, al tiempo que podría encontrarse con los escasos aliados que aún conservaba. Su viaje —mucho más veloz que el de las naves de guerra— le permitiría, después de la escala, llegar poco después que los ejércitos europeos. "Ésta es la última carta que tengo para jugar en el tresillo de mi vida", le dijo a Concha al pie de la escalera, "sólo Dios sabe si volveré". Su esposa nada le respondió, sólo le besó las manos y lo bendijo.

❦

Cuando desembarcó en La Habana lo esperaba el padre Miranda. Antes de abrazarse se miraron para descubrir que, a pesar de su juventud, la vida los había envejecido de manera prematura: grandes entradas marcaban la frente del Macabeo y las primeras arrugas se anunciaban en el rostro del sacerdote que también huyó del país tras la victoria de los liberales.

—Padre, usted es de los pocos que no me han abandonado.

—No crea, allá, en la otra orilla, hay muchos que lo esperan.

No tuvieron mucho tiempo para conversar, la nave que los llevaría a Veracruz zarparía al día siguiente.

Cuando Miramón y el padre Miranda atisbaron la costa, el sacerdote hizo la pregunta que contuvo desde su encuentro en La Habana:

—¿Juárez o los franceses?

—Ninguno de los dos.

—¿Entonces?

—Muy fácil: Dios y la Patria.

Los planes de Miramón eran arriesgados: desembarcaría en Veracruz y, junto con el padre Miranda, se adentraría en el país para unir a los soldados de Cristo y los católicos que estuvieran dispuestos a jugarse el todo por el todo: Márquez aún conservaba algunos hombres y Mejía, aunque estaba acorralado en la sierra, todavía tenía los hombres necesarios y dispuestos. Ellos no combatirían a los invasores, avanzarían sobre la Ciudad de México, la tomarían e instaurarían un nuevo gobierno. Los europeos no tendrían más remedio que negociar con ellos. Claro, si los acuerdos fracasaban, los macabeos tendrían que emprender una nueva cruzada. Miranda, con ganas de convencerse, sólo alcanzó a preguntarle sobre las armas.

—Nos las regalarán nuestros enemigos muertos.

—¿Y qué piensa de esto el obispo Pelagio?

—No lo sé, él apoya a los franceses.

—Pero nosotros no podemos desobedecerlo.

—Sí podemos y tenemos que hacerlo: el obispo está equivocado de cabo a rabo, piensa que los franceses no sólo derrotarán a los herejes, sino que también instaurarán un gobierno como Dios manda y eso, mi amigo, nunca pasará.

El padre Miranda estuvo tentado a abandonar al Macabeo a su suerte: si la jerarquía había tomado una decisión, él estaba obligado a asumirla hasta sus últimas consecuencias. Quizá lo mejor era que desembarcaran y esperaran el regreso del obispo.

—No tema padre, los obispos también se equivocan —le dijo Miramón mientras le ponía una mano en el hombro.

∞

Miramón no logró desembarcar en Veracruz. Antes de que su nave llegara al puerto, fue abordada por soldados ingleses y españoles. A pesar de los esfuerzos del capitán y las palabras del padre Miranda, los soldados cumplieron la orden de aprehenderlo. La única victoria que obtuvieron sus defensores fue que no lo encadenaran.

El Macabeo, acompañado por el padre Miranda, fue llevado al cuartel de Juan Prim, el comandante español que estaba dispuesto a ayudar a los juaristas. Antes de que el prisionero tomara la palabra, el general puso en claro su situación.

—Señor Miramón, su presencia no es grata en este lugar. Ninguno de nosotros está dispuesto a poner en riesgo las negociaciones por un general que ya no tiene mando ni ejército. Le pido que ro oponga resistencia, dése por preso.

—¡Usted no tiene ninguna autoridad para detenerme! Soy un general y mis tropas me esperan, soy un ex presidente y, en este país, soy mucho más que usted.

—Por favor, cálmense todos —intervino el padre Miranda.

Prim, furioso, estaba a punto de ordenar que engrilletaran a Miramón para entregárselo a los juaristas como otra muestra de su buena voluntad.

—Dios —continuó el padre Miranda— sabe bien que usted está a punto de cometer un pecado: asesinar a un patriota, a un católico que sólo desea el bien de su patria.

El general se contuvo.

∞

Con las manos amarradas, El Macabeo volvió a embarcarse: Prim y los ingleses lo mandaban de regreso a Cuba donde sería entregado a las autoridades. En cuanto llegó al barco, el padre Miranda y el capitán lo desataron. Por primera vez en su vida, Miramón no fue capaz de apelar a la furia. El Macabeo, antes de presentar combate, había sido derrotado.

En La Habana, el capitán general de la isla lo recibió con cierto aprecio: las viejas guerras lo obligaban a desconfiar de los ingleses y los franceses. Él —según le dijo a Miramón— no era un español a medias. Y, en vez de ofrecerle grilletes, lo invitó a sentarse a su mesa.

—Yo no soy carcelero de los ingleses, usted está en condiciones de hacer lo que se le venga en gana. Mire —le dijo a Miramón mientras le extendía un pliego—, el general Prim me pide que no lo deje regresar a México, pero yo le dejo a usted esa decisión.

Miguel tomó el papel y lo leyó.

—Volvamos padre, nuestra hora aún no ha sonado.

—No general, sus naves están quemadas. Yo regresaré solo y obedeceré al obispo Pelagio.

El Macabeo estaba abandonado a su suerte.

—Don Miguel —intervino el capitán general—, no tiene caso que regrese: usted no terminará de poner un pie en la tierra cuando ya lo habrán fusilado sin juicio. Váyase a España, los suyos lo quieren con vida.

∞

El 15 de febrero de 1862, Miguel Miramón volvió a España. Durante toda la travesía apenas pronunció palabras. Nadie, absolutamente nadie, estaba dispuesto a tenderle la mano para que volviera a empuñar su sable; ninguno quería que volviera: las banderas negras con cruces encarnadas, las batallas ganadas con un puñado de valientes y las ciudades tomadas por los soldados de Cristo ya sólo formaban parte del pasado. Miramón estaba derrotado y aún no sabía si podría presentarse ante Concha y los suyos como un vencido: ella, que lo amó en sus victorias; ellos que lo amaban por su temple, ya no tendrían ninguna razón para permanecer a su lado.

IV

Desde su regreso a Sevilla, todos los días Concha miraba la infinita tristeza del Macabeo, el guerrero de Dios que poco a poco se convertía en un don nadie que a ratos ni siquiera tenía la fuerza necesaria para recordar las viejas glorias: su pasado estaba sepultado, y la tumba de su futuro ya se estaba cavando. Miramón tenía el corazón partido y, en más de una ocasión, su esposa lo escuchó pronunciar palabras terribles: "Dios mío, por qué me has abandonado". Aunque Concha quería convencerse de que ésta era una prueba que el Cielo les ponía antes de llevarlos a su destino, su esperanza nunca duraba lo suficiente.

Ellos ya no podían vivir en España, el incidente con Prim enquistó agrias sospechas en la corte; Francia tampoco era el mejor destino, la infranqueable distancia de Miguel con los monarquistas impedía que fueran bien recibidos mientras se negociaba el futuro de México. Para colmo de los infortunios, los apoyos que recibían se estrecharon, la gratitud de los conservadores y la iglesia cada día se hacían más pequeños: las ayudas eran limosnas y cada moneda que recibían era idéntica a un bofetón. Concha, haciendo de tripas corazón, decidió ponerle punto final a la tristeza y obligarlo a tomar distancia de los lugares donde no era grato.

—Vete de viaje —le dijo a Miguel.

—No hijita, no tengo ánimo y los dineros cada día son más escasos. Todos quieren olvidarse de nosotros.

—¿Y eso qué importa? Dios nos ayudará y tú podrás mirar otras cosas y olvidar los desaires.

El Macabeo, aunque al principio intentó evitar el viaje, se fue a Berlín y San Petersburgo en compañía de un amigo ocasional. Concha, a pesar de sus objeciones, lo esperaría en París: la falta de dinero la obligaba a permanecer donde no quería estar.

∞

Mientras el soldado de Cristo intentaba derrotar a la melancolía fingiendo ser un viajero que a ratos olvidaba su condición, en México la guerra tomaba un camino casi inesperado: los españoles y los ingleses pactaron con los juaristas y retiraron sus tropas, los únicos que decidieron continuar con la intervención fueron los franceses. A pesar de que los hombres de Napoleón III vencieron a los mexicanos en las primeras escaramuzas, el 5 de mayo de 1862 fueron derrotados en Puebla por los juaristas. Ese día, los invasores no fueron los únicos que perdieron, las tropas conservadoras que participaron en la batalla tuvieron el mismo destino. El revés de Puebla no amilanó a Napoleón III: en septiembre llegaron a Veracruz nuevos soldados al mando del general Forey, quien —según lo pensaba el emperador— sí era capaz de destruir a sus enemigos.

Poco antes de que los refuerzos de Francia desembarcaran en Veracruz, los Miramón abandonaron el Viejo Mundo. El viaje no había curado por completo a Miguel, únicamente sirvió para que él escribiera largas cartas a Concha donde se quejaba de la suciedad y la miseria de Berlín, para que criticara los alimentos mal condimentados o mostrara a plenitud su desagrado por el carácter de los rusos, el cual le pareció muy parecido al de los osos, los tigres y otras bestias feroces. El Macabeo regresó sin pena ni gloria.

En agosto de 1862, los Miramón se embarcaron con rumbo a Nueva York con el anhelo de estar más cerca, de poder regresar y, sobre todo, de que El Macabeo se incorporara a la lucha. Ellos tenían que alejarse para recuperar el honor perdido y para que la comida no les supiera a deshonra: la pálida esperanza y la fe en la Divina Providencia guiaban sus pasos hacia el país de sus enemigos.

Los días en Nueva York fueron grises: las noticias sobre lo que pasaba en México apenas eran rumores o unas cuantas líneas perdidas en los periódicos que estaban mucho más interesados en la guerra que ensangrentaba el sur de Estados Unidos. Ahí tampoco encontraron a ninguno de los suyos: los conservadores, por su antiyanquismo intransigente, prefierieron irse a Europa o La Habana; los monárquicos nada tenían que hacer en ese país, pues sus asuntos estaban en Francia, y los soldados de Mejía y Márquez seguían jugándose la vida en México. Ellos —al igual que El Macabeo— estaban solos, lejos de la mano de Dios.

La miseria no tardó mucho en alcanzarlos. Concha vendió algunas de sus alhajas para pagar la renta de una vivienda lejana de la dignidad y para tener algo que llevarse a la boca. Por vez primera, los Miramón conocieron el hambre.

Ellos no podían seguir en Nueva York, tenían que volver sin importar las consecuencias. Gracias a los dólares que obtuvieron por una medalla de madreperla grabada con la imagen de la virgen María, pagaron sus pasajes para La Habana. En esos momentos no les interesaba si tenían que pasar varios días encerrados en un estrechísimo camarote que estaba bajo la línea de flotación: la virgen no les dio para más.

Al llegar a La Habana, las decisiones fueron fáciles de tomar: Miguel se quedaría y Concha tomaría un barco para Tampico con tal de no toparse con los franceses. El único miedo que tenía era que su esposo no estuviera con ella durante su parto. Concha temía que la muerte le arrancara a alguno de sus hijos.

—No te preocupes, ahí estaré para recibir a la criatura —le dijo El Macabeo antes de acompañarla a la escalera de la desvencijada nave que la regresaría a México.

∞

En La Habana, Miramón buscó a uno de los más viejos conservadores: Antonio Haro, el hombre que intentó frenar a Santa Anna y que tras la derrota de los macabeos se refugió en la isla para tomar los hábitos. Encontrarlo fue muy sencillo: las señas del monasterio eran precisas. Lo difícil fue reconocerlo, el anciano enfrentaba los achaques con poca gallardía: sus manos estaban manchadas, en su cabeza los pocos cabellos amarillentos apenas alcanzaban a enmarcar un rostro ajado y una mirada demencial y sin brillo.

—Pensé que nunca volveríamos a vernos —dijo don Antonio sin mostrar emoción.

—No don Antonio, Dios siempre permite los milagros.

—Éste no es un milagro, los dos ya somos parte del pasado.

Miramón, al escuchar estas palabras no intentó reanudar la conversación. Abandonó el monasterio con ganas de sacarse los ojos, sólo así desaparecería la imagen del hombre que anunciaba el fin de su tiempo.

∞

Los presentimientos de Concha se convirtieron en realidad: los malos aires y las peores aguas de Tampico enfermaron a uno de sus hijos. El vómito negro mató a la niña antes de que los médicos pudieran hacer algo y, como muchos otros, murió antes de que sus padres aprendieran a quererla; la corta vida impedía que los lazos entre padres e hijos se estrecharan.

Concha no pudo llevarse el cadáver a la Ciudad de México, los pocos pesos que le quedaban no alcanzaban para pagarle al embalsamador. La niña Miramón fue depositada en una tumba de quinta: los enterradores apenas esperarían a que sus huesos quedaran mondos para exhumarla. Ella nunca tendría una lápida y su esqueleto terminaría revolviéndose con los que pasarían toda la eternidad en una fosa común.

Tras el entierro, Concha y sus hijos tomaron camino para la capital. No habían recorrido muchas leguas cuando fueron asaltados: el grito de "azorríllense" los obligó a tenderse en el suelo mientras los salteadores revisaban los equipajes y cateaban a los viajeros. Uno de ellos le preguntó si en verdad estaba panzona.

—Yo no estoy panzona, espero un hijo —le respondió la esposa del Macabeo.

El delincuente la miró y sonrió.

—Que le valga por esta vez. Yo no mato niños y no les robo a las mujeres que los esperan.

∽

Miramón no se enteró de la muerte de su hija: cuando la niña comenzó a vomitar, él tomó un barco para Nueva Orleáns, pues se internaría en México desde el norte: la frontera seguía siendo tierra de nadie, un ocre páramo que seguía esperando a sus pobladores.

Mientras reventaba caballos para llegar a la capital tuvo la tentación de ofrecerle su espada al Indio, pero no tardó mucho en arrepentirse. "¡Qué desgracia que Juárez y los suyos sean unos bandidos!" Su única opción, por lo menos en esos momentos, era cumplir la promesa que le hizo a su esposa; después del parto se encontraría con Márquez y Mejía para sumarse a su lucha.

∽

Concha, refugiada con sus hijos en casa de Nicolás Reyes, sintió las primeras contracciones. Doña Zenaida, la esposa de Nicolás, comenzó a preparar todo para el alumbramiento y mandó a uno de sus criados a buscar a la comadrona.

—No te preocupes —dijo la señora Reyes—, ella es muy buena... trajo al mundo a dos de mis hijos.

El criado no alcanzó a salir de la casa.

—Allá afuera está un sombrerudo que quiere ver a la señora —dijo señalando a Concha.

—¿Qué quiere?

—Namás me dijo que verla.

—Dile que pase —indicó Concha esperando la peor de la noticias.

Luego de unos minutos, el hombre entró a la habitación, se quitó el sombrero y dijo:

—¿No te acuerdas que te prometí llegar al parto?

V

Concha y Miguel no tuvieron mucho tiempo para dolerse por la muerte de su hija. Ella tenía que atender al recién nacido sin nodrizas ni sirvientas y organizaba la mudanza de la familia a San Cosme, un barrio que estaba a punto de convertirse en un lugar de mala muerte. Su nuevo hogar, poco adecuado para un ex presidente, apenas alcanzó a ser amueblado con lo que rescató de la casa de Chiconautla. "No importa que sea poco, con tal de que sea nuestro, es mejor a mucho prestado", le dijo al Macabeo recordando las heridas que su orgullo recibió en Europa. Según Concha, ellos no volverían a ser tratados como limosneros: si la pobreza hacía que todos los abandonaran, "pues que se vayan a freír espárragos", pensó mientras los cargadores acomodaban el viejo piano que ya había perdido varias cuerdas.

Miramón, con un ánimo que a ratos era cercano al optimismo, pasaba las tardes conversando con Nicolás Reyes, el partidario de los conservadores que a instancias de Joaquín y Bernardo les abrió su casa a pesar del peligro: si los juaristas o los franceses se enteraban de que El Macabeo había regresado, las consecuencias podrían ser funestas.

—Juárez está casi derrotado y anda a salto de mata con los franceses pisándole los talones —le dijo Nicolás antes de llevarse la copa de jerez a la boca—. Como siempre, tomó camino para el norte: aunque los yanquis no pueden ayudarlo, el Indio se conforma con estar cerca de ellos.

Miramón lo escuchaba atentamente, durante varios días —mientras reventaba caballos para llegar a la capital— apenas pudo enterarse de algunos rumores sobre lo que pasaba.

—Ahora que sus supuestos amigos regresaron y los franceses son dueños de la capital, sólo se habla sobre el día en que llegará el emperador.

—¿Todos volvieron?

—Sí, todos: nada más dése una vuelta por palacio y no tardará en encontrarse con el obispo Pelagio, con el padre Miranda y con Almonte, quien, según andan diciendo, se quedará a cargo del país mientras llega Maximiliano.

—¿Y Mejía?

—Nada inesperado, a él le pasó lo mismo que a Márquez: con tal de derrotar a Juárez, aceptó a los franceses y espera la llegada del emperador. Pero Márquez, qué puedo decirle si usted lo conoce mejor que yo.

Para El Macabeo los caminos estaban bloqueados: la posibilidad de atrapar al Indio para establecer un gobierno católico no tenía sentido, los franceses y los monárquicos tomaron la capital para instalar un nuevo régimen. Levantarse en armas en contra de los invasores tampoco era una opción: nadie estaría dispuesto a acompañarlo al suicidio y los soldados de Cristo no podían oponer resistencia a los invasores. La fe no bastaba para enfrentarse a sus enemigos y la iglesia, que ya se había aliado a los monarquistas y a los invasores, no les tendería la mano.

—Ya sólo me queda de una —dijo Miramón—: tragarme el orgullo y ofrecerle mi espada a los franceses.

—Tiene razón, en este momento, lo único que puede hacer es avisarle al general Forey de su llegada, pues de otra manera lo terminarán embarcando en Veracruz, aunque también existe otra posibilidad...

—¿El paredón?

—Sí, desgraciadamente.

∞

Cuando Concha terminó de amamantar al recién nacido, Miguel le pidió que leyera la carta que estaba a punto de enviarle al general Forey. Ella, sin mediar palabras, tomó las dos hojas. Al cabo de unas cuantas líneas, comenzó a leer en voz alta.

> Estoy convencido sobre la intervención noble y generosa de Francia, que ha querido auxiliar a mi desgraciada patria para que, libre de la coacción de los partidos, elija la forma de gobierno que estime más conveniente.

Concha dejó las páginas en el buró y se sentó en la cama. Su mirada era idéntica a la del día en que Miramón le pidió matrimonio por primera vez.

—Te estás traicionando —le dijo al Macabeo.

—No Concha, no me estoy traicionando.

—Por favor Miguel, no me vayas a decir que esto lo haces por mí o por tus hijos. Tú nos enseñaste a no agacharnos ante nadie, y ahora le haces salemas a los que nos ofendieron y andan con el brete de traer a un reyecito.

Miramón se hincó frente a ella e intentó tomarle las manos.

—Por favor, entiéndeme: Juárez está huyendo, los franceses son dueños de casi todo el país y los mexicanos no tenemos un ejército. Nuestros soldados, los tuyos y los míos, nada más obedecen órdenes... en muy poco tiempo no serán capaces de conservar absolutamente nada. Por eso vuelvo: si estoy con ellos, la posibilidad de que exista un ejército mexicano no está perdida.

Concha le acarició el rostro y rogó por el amparo de Dios.

∞

Forey recibió la carta y aceptó reunirse con Miramón. Con distante cortesía agradeció su interés y terminó diciéndole que estaba a punto de abandonar México.

—El general Bazaine estará aquí en unos días para tomar el mando de las tropas. Mientras tanto, sólo puedo pedirle que se sume a las fuerzas del general Márquez que están a punto de marchar contra los enemigos de su patria.

—Con todo gusto mi general —respondió El Macabeo.

Sin más protocolo, Forey acompañó a Miguel a la puerta de su despacho. El general no confiaba en el guerrero de Dios, estaba seguro de que terminaría por tomar su camino para convertirse en un problema, valía más tenerlo cerca a permitir que anduviera solo y sin brida. Antes de que Miramón abandonara el lugar, Forey le hizo una discretísima señal para que se detuviera.

—Una cosa más, le sugiero que no abuse de su nombre ni de su fama. Es mejor que su presencia apenas se note.

—Sí, mi general.

Al volver a su casa, Miguel le dio la noticia a su esposa: la felicidad volvió durante unos cuantos días; sin embargo, él nada le dijo sobre las últimas palabras de Forey: la obligación de pasar desapercibido era una ofensa que Concha nunca toleraría.

∽

Miramón volvió a la guerra y Bazaine llegó a la capital.

Hasta donde le fue posible, El Macabeo hizo cuanto pudo para pasar desapercibido: nunca entró con las tropas a las ciudades y los pueblos, él llegaba de noche, cuando los desfiles y los bailes habían terminado. Bazaine, en cambio, llegó mostrando toda su fuerza: desfiló sin problemas y en un santiamén acordó con los monarquistas la llegada de Maximiliano. Los miembros de la Junta de Notables que supuestamente gobernaba al país nada opusieron a sus decisiones, el obispo Pelagio, el padre Miranda y Almonte estaban satisfechos con los acuerdos: el Habsurgo parecía ser un buen católico y el país recuperaría su rumbo después de que los franceses pasaran por las armas al Indio.

Sólo una cosa preocupaba a Bazaine: los soldados mexicanos que insistirían en convertirse en el ejército nacional. Él y sus hombres tenían que ser la única fuerza, el brazo armado de Napoleón III que garantizaría el cumplimiento de todos los acuerdos: sin los fusiles y las bayonetas, Maximiliano podría quedar a merced de los mexicanos y el rey de Francia nunca podría cobrar las deudas ni mantener una colonia disfrazada de monarquía en el Nuevo Mundo.

En enero de 1864, Bazaine comenzó a desmantelar el ejército que a ratos se sentía mexicano. Debido a un papel manchado con tres sellos, Miramón tuvo que entregar el mando a un coronel francés de apellido impronunciable: de nada valía que él fuera general de división, que sus hombres le fueran fieles hasta la muerte y que, en más de una ocasión, hubiera guerreado y triunfado en los lugares donde estaban a punto de batirse. El mensaje era claro, indubitable: El Macabeo podía permanecer en el ejército, pero ya nunca más comandaría las tropas, éste era un privilegio reservado a los invasores.

∞

La respuesta de Miramón no se hizo esperar. Aún no terminaba de entregar el mando cuando garabateó una carta para poner los puntos sobre las íes: "General —escribió a Bazaine—: he querido dar ejemplo de sumisión a la voluntad nacional interpretada por la junta de notables. He aceptado sin reserva sus decisiones, pues deseaba que mis actos, más que mis palabras, probaran la lealtad con la que abrazaba la nueva forma de gobierno que la nación se dará gracias al ilustre príncipe que conducirá su destino. Pero yo quería todo esto conservando mi dignidad o, por mejor decir, con la dignidad del alto puesto que ocupo en el ejército. Como su determinación hace que esto sea imposible, le suplico, mi general, que dé las órdenes para que yo pueda volver a la capital del país".

Bazaine recibió la carta con gusto y le respondió al Macabeo con una breve nota donde le informaba que podía regresar a la Ciudad de México por no ser necesarios sus servicios en el campo de batalla. "Con gusto accedo a sus deseos", escribió el francés en la última línea de ese documento.

∽

Acompañado por unos cuantos hombres, El Macabeo emprendió el regreso a la Ciudad de México. Al llegar a San Juan del Río, los soldados lo dejaron para volver a su campamento. La derrota nuevamente lo había alcanzado antes de presentar batalla.

Ahí, en la mesa de la posta de las diligencias, estaba Miramón: en la mano derecha tenía su rosario y acariciaba las cuentas. No tenía ganas de rezar. Sin pedir permiso, un chinaco se sentó frente a él.

—Sírvame algo fuertecito —le dijo el recién llegado al encargado de la posta.

—La mesa ya está ocupada —señaló Miguel sombrío—. ¿Por qué no se va a donde no estorbe?

—No se ponga bravo, no hay necesidad de maltratar a la persona que le trae un recado.

—Pues dígamelo y váyase en paz.

—El general Manuel Doblado tiene ganas de conversar con usted.

—Y ¿para qué? Él y yo estamos separados por el patarrajada.

—Pues ya ve cómo son las cosas: usted acaba de mandar al diablo a los franceses y los juaristas ya lo andan buscando. ¿Nos vamos juntos o me regreso solo?

∽

Se fueron juntos y no cruzaron palabra durante el camino. Después de cabalgar durante cinco leguas llegaron al sitio donde los esperaban los hombres del general Dobla-do. Miramón y el chinaco desmontaron.

—No se preocupe, yo le cuido el cuaco —le dijo el chinaco con una sonrisa siniestra.

El Macabeo, con cierto temor, avanzó hacia el lugar donde estaban los juaristas. Con la mayor discreción posible, amartilló su pistola sin sacarla de la funda: la traición era una posibilidad que no podía darse por descontada.

—No hay necesidad de armas —le dijo uno de los militares—. Aquí namás estamos para platicar como la gente que anda con ganas de tener nuevos amigos.

—Entonces, dígame qué se le ofrece.

—¿Así?, ¿sin más ni más?

—Por supuesto.

—El general Doblado lo invita a que se cambie de bando. Él sabe que usted, a pesar de las ideas que los separan, es un patriota y está dispuesto a enfrentarse a los franceses. Por el grado y los hombres no hay problema: el general se lo respeta y los hombres se los entrega en lo que se lo estoy contando.

—Dígale al general Doblado que le agradezco su oferta y, sobre todo, que le doy las gracias por reconocer mi patriotismo. De lo demás no le diga nada, él entenderá que no puedo aceptar su ofrecimiento: la fe nunca es negociable.

⁂

—¿Y qué les contestaste? —le preguntó al Macabeo su esposa.

—Me negué sin más ni más. El emperador está a punto de llegar y su presencia puede cambiarlo todo.

—¡Yo me iría con el Gran Turco con tal de no ver a los franceses y darles un soplamocos! —gritó Concha.

—¡Cállate, hijita, cállate! ¿De verdad te gustaría que yo traicionara a Dios y me volviera un bandido como los juaristas?

Concha le dio la espalda y salió del cuarto sin responderle.

Miguel no tuvo mucho tiempo para modificar su negativa: el emperador llegó a la capital en junio de 1864.

VI

Concha y Miguel no salieron de su casa el día que Maximiliano y Carlota entraron a la Ciudad de México: los ochenta pesos que cobraban por sentarse en los balcones de las casas frente a las que pasaría el cortejo era demasiado dinero para los Miramón, con esa suma podían pagar las comidas de una semana. La posibilidad de pararse en la calle para verlos pasar estaba más allá de su dignidad: ellos no eran unos léperos. Por si lo anterior no bastara, Concha insistía en que lo único que merecían los recién llegados eran un par de soplamocos para que se enteraran de lo que pensaban los mexicanos bien nacidos.

A pesar de sus enfrentamientos con Concha y Bazaine, Miguel acariciaba la posibilidad de que Maximiliano le permitiera reclutar y comandar al ejército mexicano, sólo de esta manera el emperador tendría la fuerza suficiente para distanciarse de Napoleón III y derrotar a los juaristas. "Entiende Concha, los franceses no pueden quedarse para siempre", le dijo a su esposa en más de una ocasión, pero ella —herida en su orgullo y su patriotismo— no cedió un ápice.

∽

No habían pasado más de cuatro semanas desde la llegada de los emperadores, cuando Miguel y Concha recibieron una invitación para asistir a un baile en palacio.

—Ya ves, te lo dije: el emperador nos invita y eso abre la posibilidad de que vuelva al ejército.

—Vayamos a ver a los emperadores para que te des cuenta de que con ellos no hay futuro —le contestó Concha con ansias de batalla.

Miguel no cayó en la tentación de la pelea. Él sólo pensó que, después del baile, Concha se convencería de que sus cálculos eran correctos.

∽

Cuando los Miramón entraron a Palacio Nacional, Concha recordó los tiempos idos: la fiesta con los platos despostillados que se dio para festejar la victoria de Zuloaga, los poquísimos bailes que ella organizó cuando Miguel ocupaba la oficina más importante del edificio. Aunque apenas habían pasado unos cuantos años, aquellos tiempos sólo pertenecían a un pasado que nunca se repetiría.

—¿Qué piensas? —le preguntó El Macabeo mientras caminaban hacia el patio central.

—En lo que fuimos.

Miguel intentó convencerla de que volverían a ser lo que merecían, que pronto abandonarían San Cosme y él avanzaría contra los juaristas al frente del ejército mexicano.

Al entrar al patio central, los Miramón observaron a quienes ya no eran sus amigos: el obispo Pelagio los saludó con displicencia y el padre Miranda les volteó la cara casi avergonzado, algo de pena le quedaba al sacerdote que acompañó a Miguel en su viaje de La Habana a Veracruz. Concha y El Macabeo se tragaron su muina. Tenían que acercarse al emperador, Miguel sólo necesitaba unos instantes para convencerlo de la bondad de sus planes.

Los Miramón se formaron en la fila para saludar a Maximiliano y Carlota. Todos los que ahí estaban tenían planes y propuestas: algunos querían construir ferrocarriles, otros levantar líneas para el telégrafo, unos más ansiaban un lugar en la corte y no faltaban los que deseaban venderle lo que fuera al nuevo monarca. Las ballonetas francesas y los nobles austriacos —según ellos— eran buenas razones para pensar que los juaristas estaban perdidos y que el novísimo imperio pronto traería la paz.

La fila avanzaba con cierta rapidez: en la mayoría de los casos, el emperador sonreía y, casi sin escuchar las propuestas, obligaba a los mexicanos a seguir adelante con un movimiento de su brazo. Miguel lo observaba y deseaba que no le ocurriera lo mismo: necesitaba ser visto, escuchado. No quería que Concha tuviera la razón.

—El general Miramón —dijo el ayudante que estaba junto a Maximiliano.

—Para servir a Dios, a Su Majestad y nuestra patria —se presentó El Macabeo mientras Concha hacía una reverencia muy cercana al desplante.

—Ya me han hablado de usted, pronto tendremos que encontrarnos: usted es una pieza clave para el imperio —dijo Maximiliano.

☙

Durante cuatro meses, El Macabeo esperó a que el emperador lo llamara. La miseria ya sitiaba a su familia, la desesperación era incesante y los "te lo dije" de Concha le taladraban el alma. Se había equivocado, su aparición en palacio fue en vano: él no formaba parte de los planes de Maximiliano. Bazaine —a pesar de la corona que portaba el Habsburgo— seguía siendo el hombre fuerte del país: el emperador podía mandar lo que se le pegara la gana, pero ninguna de sus órdenes se cumplía si no tenía el visto bueno del general francés.

Miramón no era el único decepcionado: los conservadores tuvieron que conformarse con ocupar los puestos de la corte y recibir orlados pergaminos con escudos de armas que en más de una ocasión fueron labrados en las fachadas de sus casas. Ellos tampoco formaban parte de los planes de Maximiliano. El imperio sólo podría ser gobernado por algunos liberales que recuperaron sus fueros sin necesidad de sumarse a las tropas de Juárez. De todos los conservadores y los monárquicos sólo el general Almonte ocupó un lugar de cierta importancia.

La iglesia tampoco estaba contenta, en unos cuantos meses —según lo dijo el obispo Pelagio— "el austriaco sacó las uñas y mostró lo que realmente era: un liberal de mierda que nos engañó de cabo a rabo". En vano, el padre Miranda, el nuncio papal y el obispo le pidieron que derogara las leyes heréticas de los liberales; sin obtener ningún resultado le rogaron que no clausurara la Universidad Pontificia y tampoco consiguieron que Maximiliano rompiera de manera absoluta con los juaristas: el monarca, a pesar de todo, seguía pensando que el Indio aceptaría incorporarse a su gobierno. Los ensotanados también se habían equivocado.

Los únicos que tenían la razón y estaban satisfechos con lo que estaba sucediendo eran Napoleón III y Bazaine: una monarquía liberal y sin ejército era lo que más convenía a los intereses de Francia; un emperador liberal y sólo preocupado por cazar mariposas y revolcarse con las indias en Cuernavaca era mucho mejor que un soberano dispuesto a hacer valer su corona. Los complicados rituales de la corte también les tenían sin cuidado y lo mismo pasaba con las puterías de la princesa Salm Salm, quien a fuerza de saltar de lecho en lecho siempre obtenía distinciones para su marido. Las buenas intenciones de Maximiliano y su esposa —traducir la constitución a lenguas indias, fundar hospicios y hospitales para pobres, abrir escuelas de artes y disfrazarse de mexicanos— no les preocupaban gran cosa. Ellos eran los dueños del país.

A los cuatro meses y seis días del baile en Palacio Nacional, Maximiliano recibió al Macabeo en su despacho. Cuando entró a la que fuera su oficina, el guerrero de Cristo estuvo a punto de entristecerse por los cambios: la bandera que estaba a sus espaldas ya no era la misma, el águila estaba coronada. El emperador y su ministro de guerra lo recibieron con gusto y, después de las preguntas de rigor y las respuestas educadas, Maximiliano decidió entrar en materia.

—Usted, mi general, bien sabe que el ejército del imperio no puede estar formado por levas —dijo el emperador—. Necesitamos una tropa perfectamente bien adiestrada y pertrechada, capaz de conocer y aplicar las técnicas modernas de combate.

—Lo sé y estoy dispuesto a ayudarlo en lo que me ordene —dijo Miramón seguro de que sus afanes serían recompensados a pesar de las malquerencias de Bazaine.

—¡Qué bueno! —dijo el ministro de guerra que durante todo el encuentro había estado callado—. Nos sentimos honrados porque usted acepta ayudarnos. Por esta razón, Su Majestad ha dispuesto que usted vaya a Europa a estudiar las tácticas de artillería por un tiempo indefinido.

—Por su familia no se preocupe —le dijo el emperador—, doña Concepción y sus hijos se incorporarán a la corte, donde no les faltará nada.

Miguel cayó en la trampa: a todos les estorbaba y ahora lo mandaban al exilio para cumplir un encargo nebuloso. Su esposa y sus hijos se quedarían como los rehenes que garantizarían su buen comportamiento.

*

A finales de 1864, Miramón dejó el país a bordo del Louisiana. Él no pudo enterarse de que Leonardo Márquez tuvo un destino muy parecido: Maximiliano lo comisionó para ir a Constantinopla a entregarle al sultán el Gran Collar del Águila Mexicana y fundar un convento capuchino en los Santos Lugares. Los macabeos estorbaban, sólo el Indio Mejía fue aceptado por el emperador: unos cuantos días antes de que Miguel partiera al destierro, Tomás Mejía recibió de manos de Su Majestad la orden de Guadalupe y, cuando por su prieto pasado no pudo leer su discurso, Maximiliano le tomó las manos y le dijo que no hacía caso de las palabras, sino de los corazones.

VII

Mientras Miramón rumiaba su exilio y se apretaba las tripas para estirar los centavos que le mandaban desde México, Concha padecía su ausencia y los desplantes de la corte: a la menor provocación, la esposa de Almonte le restregaba las palabras que pronunció en su casa, la emperatriz Carlota la despreciaba y el resto de las damas, con tal de no perder su posición, hacían exactamente lo mismo: el apodo de "la presidenta" le ardía en el estómago, cada una de sus letras le provocaba cólicos. Ella sólo era requerida cuando la emperatriz emprendía alguna labor poco agradable: Concha estuvo a su lado cuando visitaron el manicomio y una niña idiota que se reía sin control insistía en tocarla con su mano llena de mocos. "Déjese acariciar —le dijo Carlota en esa ocasión—, así se darán cuenta de que las damas de la corte también aman a los súbditos del imperio." Los únicos momentos de paz que le quedaban eran los días cuando iba a visitar a sus hermanas: las Lombardo, aunque nunca se recuperaron de las pérdidas que les dejó la muerte de don Francisco y vivían muy cerca de la pobreza, eran su único consuelo. En las casas de ellas, podía volver a ser Concepción, Concha o Conchita y la comida no le sabía salada como la hiel.

Atrapada por hambre en la corte, tenía que lograr que su esposo volviera. Cuando Miguel regresara ya verían el modo de salir adelante sin tener que acercarse al castillo de Chapultepec. Incluso, en algunos momentos, llegó a pensar que Juárez quizá lo aceptaría en sus tropas: "es mejor morir con una bala en el pecho que seguir padeciendo afrentas", pensaba mientras trataba de contener la tentación de beber un vaso de láudano para dormir tranquila.

∞

Cuando recién comenzaba 1865, Concha pidió audiencia con el emperador para intentar resolver la situación de Miguel. Aunque tuvo que curvar la espalda en varias ocasiones y soportar algunos desplantes, terminó siendo invitada a desayunar con Su Alteza. Durante un buen rato, Maximiliano no le dijo nada que le importara: las mariposas, los jardines, las maravillas de las orquídeas y las ceremonias de la corte le importaban un bledo partido por la mitad. Cuando estaban a punto de retirar el último plato, ella decidió obligar al emperador a que se definiera.

—Y mi esposo, Su Majestad, ¿cuándo volverá a estar con nosotros?

—Comprendo el disgusto del general Miramón por su salida del país, y he sabido que algunos enemigos del imperio están trabajando para llevárselo con ellos: a Juárez le faltan espadas y la de su esposo tiene un valor muy especial.

—Pero la lealtad de Miguel está más allá de cualquier prueba —repuso Concha.

—Justo por eso, mi querida Concepción, lo mejor es que usted y sus hijos se vayan con él para tranquilizarlo. En estos momentos nada podemos hacer por él, ni obrar en su favor como todos lo deseamos, pero cuando los franceses dejen el imperio, el general Miramón tendrá el lugar que le corresponde, dígaselo así y no de otra manera.

∞

Al salir del comedor, Concha se encontró con uno de los ministros del imperio, José Fernando Ramírez, quien se ofreció a acompañarla hasta la salida del castillo.

—El emperador me ordenó que personalmente me encargara de sus gastos; por favor, pase a verme mañana a mi oficina para entregarle el dinero que necesita y que pueda encontrarse con su marido. No estaría nada mal que usted y sus hijos salieran en el próximo barco.

—Gracias, don Fernando —dijo Concha sin mucho ánimo.

—Otra cosa, Su Majestad me encargó que le recordara que hiciera todo lo posible para que el general Miramón no dé oídos a los que quieren enfrentarlo con el imperio.

—No se preocupe, dígale a Su Majestad que mi esposo no es un traidor —respondió al darse cuenta de que su salida del país se acordó mucho antes de que se sentara a desayunar con Maximiliano.

∞

Cuando los Miramón se reunieron en París, la situación ya era desesperada: Miguel, para comer, había tenido que vender su cadena y sus botones de oro, pues el emperador le redujo su sueldo a la mínima expresión. En aquellos momentos, lo único que los salvaba era el dinero que Concha obtuvo gracias al empeño de sus alhajas. La miseria, la imposibilidad de regresar a México y el hecho de que El Macabeo vegetara en Saint Germain mientras observaba las maniobras militares, los lastimaban a todos. Los meses pasaban, la melancolía se apoderaba de sus cuerpos y les rajaba las almas. Concha, por más esfuerzos que hacía, apenas lograba levantarse de la cama, y Miguel, sólo por mantener las apariencias, fingía que su labor tenía cierta importancia.

Miramón, con ansias de no mirar las desgracias cotidianas, permanecía largos periodos en los cuarteles. Ahí podía recordar lo que había sido y quizá nunca volvería a ser, ahí podía mirar a los soldados e imaginar que los podría llevar a una victoria que se alejaba a cada instante. Las ropas ajadas mostraban su pobreza y, desde el día en que los botones de oro fueron sustituidos por unos de hueso que apenas brillaban, los oficiales franceses se mantuvieron a una distancia que estaba más allá de lo que ordenaban las buenas maneras. Ninguno quería conversar con el general que ya casi era un don nadie: las hazañas que narraba sólo eran escuchadas como las mentiras que cuentan los borrachines con tal de ganarse una copa.

Concha, harta de su lejanía, urdió un plan para que regresara a su lado: le envió un telegrama donde le informaba que Rafael, el más pequeño de sus hijos, estaba enfermo, en trance de muerte. Según ella, esta pequeña mentira bastaba y sobraba para que él regresara y, quizá, intentaran volver al lugar que nunca debieron abandonar.

Esa noche, cuando Concha estaba segura de que Miguel no tardaría en volver, se dio cuenta de que Rafaelito ardía en fiebre y vomitaba sin que nada pudiera contenerlo. El Macabeo no llegó a tiempo: el niño murió a pesar de los esfuerzos de los médicos. Ella nunca volvió a enviar un telegrama y le prohibió a su esposo que lo hiciera. Los cables que conducían las palabras eran de mala suerte.

⌘

Los Miramón se quedaron en Europa: no había manera de volver. Mientras ellos luchaban contra la miseria y la melancolía, el imperio de Maximiliano comenzó a resquebrajarse: cuando los norteños estuvieron seguros de su victoria sobre los confederados, Juárez y sus seguidores comenzaron a recibir ayuda de los yanquis, que habían puesto fin a su guerra civil. Los rifles y los cañones que ya no usarían bien podían destinarse a las batallas que sus aliados estaban a punto de enfrentar. Poco a poco, desde el norte, comenzaron a avanzar las tropas republicanas: entre marzo y abril de 1865, los juaristas tomaron Hermosillo y Chihuahua. Unas semanas más tarde, también derrotaron a los franceses en Monterrey. En Oaxaca y Puebla, el general Porfirio Díaz también vencía a los invasores y amenazaba con cerrar la tenaza. Aunque Su Majestad trató de ganarse a los confederados restituyendo la esclavitud, los sureños de Estados Unidos ya estaban derrotados y nada podían hacer para apoyarlo.

Los problemas de Maximiliano no se reducían al apoyo de los yanquis y el avance de sus enemigos: la iglesia, como resultado de su negativa a derogar las leyes heréticas, le había dado la espalda, y los franceses —una vez que entraron en guerra en Europa— decidieron retirar a sus tropas de México. A Napoleón III le bastaba y le sobraba con las batallas que se desarrollaban en sus fronteras, no podía darse el lujo de emprender una guerra contra los yanquis que apoyaban a los juaristas.

Maximiliano, ante la posibilidad de la victoria de los juaristas envió a Almonte y a la Emperatriz a Europa para intentar resolver los problemas del imperio: el tratado que Almonte le propuso a Napoleón III terminó en la basura y Carlota, después de recorrer la corte y entrevistarse con el papa, sólo consiguió una negativa rotunda. Los emperadores estaban abandonados a su suerte.

Cada una de las derrotas de los franceses abría la posibilidad de que los Miramón volvieran: si el emperador se quedaba solo, no tendría más remedio que aceptar que El Macabeo y el general Márquez comandaran sus tropas. Mejía, a pesar de su cercanía con el Habsburgo, no tenía el suficiente tamaño para derrotar a los liberales.

∞

El 8 de octubre de 1865 llegaron al castillo de Chapultepec dos telegramas urgentes. Brash, el médico del emperador, era el indicado para darle la noticia y no dudó en interrumpirlo.

—Alguien está enfermo en Miramar.

—¿La señora Almonte? —preguntó Maximiliano.

Brash hizo cuanto pudo para no decir lo que pasaba, habló de falsos males y pésimos diagnósticos, hasta que fue interrumpido por el Emperador.

—Usted trata de mentir piadosamente, el tormento será menor si me dice la verdad.

—¿Su Majestad conoce al doctor Riedel en Viena?

—Sí, es el director del manicomio.

Maximiliano comprendió lo que sucedía: Carlota había perdido la razón.

Mientras las tropas franceses comenzaban a retirarse a Veracruz para regresar a Europa, los Miramón y el general Márquez abordaron el barco que los llevaría a México.

—Estamos como empezamos —dijo Márquez mientras encendía su pipa y miraba al horizonte.

—¿Usted lo cree así? —respondió Miramón.

—Sí, mi general, estamos igual que la primera vez que nos levantamos en armas para defender nuestra fe de los juaristas y los yanquis… estamos solos.

—No —repuso El Macabeo—, Dios está con nosotros.

VIII

El 24 de octubre de 1866, Maximiliano llegó a Orizaba. A pesar del recibimiento y los discursos que garantizaban la lealtad de sus súbditos, el emperador estaba decidido a abdicar: su trono, a estas alturas, valía menos que la madera con la que fue labrado. Ahí permaneció: escribiendo cartas a su familia, preparando su viaje, dictando algunas providencias para los que se quedarían a enfrentar la derrota. En aquellos días, ya eran pocas las cosas que le importaban a Su Alteza; en realidad, él sólo quería largarse: casi todos le habían vuelto la espalda y estaba seguro de que los días del imperio estaban contados.

No había transcurrido un mes desde su llegada a la ciudad, cuando una buena parte de los integrantes del gobierno imperial acudieron a su llamado. Gracias a las cartas cifradas, ellos se enteraron de que el Habsburgo no estaba en Orizaba para recuperarse de sus penas ni para acrecentar su colección entomológica, él sólo quería estar cerca de Veracruz y estaba decidido a irse antes de que las tropas de Napoleón III terminaran de embarcarse. Así, a finales de noviembre, el consejo de estado se reunió y Maximiliano les confirmó sus intenciones.

—Ya nada me queda por hacer: los soldados de Napoleón III me han abandonado, los juaristas avanzan gracias al apoyo de los estadounidenses y la única manera de lograr la paz es que yo renuncie a la corona y deje el país. El imperio está herido de muerte y no tiene sentido prolongar su agonía.

—Su Majestad —dijo uno de sus consejeros—, usted no puede abandonar el imperio antes que los franceses. Sus enemigos interpretarían este acto como una debilidad que no cabe en un Habsburgo.

—Puede que usted tenga razón, los Habsburgo nunca nos rendimos, pero la abdicación no supone que yo entregue mi espada, sólo busca traer la paz a cambio de una corona. Y eso, señor mío, es mucho más importante que mi permanencia en el trono.

Los consejeros no estaban dispuestos a aceptar su abdicación y la reunión prosiguió durante varias horas: algunos apostaron a favor de crear un gobierno con los juaristas, mientras que otros insistían en hacer sacrificios para pagarle a Napoleón III y conservar las tropas francesas: lo primero era inadmisible para la mayoría y lo segundo imposible, la iglesia era la única que podría apoyar al imperio con dinero, pero su jerarquía ya estaba harta de Maximiliano, de su liberalismo y sus liberalidades que sólo habían provocado escándalos. En esos momentos, al obispo Pelagio y al padre Miranda les importaba más preparar su salida del país que intentar la resurrección de un imperio muerto.

La noche alcanzó al consejo de estado sin haber conseguido algún acuerdo y las reuniones, como era de esperarse, se prolongaron durante lo que restaba del mes.

∞

El emperador asistió a casi todas las reuniones del consejo de estado. Las más de las veces permanecía en silencio mientras sus ministros se desgañitaban para intentar imponer sus opiniones. Por las noches, ya menos harto de las discusiones, leía las cartas que le llegaban de Europa: los barcos que atracaban en Veracruz para llevarse a los soldados franceses permitían que la correspondencia fluyera con una velocidad que nunca antes había tenido.

La última noche de noviembre, Maximiliano recibió dos cartas: la primera era de su madre y la segunda de su hermano, el emperador austriaco. Con un delicado abrecartas rasgó los pliegos y con sus manos planchó los papeles arrugados. No pudo terminar de leerlas: desde las primeras líneas, ambos le decían que él tenía que cumplir su destino, que los Habsburgo nunca se rendían y que no tenía derecho a la deshonra. Su suerte ya estaba echada: desde el otro lado del océano, los suyos lo condenaban a mantenerse en su puesto sin importar las consecuencias.

Al día siguiente, en los muros de Orizaba, se fijaron carteles con un mensaje que parecía esperanzador:

¡Viva el Imperio Mexicano!

El 30 de noviembre será para siempre un gran acontecimiento, un acontecimiento que pone fin a la cruel incertidumbre en que nos hallábamos: smi, el Gran Maximiliano, ha tomado la decisión de seguir rigiendo los destinos de México.

∞

Los integrantes del consejo de estado estaban felices y sólo Bazaine pudo enfurecerse: "Si el austriaco se quiere quedar, pues que se quede y lo fusilen de espaldas", pensó el general antes de decidir el último negocio que haría antes de largarse de México. Aunque sus superiores le habían ordenado que, con tal de aligerar las naves, destruyera una buena parte de las armas o se las regalara a Maximiliano, él no hizo ni lo uno ni lo otro. Prefirió vendérselas a un general juarista: Porfirio Díaz, quien a cambio de unos buenos pesos, pertrechó a sus tropas con los fusiles y los cañones del cuerpo expedicionario. Según Bazaine, era mejor que los patarrajadas se quedaran con ellas a que cayeran en manos de Miramón y Márquez.

⚭

El Macabeo y Márquez llegaron a Orizaba cuando el consejo de estado ya había decidido continuar la lucha con lo poco que les quedaba. A pesar de los infortunios, ellos estaban convencidos de que la gente se uniría a sus fuerzas con tal de no ser gobernada por el Indio que sólo les robaría su fe.

Sin ningún problema, los generales recién llegados fueron aceptados en las reuniones y ninguno de los ministros se opuso a que se hicieran cargo de las tropas: su fe en la leva y el prestigio del Macabeo bastaban y sobraban para tener confianza en el nuevo ejército. En menos de dos horas, todos estuvieron de acuerdo en las órdenes que recibirían los generales imperiales: Miramón se encargaría de las tropas que recuperarían el noroeste del reino, Mejía comandaría a los soldados que operarían en el centro y el sur, y Márquez se haría cargo de las fuerzas del norte.

LA DERROTA DE DIOS

Al salir de la reunión donde sólo fueron abrazados y tratados como salvadores de la patria, el general Márquez le pidió al Macabeo que se reunieran durante un momento. Tenían que hablar a solas, lejos de las orejas de los últimos fieles al imperio. Ellos caminaron hasta la plaza central de Orizaba, ahí se sentaron. La noche era fresca y el aire estaba húmedo.

—Mi general, entendámonos sin que ningún lamebotas nos nuble la inteligencia —comenzó Márquez.

—Por favor, dígame usted lo que sea necesario. Nos sobran confianza y pasado para andarnos con medias tintas.

—Usted y yo, a pesar de las palabrerías que acabamos de oír, sabemos que esta guerra ya está perdida. Somos generales de división y nuestras fuerzas apenas son más grandes que una pinchurrienta compañía. Para acabarla de fregar, usted y yo mandamos un ejército que no tiene armas. Don Miguel, nos estamos suicidando.

—¿Me está proponiendo que nos cambiemos de bando? Porque si de esto se trata...

—No —lo interrumpió Márquez—, de ninguna manera: usted y yo no tenemos nada que hacer con los juaristas. Sólo quiero saber si usted está dispuesto a ser derrotado, a suicidarse por falta de hombres y pertrechos.

Miramón tuvo que guardar silencio durante un momento, no podía refutar las palabras de Márquez y tampoco podía oponerles la posibilidad del patriotismo: El Macabeo ya no sabía qué diablos era México, ¿el imperio que amenazaba con hundirse?, ¿el hogar de los macabeos?, ¿la patria que portaba el gorro frigio de los liberales? Con calma, se toco el rostro para buscar la vieja cicatriz. Con el dedo medio siguió la delgadísima línea que nunca le afeó el rostro.

—Mi general, usted y yo ya estamos muertos, todos los nuestros están muertos. Sólo nos hace falta dar el último paso, démoslo con dignidad, pues sólo eso nos queda.

El general Márquez asintió con un movimiento de cabeza. Ambos se levantaron y comenzaron a caminar hacia el lugar donde pasarían la noche.

—Por favor —le pidió El Macabeo—, démonos un abrazo antes de ir a encontrarnos con el destino. Abráseme fuerte, como lo hacían los hombres que ya se nos adelantaron y nos están esperando en la Gloria.

∞

A finales de diciembre, Miramón estaba listo para partir al combate. Concha lo miraba pasar revista: casi ninguno tenía una espada, los más sólo iban armados con gruesos garrotes; los fusiles y las pistolas no llegaban a una centena y los caballos enflaquecidos no alcanzaron para todos los oficiales. Sólo él y su hermano Joaquín tenían con qué defenderse sin problemas.

—Ellos serán los nuevos californios —le dijo Miguel a Concha antes de montarse en su caballo.

—A mí no me engañas, te estás matando.

—Tú no te apures, ten fe, y no creas que voy buscar la muerte, voy a la guerra por mi Dios y por la libertad de nuestra patria.

El Macabeo se acercó a besarla y ella le mordió los labios. A los dos se les terminaron las palabras.

∞

Los cuatrocientos hombres apenas armados, las dos piezas de artillería y las alforjas vacías no le sirvieron de mucho al Macabeo: tras unas cuantas escaramuzas en las que no hubo vencedores ni vencidos, él se quedó varado en Salamanca por falta de pertrechos. No había modo de detener a los enemigos: el valor y la entrega no bastaban para derrotar a quienes recibían armas de los yanquis o se habían quedado con las de los franceses. A pesar de la pobreza de sus fuerzas, él atacó Zacatecas y estuvo a punto de atrapar a Juárez: el Indio nuevamente logró escabullirse.

La nueva posición de Miramón era indefendible, los tiros que aún le quedaban apenas y alcanzarían para diez minutos de batalla, tenía que retirarse. Aunque estaba seguro de su muerte, él se negaba a ser aprehendido: ansiaba ofrecerle el pecho a las balas, no quería grilletes en sus muñecas.

A comienzos de 1867, se enteró de que Maximiliano se dirigía a Querétaro con la mayor parte del ejército imperial, así que tomó la única decisión que estaba a su alcance: ir a su encuentro para sumarse a la batalla definitiva.

IX

El Macabeo no tardó mucho tiempo en percatarse de que todo estaba perdido. Aunque en los consejos de guerra él había insistido en que las tropas imperiales salieran de la ciudad para batir a las columnas liberales para evitar el sitio, el emperador, Mejía y el príncipe Salm Salm se negaron por cobardía y apenas autorizaron unas cuantas incursiones. Y así, al cabo de unos días, Mariano Escobedo, al frente del ejército juarista, rodeó Querétaro y los horrores no se hicieron esperar: el hambre, las heridas y la muerte se mostraron con toda su furia.

Estaban atrapados. Las ansias de romper el cerco y el anhelo de que llegaran refuerzos para rescatarlos se apoderaron de los últimos fieles al imperio. Sin embargo, nada de esto era posible: las balas ya eran tan escasas que los soldados arrancaron el tejado del Teatro Iturbide para fundirlo y colocar los proyectiles en cartuchos de cartón que se cebaban las más de las veces. Las órdenes de sólo disparar a muy corta distancia apenas y eran obedecidas: el miedo les impedía esperar a los enemigos, a quienes trataban de ahuyentar con unos tiros que a nadie le daban. Las tropas que aún permanecían en la Ciudad de México no acudieron en su auxilio: con el pretexto de defender la capital, sus oficiales comenzaron a negociar la entrega de la plaza a Porfirio Díaz. Los generales y la jerarquía eclesiástica estaban seguros de que lo mejor era que este hombre tomara la ciudad, sólo él podría garantizar sus vidas y la posibilidad de que huyeran sin grandes problemas. Si la capital era tomada por Juárez y Escobedo, la ley sin justicia caería sobre ellos.

En Querétaro, los heridos se multiplicaban y el doctor Brash no lograba convencer a sus colegas de que dejaran de amputar a los soldados a la menor provocación; los muertos permanecían tirados durante varios días, hasta que alguien —quizá con buena fe— los trepaba a la carreta que los conduciría a una zanja en las afueras de la ciudad.

La ciudad Levítica olía a muerto, a sangre podrida; sus edificios estaban maltrechos y las paredes ahumadas. Aquí y allá se levantaban columnas de humo que a muy pocos les interesaban, sólo cuando era indispensable los soldados se afanaban por apagar los incendios.

☙

Salm Salm, cuyos mayores méritos militares eran las aventuras de su esposa, insistía en que el emperador estaba obligado a mantener en alto la moral de las tropas y los oficiales. Según él, era necesario condecorar a cualquiera que se destacara. El príncipe no se daba cuenta de que muy pocos estaban dispuestos a dejarse matar por un trozo de metal esmaltado.

A pesar de la desazón generalizada, el último día de mayo de 1867, Miramón —al igual que otros oficiales y soldados— fue convocado ante la presencia de Su Majestad para recibir una presea.

—Me equivoqué —susurró Maximiliano mientras le colocaba la medalla en el pecho. Miramón no le respondió, únicamente lo miró con lástima—. Sí, mi general, me equivoqué dos veces... cuando le hice caso a sus enemigos y cuando ignoré su estrategia.

—Eso ya estaba en Dios —le respondió El Macabeo.

El emperador le puso la mano en el hombro y se lo apretó con ansias de mostrar su arrepentimiento. Miguel tuvo ganas de darle un abrazo, de decirle que él —desde el día en el que se encontró con don Antonio Haro en La Habana— tuvo la certeza de que todos estaban muertos, pero no lo hizo: había que dar el último paso con la frente en alto.

Al terminar la ceremonia, Miramón volvió a su puesto seguro de que faltaba muy poco para que los liberales entraran a la ciudad. Se fue caminando solo, no quiso que nadie lo acompañara. Mientras avanzaba, algunos queretanos se asomaban a sus ventanas y lo bendecían, él inclinaba la cabeza en señal de agradecimiento.

En su trinchera lo esperaba un mensaje: su hermano Joaquín nunca llegaría a Querétaro. Los juaristas lo habían herido y capturado cerca de Zacatecas. Los herejes, sin mediar juicio ni compasión, lo fusilaron tirado en el suelo. Joaquín, a pesar de sus deseos, no pudo ponerse de pie para enfrentar su destino como soldado. Lo mataron como a un perro.

—Todos estamos muertos —dijo Miramón mientras se guardaba en la bolsa del pantalón el mensaje.

Día a día, el ejército imperial se retiraba hacia el centro de Querétaro. Los juaristas ya eran dueños de los edificios de las orillas de la ciudad y desde allí lanzaban ataques contra sus enemigos.

Las deserciones se convirtieron en un asunto cotidiano: cada mañana una o dos trincheras amanecían abandonadas y otras más con sus fuerzas menguadas. Los defensores estaban seguros de que era mejor apostarle a la traición y la cárcel que a la posibilidad de un milagro.

∞

Cuando El Macabeo escuchó las campanas del templo de San Francisco supo que los juaristas se acercaban. Distribuyó a sus hombres entre los escombros para esperar el combate.

—¡Aguanten hasta que estén cerca! —ordenó, ya que las balas escaseaban.

Uno de los suyos venía corriendo. Les hacía señas para evitar los disparos. El hombre, sudoroso y con arroyos de hollín en el rostro, llegó hasta el lugar donde se encontraba Miramón.

—La fuerza de la Cruz se ha perdido, el Habsburgo entregó la plaza y los enemigos ya están muy cerca.

Miguel no alcanzó a responderle: frente a ellos irrumpió un grupo de jinetes vociferando "¡Viva la República!".

—¡Viva el Imperio! —estalló Miramón mientras abría fuego contra ellos.

No mató a ninguno, pero sí recibió un tiro en la cara.

—¡Mi general!, ¡mi general! —le gritaba uno de sus hombres mientras sacudía su cuerpo. Los juaristas habían huido.

—Estoy bien —respondió El Macabeo mientras se levantaba.

A cada paso, el suelo se manchaba con su sangre.

—¡Ayúdame! —le ordenó a uno de sus hombres—. Vamos a casa de Licea para que me cure.

∽

Durante dos días, el doctor Licea no hizo gran cosa por El Macabeo. Mientras el guerrero de Dios estaba tirado en un camastro, él sólo podía hacer cuentas: sabía que su pasado imperial lo llevaría a la cárcel o al paredón, estaba seguro de que los juaristas no tendrían ningún asomo de piedad si lo atrapaban. Sin embargo, él podía cambiar su destino.

—¡Doctor! —gritó Miramón llamando a Licea.

No hubo respuesta.

—¡Licea, venga para acá! —volvió a gritar mientras se levantaba.

—Ríndase —le ordenó el oficial juarista que estaba en la puerta de la habitación.

Por un poco más de trece monedas, Licea vendió al Macabeo.

∽

Concha, gracias a un salvoconducto firmado por Porfirio Díaz, llegó al lugar donde su esposo estaba prisionero. Entró a la celda y miró al Macabeo de la misma manera como lo hizo cuando escuchó que la muerte sería la única que podría poner fin a su matrimonio.

—Mira, el árnica lo cura todo —le dijo Miguel mientras le mostraba el labio que le había mordido.

—Ojalá así sea, pues me tendré que poner mucha en el corazón.

—No mujer, no va a pasar nada. Después de la faramalla del juicio quedaremos libres —le dijo con ansias de tranquilizarla—. Todavía nos tenemos y eso nos hace fuertes, invencibles. Tú y yo no padecemos la desgracia del emperador: él está solo, abandonado, lejos de los suyos.

∞

El juicio se desarrolló como todos lo esperaban: ningún argumento de los defensores tuvo sentido y a los fiscales tampoco les importó que la constitución de los juaristas prohibiera la pena de muerte por delitos políticos. Maximiliano, Miramón y Mejía fueron llevados en varias ocasiones al Teatro Iturbide para ser juzgados en público. Ahí, además de los abogados y los escribanos, estaban los soldados liberales que ocupaban cada una de las butacas. El Indio quería matarlos, pero antes tenía que romperles el alma. El emperador y Mejía no aguantaron mucho: bastaron unos cuantos escupitajos de la soldadesca para que se doblegaran.

Cuando Miramón compareció ante sus jueces, los soldados comenzaron a gritarle y más de uno intentó gargajearlo. El Macabeo detuvo sus pasos y se paró frente a ellos. Las maledicencias y los salivazos se ahogaron: ninguno era capaz de enfrentarse al general derrotado.

Al final, y luego de muchos ires y venires de los defensores, se dictó la sentencia de muerte.

∞

Concha, al enterarse de la condena, dejó la ciudad Levítica y partió rumbo a San Luis Potosí. Tenía que encontrarse con Juárez para rogarle por la vida de su esposo:

no importaba lo que ella tuviera que hacer para conseguir que Miguel no fuera fusilado. Ella se arrastraría frente al Indio, se humillaría hasta lo indecible. Sin embargo, cuando el enlevitado la recibió en su oficina, Concha salió con las manos vacías. Sus ruegos apenas y fueron atendidos por el hombre que la despidió diciéndole que no podía salvar a los traidores.

∞

Mientras Concha rogaba a Juárez por la vida de su esposo, los condenados tomaban sus últimas providencias: Tomás Mejía escribió su testamento para heredarle a su esposa las dos casas de adobe y la docena de vacas que aún conservaba. Maximiliano ordenaba la venta de su yate para que se cubrieran sus deudas y pedía que algunos de sus fieles fueran recibidos en Miramar y en la corte austriaca. A Carlota, en ese mismo pliego, le encomendó a la condesa Miramón, nacida Lombardo. Nunca garabateó una sola línea a favor de la esposa de Mejía. El Macabeo sólo escribió una carta para su esposa: le pedía que vendiera las pocas cosas que le quedaban para pagarle a su abogado que sólo vivía de su trabajo, le daba la bendición y le rogaba que nunca flaqueara, él la esperaría en la Gloria.

∞

Concha volvió a Querétaro unas cuantas horas antes de que los fusilaran. Forcejeó con los soldados que le cerraban el paso cruzando sus armas. Los maldijo y le restregó el papel firmado por Porfirio Díaz. Al fin logró abrirse paso y llegó con su esposo.

—Se ha pospuesto —le dijo Miguel mientras la abrazaba.

Ellos permanecieron entrelazados, en silencio. Ella había descubierto que los grandes amores no pueden ser eternos: la muerte, la nada, son invencibles.

Cuando llegó la tranquilidad, Miramón le pidió a su esposa que se despidiera del Emperador. Ambos, con la venia de los carceleros, fueron a la celda de Maximiliano, quien los recibió mientras se esforzaba por mantener la cortesía. Estaba pálido, el color de los labios apenas y se adivinaba entre sus bigotes, le temblaba la mano izquierda, tenía los ojos acuosos.

—Muy tarde conocí a los buenos mexicanos —dijo Su Alteza.

—A nosotros nos pasó lo mismo con Su Majestad —le respondió Concha.

Maximiliano sonrió y con calma se quitó la medalla que colgaba de su cuello.

—Tómela, entréguesela a mi madre y dígale que morí como un Habsburgo. Vaya con ella: su futuro y el de sus hijos estarán protegidos por los míos.

Concha no pudo responderle al emperador que frenó sus palabras tomándole las manos.

—Por favor, déjenme solo.

∞

A las once de la noche del 18 de julio de 1867, El Macabeo escuchó que alguien se acercaba a la celda del emperador. Los pasos no podían traer buenas noticias. Quizá a Juárez no le bastaba con hacerlos padecer la certeza de su muerte; tal vez, con el ánimo de negarles el descanso eterno, el Indio estaba dispuesto a adelantar su fusilamiento sin darles la oportunidad de confesarse. Se levantó de su camastro con calma y se asomó por la pequeñísima ventana enrejada: ya no tenía ningún caso preocuparse por lo que sucedería, Dios había sido derrotado.

APÉNDICE
Una breve cronología de los hechos reales

Una nota sobre la historia y el personaje

Fecha	Acontecimientos
1831	
29 de septiembre	Nace Miguel Miramón.
1846	
13 de mayo	El gobierno estadounidense le declara la guerra a México.
24 de diciembre	Valentín Gómez Farías asume el poder ejecutivo. Antonio López de Santa Anna se hace cargo del ejército y parte a enfrentar a los invasores.
1847	
Enero	Gómez Farías obtiene la autorización del congreso para utilizar los bienes de la iglesia y financiar al ejército. Los polkos se levantan en la Ciudad de México en contra del gobierno de Gómez Farías.
Marzo	Santa Anna reasume la presidencia.
Abril	Santa Anna pide licencia al congreso y Pedro María Anaya se hace cargo de la presidencia. El gobierno estadounidense comisiona a Nicholas Philip Trist para negociar un tratado de paz con México.

Mayo	Santa Anna reasume la presidencia.
Agosto	Nicholas P. Trist, enviado del presidente estadounidense Polk, pide una tregua para negociar. Santa Anna le concede y se integra una comisión formada por los generales J. Joaquín Herrera e Ignacio Mora y los licenciados Bernardo Couto y Miguel Atristain. Las tropas mexicanas son derrotadas en la batalla de Padierna. Batalla de Churubusco, las tropas mexicanas son derrotadas. A petición de Nicholas P. Trist se pacta una tregua entre las fuerzas mexicanas y las estadounidenses. Se inician las pláticas con Nicholas P. Trist, pero no se llega a ningún acuerdo por las desmesuradas peticiones estadounidenses: ambas Californias, Nuevo México, Texas, parte de los estados de Sonora, Chihuahua, Nuevo León y Tamaulipas a cambio de una indemnización.
Septiembre	Ante el rechazo mexicano de las peticiones norteamericanas, Estados Unidos rompe la tregua. Batalla de Molino del Rey. Los mexicanos son derrotados. Las tropas estadounidenses toman el castillo de Chapultepec.

Santa Anna renuncia a la presidencia. Manuel de la Peña asume la presidencia y establece el gobierno en Toluca.

1848

Febrero
Se aprueba el Tratado de Guadalupe-Hidalgo por medio del cual México cede a Estados Unidos casi la mitad de su territorio.

Junio
José Joaquín Herrera ocupa la presidencia.

1851

Enero
Mariano Arista asume la presidencia.

1852

Octubre
Se proclama el Plan del Hospicio, por medio del cual se unen los enemigos de Arista que están a favor del regreso de Santa Anna a la presidencia.

1853

Enero
Arista renuncia a la presidencia. Juan Bautista Ceballos asume la presidencia.

Febrero
Manuel M. Lombardini asume la presidencia provisional.

Abril
Santa Anna asume la presidencia. Santa Anna reestablece el gobierno centralista, se hace llamar Su Alteza

Serenísima y suprime la libertad de imprenta.

Diciembre

Se suscribe el Tratado de la Mesilla, por medio del cual Santa Anna cede a Estados Unidos más de cien mil kilómetros cuadrados de territorio mexicano, y se concedieron otras prerrogativas: tránsito de personas y mercancías por el istmo de Tehuantepec y paso libre de buques por el golfo de California, a cambio de diez millones de pesos.

Marzo

Se proclama el Plan de Ayutla contra Santa Anna.
Ignacio Comonfort se adhiere al Plan de Ayutla.
Juan N. Álvarez, como jefe de la revolución de Ayutla, toma el mando de las fuerzas antisantanistas.

1855
Agosto

Santa Anna huye de la Ciudad de México. Renuncia y se embarca en el exilio.
Martín Carrera asume la presidencia.

Octubre

Juan N. Álvarez, nombrado presidente sustituto de la República al triunfar el Plan de Ayutla, entra con las fuerzas revolucionarias a la capital.

Juan N. Álvarez convoca al congreso
extraordinario constituyente.

Noviembre   Juan N. Álvarez decreta la Ley
Juárez sobre administración de justicia
por medio de la cual se suprimieron
los fueros eclesiásticos y militares, así
como sus tribunales especiales.

Diciembre   El general José López Uranga se levanta
en armas contra el Plan de Ayutla.
Juan N. Álvarez decreta el
nombramiento del general Ignacio
Comonfort como presidente
sustito de la República.

1856
Enero   En la sierra Zacapoaxtla se sublevan los
generales Antonio Haro y Tamariz,
Orihuela y Luis G. Osollo. La brigada
del general De la Llave que fue enviada
para combatirlos, desertó y se sumó a
los sublevados.

Octubre   Miguel Miramón se levanta en
armas en contra de las reformas
liberales que se llevaron a cabo
tras la revolución de Ayutla.

1857
Febrero   Se jura la Constitución Política de los
Estados Unidos Mexicanos.

Abril	El gobernador del Distrito Federal ordena la aprehensión de los miembros del Cabildo Metropolitano por negarse a reconocer la constitución. Se inicia un motín frente a la catedral, que fue nombrado por el pueblo como la batalla del Jueves Santo.
Diciembre	Se publica el *Plan de Tacubaya* y los conservadores desconocen la constitución. Se inicia la Guerra de Reforma. Comonfort se adhiere al *Plan de Tacubaya*.

1858

Enero	Comonfort disuelve el congreso. Juárez abandona la Ciudad de México y Félix Zuloaga se proclama presidente con el apoyo de los conservadores.
Diciembre	Miguel Miramón derrota a Santos De gollado en Guadalajara y las tropas conservadoras toman la ciudad. Se publica el *Plan de Navidad* contra Zuloaga y se propone que sea sustituido por Miguel Miramón.

1859

Febrero	Miguel Miramón derrota a Santos Degollado en Guadalajara y las tropas conservadoras toman la ciudad. Se publica el *Plan de Navidad* contra

Zuloaga y se propone que sea
sustituido por Miguel Miramón.

Marzo   Benito Juárez llega a Veracruz
                     procedente de Guadalajara, vía
                     Manzanillo-Panamá y Nueva Orléans,
                     y establece su gobierno en esa ciudad.

Mayo   Después de infructuosos ataques al
                     puerto de Veracruz, donde se
                     encontraba el presidente Juárez y su
                     gabinete, los cuales se iniciaron el día
                     18 por las fuerzas conservadoras del
                     general Miramón, éste decidió su retirada.

Julio   Juárez expide la *Ley sobre
                     nacionalización de bienes del clero*.
                     Se expide el decreto que instituye el
                     matrimonio civil.
                     Entra en vigor la *Ley del Registro Civil*.
                     Se publica la *Ley sobre secularización
                     de cementerios*.

Septiembre   El gobierno conservador suscribe el
                     Tratado Mon-Almonte para obtener el
                     apoyo de Francia y España. Gracias a
                     este tratado México y España
                     reestablecen relaciones diplomáticas.

Octubre   La casa de Jecker otorga al gobierno
                     de Miguel Miramón, un préstamo por
                     menos de un millón de pesos en dinero

y pertrechos, a condición de que se le pagaran quince millones.

Diciembre Se firma el *Tratado McLane-Ocampo*, que garantiza el apoyo estadounidense a los liberales.

1860
Marzo Dos barcos de la armada de Miguel Miramón atacan Veracruz. Juárez logra que la corbeta estadounidense *Saratoga* se sume a sus fuerzas. El resultado de la batalla es favorable para los liberales.

Agosto Con el fin de que se ratificara su nombramiento como presidente de la República y evitar que Félix Zuloaga retornara al poder, Miguel Miramón convoca a una junta de notables para nombrarlo presidente interino.

Diciembre Se publica la ley de libertad de cultos. En Calpulalpan, Jesús González Ortega derrota definitivamente al ejército conservador.

1861
Enero El ejército liberal entra a la Ciudad de México. Termina la Guerra de Reforma.

Junio Se decreta la suspensión de pagos de la deuda externa.

Octubre   España, Francia e Inglaterra acuerdan en Londres una intervención armada contra México.

Noviembre   Juárez ordena la reanudación de pagos para evitar la intervención.

1862
Enero   Llegan a Veracruz las armadas española, inglesa y francesa.

Febrero   Se firman los acuerdos de La Soledad que garantizan el retiro de las tropas inglesas y españolas.

Mayo   Ignacio Zaragoza derrota a las tropas francesas y conservadoras en Puebla.

Septiembre   Desembarcan en Veracruz los refuerzos del ejército francés al mando del general Forey.

1863
Mayo   Juárez abandona la Ciudad de México.

Junio   Las tropas francesas entran en la Ciudad de México.
El mariscal Forey decreta la creación de una junta de notables que nombra a una regencia integrada por Almonte, Salas y el arzobispo Labastida.

Julio   La Asamblea de Notables decide
                     ofrecer a Maximiliano de Habsburgo
                     el trono del Imperio Mexicano.

Octubre   La diputación de la asamblea de
                     notables ofrece a Maximiliano
                     de Habsburgo la corona de México.
                     El general Forey se embarca en
                     Veracruz rumbo a Francia y entrega el
                     mando del ejército expedicionario
                     al general Bazaine.

1864
Mayo   Maximiliano y Carlota llegan a
                     Veracruz.

1865
Diciembre   El gobierno estadounidense se niega a
                     reconocer el imperio de Maximiliano.

1866
Enero   Llega a México el barón Saillard,
                     enviado de Napoleón III, quien tiene
                     la encomienda de comunicar a
                     Maximiliano la decisión del emperador
                     francés de retirar sus tropas.

Agosto   Napoleón III confirma que las tropas
                     francesas abandonarán México.

Noviembre   El mariscal Bazaine, jefe del ejército
                     francés, comunica a Maximiliano, que
                     su ejército se retirará de México

a principios de 1867 por órdenes de
Napoleón III.

Diciembre   Por mandato de Maximiliano, se
dividió territorio nacional en tres
distritos para lograr su pacificación: el
primero a cargo de Miguel Miramón,
el segundo a cargo de Tomás Mejía, y el
tercero a cargo del general Leonardo
Márquez.
En Veracruz, comienzan a embarcarse
las tropas francesas.

1867
Febrero   Maximiliano llega a Querétaro y decide
enfrentar a las tropas republicanas.

Marzo   Los republicanos sitian Querétaro.
Las últimas tropas francesas
abandonan el país.

Abril   Las tropas de Porfirio Díaz sitian la
Ciudad de México.

Mayo   Las tropas republicanas toman
Querétaro.
Juárez ordena a Mariano Escobedo que
inicie proceso, estrictamente conforme
a las leyes, contra Maximiliano,
Miramón y Mejía.

Junio   El concejo de guerra sentencia a muerte
a Maximiliano, Miramón y Mejía.

Julio   Juárez entra a la Ciudad de México.
                           Maximiliano, Miramón y Mejía son
                           fusilados.

Una nota sobre la historia
y el personaje

Miguel Miramón murió fusilado en 1867. Desde el preciso instante en que su cuerpo cayó sin vida en el Cerro de las Campanas, él se convirtió en uno de "los grandes traidores de la patria"; quizá sólo Victoriano Huerta lo supera en las listas de impopularidad de la historia nacional. La transformación de Miramón en un traidor pronto cobró su precio: mientras que la vida de "los grandes patriotas" ha sido documentada y narrada hasta el hartazgo, El Macabeo fue condenado al ninguneo.

En casi medio siglo que nos separa de su fallecimiento, su vida —hasta donde tengo noticia— sólo ha sido narrada en unas cuantas ocasiones: en 1886, Víctor Durán publicó en Roma la biografía intitulada *Le général Miguel Miramón. Notes sur l'historie du Mexique*; en 1945, se editó *Miramón, el caudillo conservador* de Carlos Sánchez-Navarro; cinco años después, Luis García Islas publicó su *Miramón, caballero del infortunio*; en 1974, José Fuentes Mares dio a la imprenta *Miramón, el hombre*; en 1999, Carlos González Montesinos publicó su libro *Por Querétaro hacia la eternidad. El general Miramón en el Segundo Imperio* y, en 2003, se editó el *Miguel Miramón* de José Manuel Villalpando.

LA DERROTA DE DIOS

En buena medida, esta novela debe su existencia a estas obras que hoy, lamentablemente, son difíciles de conseguir: con un poco de suerte pueden hallarse algunos ejemplares en las librerías de viejo de Donceles, mientras que otros se conservan en unas cuantas bibliotecas. A lo largo de las páginas anteriores, he citado —sin los entrecomillados— y modificado algunos de sus párrafos: aunque en este libro hay un cierto rigor, no quise sacrificar la novela en aras de la "verdad" y el puntillismo de la historia. Sus hechos, en líneas generales, son verdaderos, aunque si la miramos en su trama y su urdimbre pronto se encuentran las "contribuciones" que se hicieron en aras de la narración.

Además de aquellas biografías, existe un libro fundamental para adentrarse en la vida y los hechos de Miguel Miramón: las *Memorias* de Concepción Lombardo, las cuales —hasta donde tengo noticia— han sido editadas en tres ocasiones: la primera y memorabilísima edición corrió por cuenta del gran Felipe Teixidor y se publicó bajo el sello de Porrúa, la segunda fue dada a la prensa por Contenido, la última fue realizada por el director del Museo Soumaya y se ha dado a conocer por entregas en la revista digital de esta institución. Al igual que en el caso de los biógrafos del Macabeo, esta novela está profundamente endeudada con doña Concepción Lombardo, quien —al igual que Fagoaga, Ramírez de Arellano, el padre Miranda y el obispo Pelagio— quizá no perdonaría mis atrevimientos. Sé bien que abusé de ellos, pero los personajes —aquí no está por demás decirlo— son muy distintos a las personas.

Además de las obras antes mencionadas, para construir esta novela utilicé algunos libros sobre los cuales conviene dar noticia, sin dar espacio a las obras generales que consulté durante el proceso de escritura.

El prólogo de esta novela no existiría sin la *Reseña histórica de la formación y operaciones del cuerpo de ejército del Norte durante la intervención francesa: sitio de Querétaro y noticias oficiales sobre la captura de Maximiliano, su proceso íntegro y su muerte* de Juan de Dios Arias, cuya primera —y al parecer única— edición data de 1867. Mis deudas también las comparten las *Memorias* del príncipe Salm Salm; los *Recuerdos de México. Memorias del médico ordinario del emperador Maximiliano* y *México, Francia y Maximiliano*, ambos de Hilarión Farías y Soto; lo mismo ocurre con las remembranzas del hermano del Macabeo y el documento intitulado *Los harapos imperiales*, cuyo original se conserva en el Centro de Estudios de Historia de México Condumex. Una deuda muy especial la tengo con el libro *Querétaro: fin del Segundo Imperio mexicano* de Konrad Ratz, un maravilloso autor —y mejor persona— a quien tuve la oportunidad de editar en un par de ocasiones, aunque no tuve la oportunidad de asistir al parto de sus libros.

En los capítulos que dediqué a la guerra con Estados Unidos fueron cruciales las *Memorias de mis tiempos* de Guillermo Prieto y los *Recuerdos de la invasión norteamericana (1846-1948), por un joven de entonces* de José María Roa Bárcena. Las escenas de los cafés y de una buena parte de lo que ahí ocurría tienen su origen en un libro de Clementina Díaz y de Ovando: *Los cafés en el México del siglo XIX.* Las imágenes de Santa Anna —además del libro de Prieto y la espléndida novela de Enrique Serna— están profundamente vinculadas con un ensayo de Will Fowler: "Los placeres y pesares de Antonio López de Santa Anna", un texto que posee una mirada peculiar sobre este personaje; la anécdota del robo del premio de la lotería la tomé "prestada" de las *Memorias del tiempo mexicano* de José Zorrilla.

Mis descripciones de los carnavales y los bailes —además de sus notorias deudas con algunas páginas de Manuel Payno, Guillermo Prieto, Ignacio Manuel Altamirano y Francisco Zarco— tienen su origen en tres fuentes que merecen ser destacadas: el ensayo de Verónica Zárate Toscano ("Del regocijo a la penitencia o del carnaval a la cuaresma en la Ciudad de México en el siglo XIX") y el libro de Monserrat Gali, *Historias del bello sexo*, el cual, además de servirme para el carnaval y la fiesta, me permitió perfilar a Concepción Lombardo. Lo mismo ocurrió con los ensayos que forman parte de la *Historia de la vida cotidiana en México*.

∞

Los años de la Guerra de Reforma —la tercera parte de esta novela— no sólo vuelven a estar profundamente endeudados con las biografías de Fuentes Mares y Sánchez-Navarro y las memorias de Concepción Lombardo (con las licencias a las que ya me he referido), sino también con algunos otros libros que resaltan por su importancia: el primer volumen de *Conservadurismo y derechas en la historia de México*, la obra coordinada por Erika Pani que refresca y pone en entredicho la distancia absoluta que supuestamente existe entre liberales y conservadores;

que supuestamente existe entre liberales y conservadores; éste también es el caso de dos libros fundamentales de Edmundo O'Gorman: *México, el trauma de su historia* y *La supervivencia política novohispana*, cuyas intuiciones abrieron camino a repensar los enfrentamientos decimonónicos.

A pesar de las limitaciones de esta novela, espero haber logrado mostrar —aunque sea de una manera muy pálida— el choque de los orgullos y la escasa distancia que separaba a los "liberales" de los "conservadores". Si esto se consiguió, yo me daría por bien servido.

Las escenas de la vida cotidiana de esta novela, para bien o para mal, no sólo tienen notables vínculos con los costumbristas mexicanos, sino también con las obras que sobre México escribieron algunos viajeros extranjeros, entre ellas destacan: *México hacia 1850*, el imprescindible libro de Carl Christian Sartorius, *Desde México* de Friedrich Ratzel y *Con los franceses en México* de J. F. Elton.

Por su parte, la sección dedicada al segundo imperio, además de las deudas con Ratz y Fuentes Mares —quienes sabrán comprender el uso que di a sus obras—, está vinculada con algunos documentos de época, entre los cuales destaca el *Proceso de Fernando Maximiliano de Habsburgo, Miguel Miramón y Tomás Mejía* que prologó Fuentes Mares en 1966.

Es imposible cerrar estas páginas sin agradecer todo el apoyo que he recibido durante estos meses. A lo largo del proceso de escritura, Laura Lara y Jorge Solís Arenazas fueron acompañantes inseparables: sin sus comentarios a cada uno de mis párrafos, sin sus esfuerzos por intentar convertir mis páginas en una novela y sin su capacidad para soportar mis dudas, este libro no sería lo que es. Los méritos que esta novela pueda tener, si es que los tiene, son de ellos, a mi sólo me corresponden sus fallas.

Asimismo, quiero dejar noticia de algunos amigos que —literalmente— padecieron mis problemas y obsesiones con un libro que siempre me amenazaba con salirse de mis manos: Gerardo Mendiola y Marcela González aguantaron estoicamente muchas conversaciones sin sentido mientras estábamos metidos en otros proyectos; Adriana Beltrán y Alicia Rosas toleraron que me retrasara, por enésima ocasión, con un compromiso casi añejo y tomaron en buena lid la frase idiota de "no es por ti, es por mí". Por su parte, Cristina Vázquez siempre estuvo apoyándome y compartiendo su escritura. Gracias, gracias a todos, sin ustedes este libro no existiría.

Por último, pero no al final, debo dejar noticia de Patty y Demián. Ella toleró como nadie que siguiera escribiendo aunque tuviera las manos lejos del teclado, ella —cuando el tiempo se ponía nublado— me decía que el sol no tardaba en salir y, sobre todo, me escuchó durante muchas horas mis escalofriantes lecturas en voz alta. Él, a pesar del sueño y el cansancio, aguantó como los bravos mis conversaciones, me dio bríos para seguir adelante y, sobre todo, fue capaz de burlarse de mí cuando me sentía alicaído. Sin Patty y Demián este libro, como todo lo que hago, nunca hubiera podido terminarse. Darles las gracias me parece poca cosa: ¿acaso es posible agradecer que a uno lo amen a pesar de los defectos y fallas? Creo que eso es imposible y por ello sólo puedo ofrendarles mi vida y mis hechos.

JOSÉ LUIS TRUEBA LARA
VERANO DE 2009-PRIMAVERA DE 2010

Esta obra se acabó de imprimir
el mes de junio de 2010, en los talleres de
EDITORIAL PENAGOS, S.A. DE C.V.
Lago Wetter No. 152 Col. Pensil
11490, México, D.F.